LA MARCHEUSE

Née en 1970 à Jableh en Syrie, Samar Yazbek est écrivain et journaliste. Elle a publié quatre livres en France dont *Les Portes du néant* (Stock, 2016), lauréat du Prix du meilleur livre étranger, et *La Marcheuse* (Stock, 2018). Ses livres sont traduits et primés dans le monde entier. En 2012, elle a créé la fondation Women Now for Development qui vient en aide aux femmes sur le terrain, en Syrie et dans les camps de réfugiés. Elle vit désormais à Paris.

Paru au Livre de Poche :

LES PORTES DU NÉANT

SAMAR YAZBEK

La Marcheuse

ROMAN TRADUIT DE L'ARABE (SYRIE) PAR KHALED OSMAN

STOCK

Titre original :

AL-MACHÂ'A

Publié avec l'accord de The Italian Literary Agency and RAYA The Agency for Arabic literature.

ISBN : 978-2-253-23766-2 – 1re publication LGF

À Razane Zaytouna,
en son amère absence…

Je ne sais pas si tu as la même prédilection que moi pour la texture du papier ou la même habitude de caresser la feuille. Je suppose que tu te moques de savoir ce que je ressens quand je passe mes doigts sur les lignes après les avoir rédigées.

Néanmoins, je voudrais te faire part d'une idée qui vient de me traverser l'esprit : si je réunissais les innombrables feuillets dispersés dans des cartons, il y en aurait suffisamment pour fabriquer un avion en papier de la taille de l'avion – bien réel celui-là – qui tournoie actuellement dans le ciel au-dessus de ma tête. Ne va surtout pas croire que ce qui me passe par la tête a un intérêt pour d'autres que moi. Tout ce que je t'écris là peut disparaître d'un instant à l'autre, et quand bien même il te serait donné de le lire, ce serait le fruit d'un hasard plutôt étrange, aussi étrange que je le suis moi-même par rapport au reste des êtres humains…

En effet, je suis affligée depuis la naissance d'une étrange manie : je ne peux pas m'arrêter de marcher. À peine suis-je debout que me voilà aussitôt en marche, marchant et marchant toujours plus le long d'une route dont l'horizon m'apparaît à perte de vue.

J'avance, emmenée par mes pas qui sont mus par une énergie propre ; je ne fais que les suivre pour rester à leur hauteur.

Je ne comprends pas comment une telle chose a pu arriver. Quant à toi, personne ne te demande de comprendre, pour la bonne raison que ce talisman que j'ai concocté ne dépend pas de ce que tu comprends ou ne comprends pas.

La recette est la suivante – essaie-la, et tu verras que c'est une méthode efficace pour ne plus entendre le vacarme de l'avion.

Commence par prélever une feuille sur le haut de la liasse – fais cela avec délicatesse, pour éviter que les autres ne s'envolent. Agis comme si tu effleurais une artère de ton cœur.

Ensuite, pose la feuille sur une surface dure. J'agis de même avec le café, lorsque je l'ai versé dans la tasse et que je veux poser le plateau sur le bureau.

J'ai en main le stylo bleu trouvé au milieu de mon petit bric-à-brac. Je commence donc dès maintenant, alors que toi, tu ne t'y mettras que lorsque l'horrible vacarme se sera fait entendre. Tu ne devras pas t'arrêter de lire, sauf si la fatigue te pousse au bord de l'évanouissement. Je dis bien la fatigue et non la terreur de l'avion. Car si le fait de me saisir du stylo bleu et d'en jouer pour faire danser les mots sur la page blanche n'aboutit pas au résultat escompté, c'est que ma recette aura échoué : cela voudra dire que le papier blanc ne t'aime pas et que le vacarme de l'avion ne s'arrêtera pas.

J'ignore, cher lecteur, à quoi tu ressembleras, et pourtant j'ai l'intuition que tu liras mes mots. Pour le moment, ce que je te dis t'indiffère, puisque tu n'as pas encore d'identité. Ne t'agace pas de mes nombreuses répétitions, c'est que moi je n'ai pas étudié à l'école comme la plupart des enfants. En revanche, j'ai lu tous les livres qui me sont tombés sous la main, même si, le plus souvent, j'apprenais leur contenu par cœur sans en comprendre la signification. Sett[1] Souad éclatait de rire lorsqu'elle me voyait ainsi ouvrir d'épais ouvrages et plonger entre leurs pages, particulièrement les volumes d'histoire de l'art.

Ne pense surtout pas que mon état m'effraie. Je crois seulement que ma venue au monde a été le résultat d'une étourderie, de celles que je soupçonne Dieu de commettre de temps à autre, même s'Il a sans doute pour cela Ses raisons impérieuses. Comme je t'en ai déjà informé – je me sens néanmoins l'obligation de te le rappeler sans cesse –, mon cerveau se trouve dans la partie inférieure de mon corps, et je ne peux interrompre cette bougeotte agaçante de mes pieds.

J'avais un rêve, c'est qu'ils me laissent marcher et marcher encore jusqu'à ce que je perde conscience ! J'aurais voulu pouvoir tenter cette expérience pour savoir où me conduiraient mes pas.

D'après ce que m'a raconté ma mère, ils ont découvert très tôt cette étrangeté selon laquelle aussitôt debout sur mes pieds, je suis poussée vers l'avant par une force irrésistible. Je sais, ça paraît pour le moins curieux, mais il faut que tu me croies. On a d'abord pensé que j'étais atteinte d'une maladie mentale, mais les

1. « Madame », titre employé dans les milieux populaires pour désigner une femme d'un certain statut social ou éducatif. *(Toutes les notes sont du traducteur.)*

médecins ont établi que mon cerveau fonctionnait normalement. Ma mère a refusé que je sois placée dans un hôpital psychiatrique – celui que tout le monde appelle «l'hôpital des fous».

Les gens ont peur de moi, mais moi ça ne m'atteint pas, sachant que j'ai toujours détesté les interactions avec le monde extérieur, et je n'ai jamais vu l'intérêt de remuer cet organe rétif, situé à l'intérieur de ma bouche, qu'on appelle «la langue».

J'ai fini par comprendre que je ne m'arrêtais jamais de marcher, ce qui ne m'était pas clairement apparu d'emblée. Il faut dire que mon esprit est un peu brouillé: je ne me souviens plus du moment où j'ai appris les couleurs, ni de celui où j'ai découvert que j'avais un petit nez, et puis des lèvres qui, pour ma mère, évoquent un grain de pistache. Pas plus que je n'ai conscience du moment où j'ai commencé à être attachée.

Ma mère avait pris l'habitude, lorsque nous sortions ensemble, de lier ma main à la sienne à l'aide d'une solide écharpe ou d'une cordelette de tissu. Lorsqu'elle s'absentait pour aller travailler, en revanche, elle était obligée de m'attacher avec une corde, même si ça lui arrachait des larmes. Elle n'a pas cessé d'agir ainsi, jusqu'au jour où elle a disparu définitivement. Oui, je vais te dire de quelle manière elle m'attachait…

Je me rappelle encore le moment où on s'est aperçu pour la première fois que ma tête se situait dans mes pieds. J'avais quatre ans et j'accompagnais ma mère sur son lieu de travail – l'école où elle était employée comme femme de ménage. Je restais enchaînée dans la salle réservée au personnel de ménage: ma mère était chargée de nettoyer les toilettes et les classes, et aussi de préparer le café et le thé pour l'équipe administrative et les enseignantes.

L'école était dans le centre de Damas, et pour rentrer à notre domicile, situé dans le camp de Jaramana, au sud de la ville – comme je serais heureuse de te faire découvrir cet endroit ! –, il nous fallait emprunter successivement deux bus…

Voilà comment nous avons découvert que j'étais atteinte de bougeotte. Ce jour-là, ma mère était en train de refermer les casiers dans la salle du personnel. Peu après m'avoir détachée, elle a tendu la main vers la mienne en vue de la lier à son poignet, et là elle a poussé un hoquet de stupéfaction. Il avait suffi de quelques secondes, le temps pour elle de remettre en place son foulard et de s'absenter un instant à l'extérieur de la salle, pour que mes pieds se mettent en mouvement.

Qu'ai-je fait, une fois sortie de la salle et parvenue devant le portail de fer de l'école ? Je ne saurais le dire, mais à peine ma mère m'avait-elle détachée que j'ai senti des ailes pousser sous mes orteils et que je me suis dirigée vers la rue. Je me suis retrouvée pour quelques minutes dans un monde entièrement nouveau à mes yeux. Pour autant, je n'ai pas eu envie de pleurer. J'ai obéi très docilement à l'appel de mes pieds. Il faut que tu me croies si je te dis que j'avançais le long du trottoir en suivant une ligne parfaitement droite, ignorante de ce qui se passait alentour.

J'ai continué ainsi jusqu'à ce que des badauds finissent par se presser autour de moi et me soulèvent du sol, sans que mes pieds cessent de remuer. Je n'ai pas crié. Ils m'ont demandé comment je m'appelais et avec qui j'étais. C'est là que j'ai perdu la parole, ou du moins c'est l'impression que j'en ai eue, car je ne me souviens plus de ma voix, je ne connais que la mélodie qui sort de moi quand je psalmodie le Coran.

Je les observais, formant cercle autour de moi avec leurs bouches grandes ouvertes qui ressemblaient à des cavités creusées dans un mur.

Sache aussi que je ne me suis pas rendu compte du temps qui s'était écoulé jusqu'à ce que j'aperçoive enfin ma mère debout devant moi – elle gémissait et sanglotait en me soulevant dans ses bras. J'étais toute menue, et les gens ont pensé que j'avais à peine trois ans. Elle m'a serrée contre elle puis s'est mise à courir pour m'emporter loin.

Nous ne sommes plus jamais revenues sur l'incident, et elle n'a pas insisté pour me faire parler de gré ou de force. Cependant, les quatre années suivantes ont été émaillées de visites chez les médecins. Elle essayait désespérément de comprendre la nature de mon mal : depuis l'incident, j'avais définitivement perdu toute faculté à parler, et moi-même je n'entendais plus ma voix, à l'exception des moments où je psalmodiais le Coran. Mais ça c'est une autre histoire, je te la raconterai.

Ne crois surtout pas que tu es en train de lire un roman. Non, ce que j'écris est la pure réalité, et si je l'écris, c'est pour essayer moi-même de comprendre ce qui s'est passé.

Notre vie est revenue à la normale, j'ai recommencé à accompagner ma mère à son travail, collée à elle. La différence, c'est que j'étais désormais autorisée à passer la journée dans le bureau de la bibliothécaire de l'école. Là-bas, ma mère était très appréciée et tout le monde se portait volontaire pour l'aider. Il faut dire qu'elle donnait une impression de faiblesse, comme si quelque chose s'était brisé en elle, même si ça restait enfoui à l'intérieur d'elle-même. Et puis elle était belle, malgré un petit défaut : il lui avait poussé au-dessus de la lèvre une légère moustache. Ma mère était timide, et c'est à peine si elle ouvrait la bouche. Elle marchait la tête baissée, tant et si bien que j'ai pu voir la bosse qui déformait son dos pousser et s'agrandir à mesure que les années passaient.

C'était une femme douce et aimable à l'extrême, au point même de susciter l'agacement. D'ailleurs, je me suis employée maintes fois à l'énerver, juste pour la faire hurler et pour voir ses yeux s'enflammer de colère, mais la plupart du temps, mes tentatives restaient vaines.

Si tu arrives seulement à t'imaginer comment c'est d'avoir une fille comme moi, tu verras à quel point ça peut rendre fou !

Ma mère ne m'a jamais dit où mon père avait disparu. Un beau jour, elle a déclaré qu'il était parti en voyage, et ensuite, elle n'a plus du tout reparlé de lui. La disparition s'est produite la même année où elle a découvert que je n'arrêtais pas de marcher, et aussi que je ne parlerais plus jamais.

Le fait de me retrouver à la bibliothèque de l'école a bouleversé mon existence. J'y suis restée à partir de l'âge de cinq ans, avant même de savoir former les lettres de l'alphabet. Je n'arrêtais pas de marcher, tournant et tournant encore dans la pièce, sans quitter des yeux la bibliothécaire. Elle s'appelait Sett Souad et s'est occupée de moi plus que ne l'a jamais fait quiconque au cours de mon existence. Il faut dire qu'elle a eu un parcours particulier – ça aussi je te le raconterai. J'ai en réserve énormément d'histoires que tu pourras connaître s'il m'est donné de survivre. Mais le plus urgent à présent, c'est que je te raconte comment ma mère a disparu…

Quand j'ai atteint la puberté et eu mes règles pour la première fois, ma mère a décidé que je devais demeurer à la maison pour préserver l'honneur, sachant aussi que j'avais un frère, de deux ans mon aîné. J'ai couvert mes cheveux à l'aide d'un voile coloré, que je nouais au-dessus de la tête en forme de fleur ; ça me donnait envie de rire et me rendait joyeuse. Ma mère a pris l'habitude de m'attacher au lit unique de notre chambre avant de partir au travail. Durant les mois d'été, elle restait à la maison avec moi.

En cette fameuse journée de la disparition, je ne savais plus où j'en étais : depuis quelque temps, tout se passait comme si la vie nous avait attrapés par la queue pour nous malmener dans tous les sens. J'avais commencé à entendre le vacarme causé par le passage des avions, à constater la disparition de nos voisins, à voir des gens en uniforme ou en civil débouler dans les maisons – ils appelaient ça des « patrouilles de sécurité » ! J'observais sans comprendre. Mon frère étudiait à l'université, nous ne le voyions pas très souvent, ma mère et moi.

Notre logement était composé d'une pièce unique qui incluait également la cuisine et les toilettes. On se lavait dans la cuisine. Ma mère se comportait tout le temps comme si elle était surveillée. Moi, c'étaient mes pieds qui, depuis ma naissance, me guidaient, et j'avais perdu ma langue. Quant à mon frère, il m'avait toujours paru en colère, mais son irritation semblait être passée à un stade supérieur ces derniers mois.

En les entendant parler à la télévision de « ces gangs qui pillaient et qui assassinaient », il s'écriait : « Bande de menteurs ! » Ma mère, affolée, lui hurlait dessus pour l'adjurer de se taire.

Mon lit était joli, j'y dormais avec ma mère. Du plus loin que je me souvienne, j'ai vécu dans l'un ou l'autre de ses coins. Je rangeais dans son caisson les livres que j'avais dénichés à la bibliothèque, ainsi que mon coran dans sa luxueuse édition à dorures, dont je connaissais l'épais volume par cœur.

J'avais pris l'habitude de vivre ainsi. La corde par laquelle ma mère m'attachait au lit me suffisait pour me mouvoir dans les limites de la pièce, et j'étais capable d'atteindre la fenêtre et même de me pencher un peu au-dehors. Lorsqu'ils sortaient de la maison, ils fermaient à clef. Comme je détestais les matelas de mousse et autres tapis de jute étalés par terre, je préférais passer tout mon temps dans le lit.

Celui-ci formait la totalité de mon univers ; je le gardais propre et le remettais en ordre plusieurs fois par jour. Le drap, je le lavais moi-même à la main. Outre les deux traversins, il y avait un petit coussin en forme de triangle, avec des fleurs rouges brodées sur son fond vert. Je le serrais contre moi pour dormir et, la nuit, je le plaçais sous mes pieds. Mais oui, rappelle-toi, c'est à ce niveau que se trouve ma tête, une tête tellement mystérieuse que je n'ai jamais pu en percer l'énigme.

Le lit n'était pas de ces modèles courants en laiton ; le sommier était en bois massif, avec une armature si solide que je pouvais m'amuser à sauter dessus après avoir pris mon élan.

J'avais l'habitude de cacher énormément de choses entre le matelas et le sommier de bois : la plupart de mes papiers, mes sacs multicolores, ainsi que mes photos préférées, que ma mère ne m'avait pas autorisée à accrocher au mur. Dans la faille séparant le lit de l'angle du mur se trouvait ma boîte à trésors où je gardais les petits cadeaux offerts par Sett Souad – livres, stylos, crayons de couleur. Sur cette boîte et sur tout ce qu'elle contient, notamment les livres, les papiers, les fleurs en tissu, je t'en dirai également plus par la suite.

Pour les vêtements, je ne me servais pas de l'armoire métallique de ma mère. Je préférais les ranger dans la caisse en bois placée près du lit, du côté opposé au mur.

Au vrai, je ne possédais pas beaucoup de vêtements ; en revanche, j'avais de nombreux pyjamas multicolores. Ma mère les achetait au « marché des Voleurs », un marché à bas prix spécialisé dans les fripes d'occasion. Je les mettais quelques semaines pour dormir, après quoi je les transformais en chiffons pour le nettoyage de la maison. Il faut dire que, généralement, ils étaient déjà bien élimés lorsque ma mère les rapportait, mais ça ne me gênait pas car j'adorais leurs couleurs.

Lors de cette fameuse journée, j'étais avec ma mère dans le minibus blanc qui était bloqué au niveau d'un des barrages routiers. Comme d'habitude, ma main droite était attachée avec une cordelette d'à peine deux mètres de long à la main gauche de ma mère.

J'étais assise contre la fenêtre, et autour de moi, tout paraissait bizarre. Cela faisait environ deux ans que je n'étais plus sortie de la ruelle où j'étais née, et j'étais au comble du bonheur, car nous allions rendre visite à Sett Souad – celle-ci avait insisté pour que ma mère me prenne avec elle. Ces visites étaient les temps forts de ma vie, et j'appréciais plus encore le trajet qui préludait à notre arrivée là-bas.

Tu peux imaginer, cher lecteur, les odeurs étranges qui pouvaient s'exhaler du bus. Pour m'exprimer correctement, je devrais plutôt parler d'autobus ou d'autocar, mais ce sont des mots que je n'aime pas. Je sentais distinctement les odeurs corporelles, sachant qu'on était au plus chaud de l'été et que, en ouvrant les fenêtres, on était immédiatement saisi dans une chape d'air brûlant. J'ai gardé les yeux rivés vers l'avant…

C'était la deuxième fois que notre bus s'arrêtait à un barrage. Deux passagers sont descendus, l'un d'eux affirmant que, ces temps-ci, on avait plus vite fait de marcher. Ma mère a expliqué que celui-ci était le barrage principal sur notre route, mais il y en avait encore trois autres à franchir pour atteindre le centre de Damas, là où Sett Souad habitait. Sa maison se situait près de la « place de l'Étoile », non loin de l'école, et il était impossible d'arriver là-bas sans franchir au préalable les trois barrages en question.

Bon, les barrages, tu dois connaître. Moi, je n'en avais pas vu à Damas auparavant, et je n'avais aucune envie d'en apprendre plus sur leur compte, même s'ils accaparaient les discussions des habitants. Il y en avait de différentes sortes selon les endroits.

Le fait que les gens commencent à utiliser les vélos m'a fait plaisir. Nous n'avions qu'un vélo, que mon frère prenait pour rejoindre son poste de serveur dans un des restaurants de Bab Touma[1] ; c'est moi qui étais chargée de le nettoyer et de le décorer.

J'avais attaché des rubans autour du guidon, après quoi j'avais fabriqué une petite plaque de la largeur

1. La « porte Saint-Thomas ».

d'une main, sur laquelle j'avais dessiné cinq empreintes de pied, trois cordes de différentes couleurs, ainsi qu'une main bleue. Ensuite, à l'aide de scotch, j'avais fixé la plaque au guidon ; même si elle était destinée à le prémunir des malheurs, mon frère ne semblait guère se préoccuper de mes petites manœuvres, ni s'y opposer, du reste : elles lui étaient tout bonnement indifférentes.

Donc – nous voici revenus au barrage – je suis assise près de la fenêtre, et j'observe les cyclistes à travers la vitre. Je les envie ; je me dis que si on m'autorisait à rouler à vélo, je serais comblée. Les bicyclettes franchissent le barrage avec plus de facilité, sachant qu'elles ne sont pas obligées de prendre leur tour dans la file des voitures.

Soudain, un cri. Le barrage est juste devant nous. Bon, tu sais comment il se présente, je n'ai pas besoin de te le décrire en détail, aussi attachée que je sois au rapport entre les mots et leur signification.

Il est tenu par un groupe d'hommes de tous âges, certains en uniforme. Quant à ceux habillés en civil, ma mère dit qu'ils appartiennent à l'Armée de défense nationale. Il s'agit d'une milice créée récemment pour surveiller les gens et assurer leur sécurité – du moins, c'est ce qu'ils racontent à la télévision ; mon frère, quant à lui, a l'habitude d'en parler comme d'une troupe de mercenaires, ce qui affole ma mère : elle lui hurle de se taire, ferme les fenêtres, puis l'attrape par la main et l'entraîne à la cuisine. Chez nous, ce n'est pas une pièce mais un simple espace qu'on a isolé de la chambre par un rideau.

Celui-ci, taillé dans une toile grossière avec une face plastifiée, l'autre en tissu imprimé de carreaux blancs et rouges, donne lieu à l'un de mes jeux préférés : je m'amuse, à l'aide d'un couteau de cuisine, à y découper les carreaux rouges, que je détache ensuite pour les collectionner. Quand elle a découvert ça, ma mère s'est mise en rogne, elle a caché les trois seuls couteaux de cuisine que nous possédions. Ni mon frère ni ma mère n'ont réussi à trouver la cachette où je dissimulais les carreaux découpés. Un jour cependant, mon frère les a repérés, collés sur le cadre de son vélo. Tout en passant sa main dessus, il m'a regardée, puis m'a adressé un clin d'œil. Le lendemain, il est venu me voir en m'apportant du papier adhésif rouge et une paire de petits ciseaux.

À travers les ouvertures que j'avais découpées dans le rideau, je pouvais entendre ma mère et mon frère se parler à mi-voix ; je savais qu'ils se disputaient...

Tremblante, ma mère saisit mon frère par le poignet, puis elle l'observe fixement, les yeux rougis par les larmes. Mais moi je m'intéresse davantage aux taches de lumière mouvante provoquées par les ouvertures que j'ai pratiquées dans le rideau. Je les vois dériver sur le mur d'en face telle une escadrille d'oiseaux. Lorsque je tire le rideau, me découvrant à mon frère, celui-ci s'enfonce dans le silence, et son regard devient aussi étrange que celui d'une statue de cire.

Nous sommes justement à l'un de ces barrages qui sont un motif de querelles permanentes entre mon frère et ma mère. Il semble que celui-ci ait été dressé par les hommes des services secrets et de l'Armée de défense nationale. De toute façon, que veulent dire toutes ces dénominations qu'on n'arrête pas de prononcer autour de moi ? Je n'y comprends rien, tout ce que je sais, c'est que tous autant que les autres, ces groupes sont armés.

Ma mère se presse contre moi. Les hommes restent à leurs places sur leurs sièges. Le chauffeur, quant à lui, a coupé le moteur. Nous ne pouvons plus ni avancer ni reculer : il y a derrière nous une longue file de voitures, et devant nous une multitude de bus et de véhicules privés. La rue est littéralement hérissée de voitures, de bus et de camions, qui forment une file interminable, pareille à un fleuve.

Malgré le brouhaha, j'entends un bruit à l'avant du bus, là où est installé le conducteur, comme un tic-tac qui émane du tableau de bord, orné de perles turquoise. Au moindre mouvement, j'entends le tic-tac, provoqué par une figurine de danseur fixée au tableau de bord. Au rétroviseur est accrochée une boule de verre à l'intérieur de laquelle scintillent des étoiles argentées.

Tandis que je contemple la boule, ma mère se presse encore plus étroitement contre moi, m'entourant de ses bras. Nous entendons des cris sans comprendre ce qui se passe. Mais rien de ce qui arrive ne peut entamer mon bonheur à l'idée que nous allons chez Sett Souad, et je fixe obstinément les étoiles argentées qui volettent à l'intérieur de la boule de verre.

À un moment, les cris deviennent encore plus forts. On aperçoit de l'autre côté de la route une femme en train de gémir et de s'arracher des touffes de cheveux auprès des hommes qui tiennent le barrage – deux types en uniforme, et deux autres en civil, arborant des armes lourdes. Je ne sais pas non plus à quel groupe ceux-là appartiennent, seulement que leurs tenues sont gris foncé et non kaki ou noires comme les autres.

La femme se jette en hurlant aux pieds d'un des deux types en uniforme, leurs collègues en civil sont en train de déchirer le gilet de coton d'un jeune homme et de l'étouffer avec. On voit apparaître son torse et son ventre, un des hommes y enfonce le bout de son fusil : « Alors, tu sais ou tu sais pas ? »

C'est la première fois que je vois une chose pareille. Je n'ai pas fermé les yeux, et ma mère non plus ! Nous observons sans rien dire, et tout le monde fait comme nous. Le jeune homme, qui a chuté au sol, est devenu comme un ballon entre les pieds des deux types en civil, il hurle à pleins poumons.

La femme est tombée, sans connaissance, et nous avons vu un groupe de femmes s'approcher pour parlementer avec les combattants. Ceux-ci ont interrompu la raclée qu'ils administraient au jeune homme, mais ils continuaient à le traîner en le soulevant un peu ; l'un d'eux a crié : « Espèce de fils de pute ! » La tête du jeune homme pendait, ses yeux s'ouvraient et se fermaient par intermittence. Il ne répliquait pas et ne manifestait aucune réaction. Comme ils le soulevaient, son visage s'est soudain retrouvé juste devant nous, et j'ai vu à travers la vitre qu'il pleurait.

Deux autres types sont arrivés en renfort, et ils étaient désormais quatre affairés à le transporter, le tenant par les bras et par les jambes. Arrivés auprès d'une voiture, ils en ont ouvert le coffre et l'ont jeté à l'intérieur, lui arrachant un hurlement strident. Là-dessus, ils ont refermé le coffre et on a entendu un bruit étrange, dont je n'ai pas su la cause. Le grand type en civil brandissait la carte d'identité du jeune homme en s'égosillant, après quoi il a pris place au volant de la voiture dans le coffre de laquelle ils avaient enfermé leur prisonnier et a démarré.

Une heure plus tard, notre tour est enfin venu de passer le barrage. La fouille était obligatoire. Nous retenions presque entièrement notre souffle et restions silencieux depuis que la voiture emportant le jeune homme était partie. Je scrutais fébrilement les alentours. Ma mère m'étreignait tout en me soufflant à l'oreille: «N'aie pas peur.» En fait je n'avais pas peur, c'est juste que j'essayais de retenir les images dans ma tête.

Lorsque la tête du militaire s'est découpée à l'intérieur du bus, je me suis figée. Ensuite, je l'ai regardé et je lui ai souri. Il m'a souri à son tour. Pour qu'il me remarque, j'ai bougé la tête dans tous les sens. Il m'a crié dessus. J'ai cessé tout mouvement. Ma mère lui a expliqué que j'étais folle.

Après avoir réclamé les papiers des passagers, il s'est arrêté longuement sur chaque nom, passant en revue les cartes d'identité d'un air dégoûté.

J'avais envie de sauter par la fenêtre, mais, au lieu de ça, j'ai tiré la langue. Puisqu'ils pensent que je suis folle, me suis-je dit, c'est l'occasion ou jamais ! Lorsqu'elle m'a vue sortir la langue, ma mère a immédiatement plaqué sa main sur ma bouche et moi j'ai crié. Cela faisait déjà plusieurs minutes que l'homme qui contrôlait nos papiers me jetait des regards irrités. Le type debout à ses côtés lui a demandé de nous laisser tranquilles et d'être aimable avec nous. C'était un militaire lui aussi, et il portait un gros fusil, le plus gros fusil que j'aie vu de toute ma vie. Le canon de son arme était braqué sur nous, et j'avais peur. L'autre nous a finalement autorisés à passer.

L'heure qu'il nous a fallu ensuite pour arriver au deuxième barrage est passée péniblement. Ma mère m'embêtait sans arrêt à me tirer brutalement contre elle. Je ne bougeais pas, et pourtant on aurait dit qu'elle essayait de m'enfouir à l'intérieur d'elle.

Les voitures nous entouraient de tous côtés, et le bus n'avançait que très lentement. J'étais au bord d'étouffer. Je suis toute maigre, mais j'ai une poitrine volumineuse, et je ne sais pas pourquoi, ça m'empêche souvent de respirer normalement – je sentais des rigoles d'eau couler en travers de mon ventre. Et puis j'étouffais sous mon voile que j'avais fixé à l'aide de deux épingles rouges, mon pantalon en jean, mon chemisier qui m'arrivait aux genoux, et surtout la cordelette que ma mère avait nouée fermement à mon poignet avant de partir. Elle frottait contre ma peau et, même si elle était en tissu, ça m'irritait quand même avec la transpiration.

J'ai tenté de crier, mais je n'ai pas réussi. J'aurais voulu sauter hors du bus et retourner à la maison. Mon larynx me brûlait, et ma respiration s'accompagnait d'un claquement bizarre, mais la perspective de ce qui m'attendait une fois arrivée chez Sett Souad me donnait la force de patienter.

Sur le trajet en direction du deuxième barrage, j'ai aperçu un tank, c'était la première fois que j'en voyais un en pleine ville. Les gens vivaient leur vie comme si tout était parfaitement normal. La dernière fois que j'avais dépassé les limites de ma rue, je m'en souviens, c'était au mois de juillet, il y a environ un an. Je devais aller au souk al-Tanabel – le « marché des Paresseux » – dans le quartier d'al-Chaalan, au centre-ville. Nous portions là-bas les légumes que ma mère avait préparés, ce qui nous rapportait assez pour que mon frère puisse disposer d'argent de poche à l'université.

Nous évidions les courgettes, les pommes de terre et les aubergines, nous hachions le persil et tranchions les carottes. Ces tâches accomplies à la maison nous prenaient énormément de temps. J'essayais d'en faire le plus possible avant le retour de ma mère de l'école. Je lavais consciencieusement les légumes et les herbes, pour en retirer les mottes de terre, les insectes et les petits vers de terre qui s'étaient accrochés aux feuilles. Je pelais moi-même les légumes et les tranchais, mais je laissais l'évidement des courgettes et des aubergines aux mains expertes de ma mère, car je n'aimais pas voir cette faille creusée au cœur des légumes – je la trouvais horrible !

M'occuper du persil était ma distraction préférée. Je le hachais si menu qu'il devenait quasiment de la poussière, une poussière qui rendait mes doigts tout verts. Ensuite, j'en remplissais de petits sachets de plastique. Même les petits pois, je les préparais pour la cuisson en les épluchant, non sans en avoir dégusté quelques-uns et en avoir dissimulé d'autres pour me confectionner des bracelets que je teignais ensuite dans ma couleur préférée, le rouge.

Un jour, ma mère a vu des vers de terre sortir de sous les caisses de bois que j'avais empilées au coin du lit. En y regardant de plus près, j'ai découvert que mes bracelets rouges s'étaient transformés en petites boules de pourriture à l'intérieur desquelles les vers avaient prospéré. Ce jour-là, ma mère m'a frappée, ce qui arrivait rarement, mais quand elle le faisait, elle ne s'arrêtait que lorsque j'avais perdu connaissance ; alors elle laissait jaillir ses sanglots, maudissant son sort et sa vie éprouvante.

C'est un adolescent un peu plus âgé que moi qui nous apportait les légumes à la maison. Le maraîcher avec lequel nous traitions nous connaissait bien maintenant, et, une fois les barrières formelles levées entre nous, il avait prié ma mère de ne plus se déplacer pour venir chercher les légumes. Ainsi nous pourrions rester à la maison et il nous les enverrait jusque chez nous, puis il les ferait reprendre une fois préparés. C'est comme ça que j'ai fait la connaissance de l'adolescent.

Il faisait deux passages : le premier pour apporter les légumes, le second pour les remporter, propres et lavés. En principe, je n'avais pas le droit de parler aux inconnus, et ma mère avait annoncé à tout le monde que j'étais folle. Mais bon, mon histoire avec l'adolescent – je ne connais pas son nom –, je te la raconterai une autre fois. En fait, je voulais te finir l'histoire des barrages, mais en me concentrant sur le récit, je me suis souvenue d'un barrage très particulier que j'avais vu il y a de ça un an, et ce souvenir-là a rappelé à mon esprit les couleurs des épluchures avec lesquelles je jouais à fabriquer des formes et à composer des tableaux. C'est pour ça que j'ai digressé de l'histoire initiale et que je t'ai parlé des légumes…

Ne t'inquiète pas, je ne te dissimulerai aucun détail, même le plus insignifiant, je te raconterai tout ce que je peux, depuis le souterrain où je me trouve, guettant à travers le soupirail la fin de l'été.

Ce barrage que j'avais découvert il y a un an était bizarre, nous avions dû en traverser deux avant d'arriver à al-Chaalan. Celui-là était tenu par une escouade de militaires avec derrière eux un gros bus kaki plein de soldats. L'un d'entre eux m'avait désignée en riant, et moi je l'avais fixé gaiement, après quoi il m'avait adressé un clin d'œil. Un autre soldat s'était moqué de lui, lui administrant une tape vigoureuse sur la tête. J'avais ri, mais j'étais quand même effrayée par les voitures blanches et les hommes armés de fusils qui barraient la route.

À l'époque, je n'avais pas vu ces sacs de sable qui, depuis, sont monnaie courante. De même, il n'y avait pas encore de tanks, juste des hommes qui braquaient leurs fusils vers les autobus et les piétons avant de les fouiller. Je n'aurais pas eu peur – à quoi bon – si ce n'avait été les canons des armes pointés sur nous qui me faisaient trembler. Le côté nuisible des barrages, je ne l'ai compris que plus tard, quand ma mère est arrivée en pestant parce qu'elle avait été bloquée au barrage de Jisr al-Abyad, puis à celui de Rokn al-Dine.

J'ignorais aussi que les barrages s'étaient multipliés et qu'ils pouvaient désormais prendre des formes assez différentes. Cela, je ne l'ai su qu'après être sortie pour la deuxième fois – et la dernière – de chez nous.

Si nous avons recommencé à sortir, c'est en lien avec l'adolescent qui nous apportait les légumes multicolores encore enduits de terre et venait les reprendre, propres et découpés. J'attendais sa visite avec impatience, et je me souviens qu'il avait des yeux très purs. Il me disait être convaincu que je n'étais pas folle comme on le racontait, et moi ça me mettait en joie. Là-dessus, il extrayait les légumes du gros sac et moi je l'aidais à les faire passer à l'intérieur, manœuvre durant laquelle nous nous touchions. Il lui arrivait de poser sa main sur ma poitrine, et moi je l'y autorisais. La corde était assez longue pour me permettre de le caresser. Ma mère était obligée de laisser la fenêtre ouverte pour permettre le transvasement des légumes.

Mais un beau jour, l'adolescent a disparu. Ma mère, sans prévenir, avait décidé qu'il ne viendrait plus chez nous. Qui plus est, elle a jeté le rouge à lèvres dont elle se servait pourtant depuis des années ; de ce jour-là, elle l'a abandonné et il est devenu un bout de pâte négligée dans le tiroir de l'armoire : elle avait découvert que je l'utilisais…

Rentrant un jour du travail plus tôt que prévu, elle m'avait surprise en train de m'en enduire les lèvres, même si je lui trouvais un goût amer et qu'il me provoquait des boutons. J'avais aussi dénoué ma chevelure. Ah, je ne t'ai pas dit qu'à l'époque j'avais les cheveux longs, de la couleur du miel quand il est mélangé à la cire ! Pour aller avec leur couleur, j'avais enfilé une des robes colorées de ma mère, une robe verte avec des fleurs jaunes et blanches évoquant des chrysanthèmes. L'idée m'avait traversé l'esprit que je pouvais être moi-même une sorte de jardin.

Ce serait bien la dernière fois que j'aurais porté une robe à chrysanthèmes. Rentrant inhabituellement tôt ce jour-là, elle m'avait trouvée ainsi apprêtée, en train de hacher le persil. Avec ce qui en restait, je m'amusais à fabriquer des cercles et des triangles. Le gros sac était jeté au milieu de la pièce, avec les légumes tout autour.

Je n'avais pas levé la tête, m'abstenant de croiser son regard. Après avoir soufflé et soupiré, elle s'était assise en tailleur à mes côtés. Ensuite, elle avait tendu la main pour m'attraper le menton, avant de me fixer de ses yeux effrayants. Ça m'avait paru durer une éternité. Puis elle s'était levée, sans se départir de son calme.

Il ne s'est rien passé d'autre, sinon que le bâton de rouge à lèvres a disparu ; quant à la robe que j'avais endossée, je l'ai trouvée roulée en boule et déchirée en mille morceaux sur le rebord de fenêtre de notre chambre.

Quant à l'adolescent, il a cessé du jour au lendemain de se présenter chez nous. Ma mère allait désormais elle-même chercher les sacs de légumes, puis les rapportait au maraîcher. Par ailleurs, mon frère s'est mis à rentrer à la maison plus tôt. Le changement d'habitudes s'est produit très vite : au bout de quelques jours à peine, j'avais déjà oublié l'adolescent.

Par la suite, ma mère a rapporté à la maison des vestes en laine. Elle a expliqué que nous allions les transformer en coussins.

Et puis elle a décidé que je ne devais pas regarder la télévision en son absence. Cela, c'était il y a deux ans. J'ai obéi sans rien dire, ne m'approchant plus de la télévision quand elle n'était pas là. À son retour, elle m'autorisait à suivre avec elle les feuilletons turcs doublés en arabe. J'entendais de petits crépitements dans ma tête, car, tout en suivant sa série, elle décortiquait des pépins de tournesol. Je ne protestais pas : au fond, ça m'était indifférent, et ça ne me dérangeait pas plus que ça, c'est juste que ce bruit me donnait la migraine. Je m'occupais en relisant les livres que je connaissais déjà par cœur – le dessin des lettres me fascinait.

J'avais oublié cette histoire, elle m'est revenue tandis que je me creusais la tête pour pouvoir te faire mon récit. Après l'incident qui a abouti à la disparition de l'adolescent, je me suis abstenue de fixer ma mère dans les yeux, et je ne suis plus jamais sortie. Ma mère était heureuse que je reste à la maison, et mon frère était rassuré.

La visite à Sett Souad était la première occasion depuis deux ans de revoir le monde extérieur. Ma mère était très nerveuse, mais je ne comprenais pas bien pourquoi, elle était constamment en colère. Quand nous sommes sorties, elle m'a saisi craintivement la main, et, tout en marchant, elle ne cessait de surveiller les alentours. Je me laissais conduire comme une somnambule.

La nuit précédant notre sortie, ma mère n'a pas dormi à cause du bourdonnement des avions et du vacarme des tirs. Le bruit m'a réveillée moi aussi, mais je suis parvenue à me rendormir. Lorsqu'un nouvel obus est tombé non loin de chez nous, je l'ai trouvée assise sur le lit, les yeux grands ouverts. J'ai remarqué, à la lueur de la lune, la fixité de ses prunelles. Ma mère dépérissait jour après jour, je voyais les os saillir sous ses joues et je distinguais au-dessus de sa lèvre supérieure les poils qui formaient une petite moustache. Elle fumait de temps à autre, des cigarettes dégageant une mauvaise odeur, et crachait ses poumons la nuit.

Notre vie avait changé. Pour ce qui est de mon frère, je ne comprenais même pas ce qui lui était arrivé. Il s'était mis à s'absenter longuement de la maison. J'avais entendu ma mère le réprimander, lui reprochant d'avoir déserté la mosquée, leurs cris avaient résonné clairement dans la maison. Une fois, ma mère l'avait même frappé, et il avait disparu pendant plusieurs jours. À son retour, il avait trouvé notre mère souffrante, allongée dans le lit. De mon côté, j'avais uriné sur moi et j'étais restée fiévreuse pendant des jours.

Ma mère fumait désormais avec frénésie. Elle ne faisait plus la vaisselle – les couverts sales jonchaient la pièce – et nous mangions à même le sol. Nous passions quelquefois deux jours entiers sans pain.

Un jour, nous avons été réveillés par un bruit étrange, une sorte de *tss... tss... tss...* Ma mère avait découvert qu'une grosse souris s'était introduite dans notre chambre, à mon avis c'était plutôt un rat ! Elle a ouvert les fenêtres et nettoyé la maison, jetant les sacs d'ordures, et puis les montagnes d'épluchures et de pépins qu'elle avait accumulées près de son lit. Après ça, elle est redevenue normale.

Je ne peux pas te décrire comment ces années ont passé. Ce qui était arrivé au barrage m'a fait perdre la mémoire, même le regard du jeune homme auquel j'avais permis de me palper la poitrine, je ne m'en souviens plus précisément. Je me rappelle la brillance dans le blanc de ses yeux, mais la couleur de ses pupilles, je l'ai oubliée.

Mais attends, il faut que je me concentre pour garder le fil de mon histoire.

Tandis que le bus avançait lentement en direction du deuxième barrage, nous avons aperçu sur notre gauche, de l'autre côté de la route, quatre hommes en costumes élégants. Ils n'étaient pas armés – du moins, je n'ai pas vu d'armes dans leurs mains. Seul l'un d'entre eux était équipé d'un talkie-walkie. Néanmoins, les voitures s'arrêtaient en arrivant à leur hauteur. Les hommes descendaient de leurs véhicules avec méfiance. L'un des quatre élégants combattants procédait alors à la fouille du véhicule. Ils ne ressemblaient pas à ceux qui tenaient les autres barrages. Il y avait de la distinction dans leur regard, avec leurs cravates rutilantes et leur chevelure ordonnée et brillante, on aurait dit des stars de cinéma. Le plus étonnant, c'est qu'ils étaient calmes, ce qui incitait les gens à se mouvoir un peu comme des automates lorsqu'ils étaient près d'eux. L'homme qui était assis derrière nous dans le bus a déclaré qu'ils appartenaient aux services secrets de l'armée de l'air. Je n'ai pas compris ce que ça voulait dire, mais, au tremblement de sa voix, j'ai senti qu'il s'agissait de personnages effrayants malgré leurs visages propres et bien rasés.

Je me suis dit que nous avions encore une longue route à parcourir pour mériter notre journée chez Sett Souad, d'autant que nous n'avions même pas atteint encore Bab Touma. Malgré le grondement des bombes – on disait que les avions les lâchaient non loin –, j'étais heureuse à la perspective des cadeaux à venir. Nul doute que j'aurais ma part de livres et de vêtements chatoyants, ainsi que de ces fournitures scolaires dont Sett Souad n'avait cessé de me gratifier au cours des années précédentes – peinture à l'eau, crayons à papier, fusains… Assurément, beaucoup de bonnes surprises m'attendaient ! Mon petit bureau près du lit, et son fauteuil en cuir, c'est elle aussi qui me les a offerts.

Comme je m'étonnais de la quantité de cadeaux qu'elle me faisait, ma mère m'avait expliqué que la pauvre femme n'avait pas eu d'enfants, c'est pour ça qu'elle était généreuse : si elle en avait eu à elle, elle ne se serait pas souciée de moi. Mais tout cela m'indifférait. Sett Souad avait indiqué qu'elle allait quitter la ville pour s'installer au village, comme le faisaient beaucoup de gens ces derniers temps. De ce fait, elle avait pas mal d'affaires dont elle voulait nous faire don. Dans ce cas, avait enchaîné ma mère, nous rentrerions avec le mari de Sett Souad, car il nous serait difficile d'emporter toutes ces choses. Moi j'étais sur un petit nuage, c'est pour ça que je restais placide face à tout ce qui contrariait notre long trajet, hérissé de barrages.

J'avais comprimé ma poitrine en l'enfouissant dans une superposition de chemisiers, tout ça au-dessus d'un sweat serré destiné à absorber la transpiration, et pourtant ça ne suffisait pas à la maintenir en place, je me sentais lourde et oppressée. T'ai-je déjà dit que j'ai une grosse poitrine ?! Pour moi, c'est vraiment une source d'embarras ! J'avais mis mon ample chemisier rouge, et je n'aimais pas du tout l'apparence qu'il me donnait, car il était trop large et trop long, contrastant avec mes jambes maigres et courtes.

Le bus s'est arrêté devant le barrage qui nous restait à franchir pour avoir la voie libre jusqu'à la maison de Sett Souad. Après ça, il n'y en avait plus, et nous pourrions rouler sans encombre jusque chez elle – enfin, plus exactement, a rectifié ma mère, jusqu'à Bab Touma, d'où nous poursuivrions à pied. À peine ma mère avait-elle articulé ces mots « à pied » que je suis partie dans un rire joyeux. C'était mon jour de chance, un jour qui allait m'apporter un monde nouveau : j'allais marcher !!!

Notre bus était toujours immobilisé, et je commençais à ressentir une envie pressante d'uriner, que je n'arrivais cependant pas à m'expliquer, n'étant pas à même de faire le lien avec la transpiration abondante qui suintait de tous mes pores, ni même avec la douleur que je ressentais dans ma vessie. J'étais environnée de vagues de chaleur diffusées par l'océan de voitures sur lequel nous naviguions, et dont n'émergeaient que quelques rares humains sautillants. Le passager assis derrière moi soufflait son haleine chaude dans mon cou, tandis que ma mère gardait le regard obstinément braqué devant elle, où il n'y avait pourtant rien de notable sinon une voiture parfaitement ordinaire – je ne voyais pas ce qui captait ainsi son attention et celle des autres passagers ! D'ailleurs, ils soupiraient d'ennui. Deux d'entre eux sont descendus et ont allumé une cigarette. Ma mère les a regardés avec dédain. Nous étions maintenant dehors depuis trois heures, ce trajet semblait décidément interminable. Le conducteur a déclaré qu'il allait bientôt abandonner le métier pour vendre des légumes sur la voie publique.

Avec nous, il y avait également deux femmes, dont l'une portait dans ses bras un nourrisson qui ne cessait de pleurer. Je me suis fait la réflexion que, moi aussi, j'avais autrefois été une enfant, une petite fille qu'on pouvait laisser seule et qui n'avait pas de chaîne au poignet. Comme il paraissait heureux, ce nourrisson, pendant que le monde courait et s'agitait tout autour de lui ! Il était tellement hors de la réalité qu'il n'émettait que des sons incompréhensibles.

Pour ma part, les bruits m'agressent. On entend le grondement des avions dans le ciel, et le vacarme d'explosions lointaines, mais les gens paraissent indifférents, alors que moi je tremble, mes genoux s'entrechoquent. Ma mère me surveille avec effroi ; elle finit par m'empoigner et poser sa main sur mon épaule, non sans s'être préalablement penchée vers moi et m'avoir soufflé à l'oreille : « N'aie pas peur… » Je n'ai pas vraiment peur, c'est surtout que j'ai de plus en plus de mal à résister à l'envie de faire pipi.

Le passager installé sur le siège devant moi me tend un mouchoir. Ma mère s'en empare et entreprend de m'essuyer le visage.

La voiture devant nous a avancé, et les hommes du barrage procèdent à sa fouille. Je me suis dit que je devais sûrement être heureuse, car rien ne me préoccupait : je n'aimais rien et ne détestais rien ! Et puis j'étais perdue : pourquoi donc devais-je être conforme à ce qu'on attendait de moi ? J'ai compris alors que je n'aspirais pas véritablement à sortir de chez moi.

Quand le conducteur a commencé à parler à l'un des hommes qui tenaient le barrage, j'étais en train de me dire que je ne savais pas qui j'étais, et que je n'éprouvais aucun sentiment. Tout ce qui m'arrivait à présent était uniquement dû au fait que ma vessie était pleine.

Le barrage était gardé par cinq hommes. Cette fois-ci, deux d'entre eux étaient des civils. Un des militaires procédait à la fouille du bus et des passagers. Il ouvrait les sacs, y plongeait la main dans un geste circulaire pour en ramasser le contenu, puis les jetait, vides, à leurs propriétaires. Ensuite, il fixait les hommes d'un air encore plus concentré, cherchait des objets de valeur sous les sièges. Personne ne pipait mot.

Par la vitre, nous observons un autre militaire qui fait le tour du bus, l'examinant avec la même attention. Levant la tête, j'aperçois les blocs de ciment qui ont été utilisés pour dresser le barrage de l'autre côté de la route. Ils sont peints en rouge, en blanc et en noir. Damas est ainsi criblée de ces barrages dressés un peu partout, particulièrement aux abords des places. Il y en a place des Omeyyades, avec des sacs de sable disposés au-dessus de blocs de ciment peints aux couleurs du drapeau national, on dirait un mur de séparation érigé au-dessus du néant. Sur la place du Gouvernorat, à côté de la statue de Youssef al-Azmeh[1], remise sur pied il y a de cela plusieurs années après avoir été frappée par une bombe – je le savais pour l'avoir lu dans un des livres de la bibliothèque.

Ces barrages qui n'étaient autrefois que de simples obstacles sur notre trajet se sont transformés en véritables murs séparant les rues au moyen de sacs de sable s'élevant à mi-hauteur. Mais ce que je préférais dans les barrages, et tout particulièrement ceux de la place des Omeyyades, c'étaient les guérites en bois de couleur verte qui en commandaient les abords ; elles ressemblaient aux niches pour chiens des ouvrages de jeunesse – de petits fascicules pas plus grands que la main – je le savais pour avoir réussi à en emprunter trois à la bibliothèque.

Sett Souad réapprovisionnait en permanence le stock de livres sur ses propres deniers. Pour ça, elle devait faire le vide en se débarrassant des anciens, et c'est moi qui en héritais. Mais il arrivait aussi qu'elle m'en achète de nouveaux. Lorsqu'elle m'a offert, il y a de cela cinq ans, un exemplaire du Coran avec une couverture rouge, des dorures et des arabesques couleur miel, ma vie en a été changée. Mais ça, c'est une autre histoire que je te raconterai plus tard.

Pour l'heure, immobilisée avec les autres au barrage, j'étais en train d'admirer la guérite de bois vert, assez

1. Héros nationaliste syrien (1884-1920) qui trouva la mort en résistant à la puissance mandataire française.

grande pour abriter un garde debout. Je me suis dit que ce serait fantastique si nous pouvions vivre – ma mère, mon frère et moi – dans une maison de bois vert semblable à cette guérite, mais je n'ai pas pu me laisser aller longtemps à ce rêve d'un foyer paisible, car il a été interrompu par les hommes qui fouillaient notre bus – un minibus blanc dans lequel nous avions dû nous comprimer pour arriver à y entrer tous, en ployant le tronc et en baissant la tête.

Je n'y avais pas pensé auparavant, mais en voyant le soldat rentrer le menton dans sa poitrine pour pouvoir regarder sous les sièges, il m'a soudain traversé l'esprit que tous ces gens qui embarquaient un peu partout dans les minibus formaient une sorte de longue file ondulant à travers la ville.

Les hommes du barrage n'ont pas trouvé de prétexte justifiant de nous faire tous descendre du bus, comme ç'avait été le cas avec le jeune homme qu'ils avaient molesté au barrage précédent. Néanmoins, l'homme qui dirigeait la fouille, après avoir examiné attentivement la carte d'identité du jeune gars assis sur la banquette arrière, a levé la main et lui a administré une claque violente, envoyant sa tête percuter le montant métallique. « Descends, espèce d'animal ! » lui a-t-il crié.

J'ai cessé de trembler et j'ai oublié ma vessie, car le jeune, en descendant, a titubé et s'est effondré dans les bras de ma mère. Celle-ci n'a pas crié, s'enfonçant dans un silence sinistre.

J'ai attrapé le jeune par la tête. Il m'a regardée, ses yeux étaient presque ovales, j'ai remarqué que le noir de sa pupille gauche était très sombre. Il s'est recroquevillé et a détourné son regard, après quoi il a réussi à se relever et à avancer, mais le militaire l'a empoigné pour l'expédier une nouvelle fois au sol. Tout ça est arrivé sans qu'aucun d'entre nous ne pipe mot. De mon côté, j'avais commencé à sentir un liquide tiède me brûler entre les cuisses, sans parler des gouttes de sueur qui me coulaient du nombril jusqu'au bassin. Je suis restée figée. L'un des soldats criblait le jeune de coups de pied tandis que l'autre braquait son arme sur lui tout en hurlant : « Alors comme ça, t'es de Jubar, fils de chien ?! »

Jubar, c'était ce quartier situé non loin de la place des Abbassides où il y avait des chars et des barrages, et que survolaient également les avions de chasse. Je n'ai pas compris ce qui s'y était passé, si ce n'est que la zone entière subissait le siège de l'armée, que des bombes s'y déversaient continuellement et qu'il était infesté de méchants barbares. Une seule chose était sûre : si je bougeais maintenant, je mourrais sur-le-champ. Je n'étais pas effrayée néanmoins ; je veux dire que je n'ai pas crié ni pleuré.

Le liquide tiède a coulé jusque sous mon siège. En l'apercevant, ma mère a hurlé, au moment même où les événements se précipitaient. Je serrais les cuisses et essayais de faire rétrécir ma poitrine au fond de mon chemisier. Ma mère s'est collée à moi et a raffermi sa prise sur le cordon qui nous reliait, mais juste à ce moment-là, une main l'a attrapée et l'a tirée vers l'arrière, pas une main, non, plusieurs, j'en voyais d'innombrables se tendre vers nous.

Ma tête a heurté le siège devant nous, et ma mère a été happée loin de moi. Bientôt elle s'est retrouvée à dégringoler les marches du bus en tourneboulant sur elle-même, elle serait sûrement tombée par terre si un brave type qui se tenait aux côtés des cinq hommes tenant le barrage ne l'avait rattrapée *in extremis*.

Mes liens frottaient contre mon poignet et me faisaient mal, j'avais l'impression que ma main allait être arrachée à mon bras. Les autres tiraient sur ma mère, et moi j'essayais de la retenir de toutes mes forces. Elle avait bien tenté de resserrer la cordelette, mais le nœud était encore un peu lâche, de sorte que j'ai inopinément réussi à m'en dégager, sous le regard paniqué de ma mère.

J'étais désormais libre.

La corde avait disparu de mon poignet. L'autre extrémité était encore attachée à ma mère, mais la mienne avait chuté au sol où elle s'était retrouvée piétinée. Comme j'étais déjà assise par terre, je n'ai pas bougé davantage, mais ma mère a poussé un grand cri, me désignant d'un air affolé – elle n'était plus capable d'articuler un mot. Les gens nous regardaient avec stupéfaction, et l'un d'eux tenait ma mère pour la calmer. Pendant ce temps, les types du barrage soumettaient le jeune de Jubar à une fouille musclée.

Je ne sais pas si tu arrives à imaginer ce qui s'est passé et à visualiser la séquence des événements ?! Tu as ma mère s'adressant à un des militaires, le priant de s'assurer qu'elle n'est pas sur la liste des personnes recherchées. Tu as moi qui, juste à ce moment-là, parviens à me libérer de la corde. Et enfin, tu as les passagers qui se bousculent vers la sortie, les types du barrage ayant exigé pour finir que tout le monde descende afin de procéder à une fouille générale.

Trois militaires sont arrivés en renfort, venus du barrage dressé de l'autre côté de la route (celui avec les blocs de ciment aux couleurs du drapeau). Ma mère, de son côté, a traversé en criant et en pointant la main vers moi au milieu de la foule massée autour de nous. Quant à moi, je me contentais d'observer la scène, hébétée. Le liquide tiède, qui était resté un temps emprisonné dans mon pantalon, s'en échappait désormais sans retenue.

Quoi qu'il en soit, je marche.

Mais oui, je marche ! Je suis déterminée à ne pas me retourner. J'entends des hurlements mais je continue de marcher.

Je marche.

Je marche.

J'ai toujours rêvé d'un long trajet, une expédition tellement grande qu'elle l'emporterait sur les petits obstacles qui émaillent le chemin. Face à moi, il y a une voie qu'il me faut traverser, elle m'attire comme si on me faisait signe de loin, de très loin. L'un des militaires me crie de m'arrêter, mais moi je ne peux pas faire demi-tour. Mes pieds poussent mes pas vers l'avant, mais comme l'« avant » est bouché, j'en suis réduite à bousculer tous ces hommes et toutes ces femmes pour pouvoir aller au-delà.

Soudain, un lourd silence s'abat, après qu'un des soldats a hurlé tout en tirant en l'air : « Arrête-toi ! »

Je ne me suis pas arrêtée. Je vois les gens autour de moi me détailler avec stupeur, tout en gardant le silence. Je n'ai pas regardé derrière moi, mais je n'entendais plus autant le vacarme, seul le crépitement des tirs de fusil me parvenait. Au loin, il y avait une voix qui me hurlait dessus, m'ordonnant de m'arrêter, et puis un halètement derrière lequel j'ai reconnu le souffle court de ma mère.

Malgré tout, je ne me suis pas arrêtée.

Lorsqu'une nouvelle balle a crevé le silence, le monde a paru se figer dans l'immobilité – même l'air chaud qui circulait encore un peu s'était arrêté lui aussi. Des têtes émergeaient à travers les portières des voitures, me suppliant de revenir. Mais je ne voulais rien savoir de ce qui se passait derrière moi. Ma mère a hurlé mon prénom.

Les hommes me parlaient, mais je n'entendais pas ce qu'ils disaient car je ne distinguais plus les sons. J'ai compris que j'étais désormais bien loin d'eux. J'ai toutefois éprouvé un accès de colère à l'idée qu'ils me prenaient pour une folle, alors que je suis une fille parfaitement saine d'esprit. Tout ce qu'il y a, c'est que je n'aime pas remuer la langue, c'est un muscle que je trouve fatigant d'actionner, et je préfère le laisser là où il est au fond de ma gorge.

Peu après que ma mère a crié mon nom, je suis arrivée devant un amoncellement de sacs de sable qui barraient la route des deux côtés. J'ai voulu les dégager à coups de pied, mais mes jambes ne m'ont pas obéi. Je suis passée à côté de voitures, que j'ai dépassées. Là, j'ai de nouveau entendu un hurlement, des sirènes de voitures, des bruits de tirs. Ma mère venait de me saisir par la main, et mon épaule droite me lançait, me transperçant de douleur. Sans raison apparente, elle m'a bousculée et s'est affalée sur moi de tout son poids.

J'ai chuté sur l'asphalte brûlant, où je suis restée immobile. Je ne voyais pas le visage de ma mère, sentant seulement sa respiration dans mon oreille alors qu'elle m'étreignait avec vigueur. Son souffle était bizarre, elle soupirait et haletait tout en me pressant de ses deux mains.

Je me sentais sur le point de mourir. Je me disais que si ça arrivait, rien ne serait bouleversé en ce monde. J'aurais voulu envoyer au diable tout ce qui m'entourait, n'eût été ce silence tranquille qui s'était abattu sur nous. J'ai vu venir vers moi des bottes militaires poussiéreuses, et puis une autre paire de chaussures – masculines elles aussi. Dans le même temps, je surveillais le filet rouge qui s'était formé sur ma gauche, là où mon visage se consumait sur l'asphalte brûlant. En vérité, je n'étais pas certaine qu'il soit rouge, peut-être était-il noir après tout, mais je n'ai pas eu le temps de m'interroger plus avant, car les gens se massaient autour de nous – de moi et de ma mère qui m'enlaçait.

Comme je n'entendais plus son halètement, j'ai voulu actionner ma langue. Son corps pesait de plus en plus sur moi. Bientôt, les deux types se sont penchés et ont soulevé ma mère. Je n'ai pas levé la tête pour observer son visage, des grains de sable sont venus se plaquer contre mes lèvres, pourtant nous étions loin de l'amoncellement de sacs de sable.

Le porteur des bottes militaires s'est saisi de moi, j'ai remarqué qu'elles lui arrivaient un peu au-dessous des genoux et qu'elles brillaient. Il m'a soulevée prestement – j'étais tellement légère que je flottais. C'est seulement alors que j'ai ressenti une irrépressible envie de dormir.

Une femme criait mais ça n'était pas ma mère. J'ai voulu la regarder, mais je n'ai pas réussi à ouvrir les yeux. J'étais en train de chuter, et c'était une descente plutôt agréable, ressemblant à un endormissement soudain au fond d'une balançoire. Je l'aurais savourée encore plus s'il n'y avait pas eu cette douleur cuisante dans mon épaule.

Le corps de l'homme qui me portait était si près du mien que je pouvais sentir les battements de son cœur, mais le souffle haletant de ma mère était encore dans mon oreille. Après ça… je me suis endormie.

Quand je me suis réveillée, ma mère n'était plus visible nulle part, et nous avions franchi le barrage.

Cela faisait quelques minutes que j'étais réveillée.

Je ne savais pas comment je m'étais retrouvée là, allongée et attachée. J'aurais voulu savoir depuis combien de temps je gisais ainsi, mais je n'ai pas pu interroger l'infirmière, qui me scrutait d'un œil curieux : comme à l'habitude, je n'arrivais pas à remuer les muscles de ma langue.

Du coup, l'idée m'est venue, depuis le souterrain d'où je t'écris – ma nouvelle planète secrète –, de placer à cet endroit de mon texte des feuilles vierges. C'est la seule façon que j'ai de te représenter le laps de temps qui s'est écoulé : le figurer sous la forme d'un certain nombre de feuilles blanches.

Je suppose qu'en voyant ces pages vides de tout mot, tu comprendras de toi-même. Seulement, je ne suis pas très douée pour ces choses manuelles, et j'ai trop peur de perdre au passage une partie de mes précieux feuillets. Je les assemble par liasses au fur et à mesure de l'écriture du texte, en les collant par leur coin supérieur droit. Dans mon souterrain, on trouve des boîtes de colle entassées au côté des rames de papier. Dès que j'ai complété et assemblé une liasse de dix feuillets, je la dissimule sous le lit.

Lorsque j'aurai achevé les dix premières pages du récit que je consacre à mon séjour dans ce souterrain, je réitérerai l'opération. Crois-moi si tu veux, mais la première chose que j'ai remarquée en ouvrant les yeux, avant même de me rendre compte que j'étais allongée et attachée, ce sont les serpents ayant avalé des éléphants. Parmi les illustrations du *Petit Prince*, ce sont celles que je préfère. Oui, *Le Petit Prince*, mon livre préféré ! Comme je te l'ai dit précédemment, je le connais par cœur. Mais je n'en suis plus sûre tout à coup, te l'ai-je déjà dit ?

Toujours est-il que, en ouvrant les yeux, j'ai aperçu ces serpents de formes variées qui flottaient dans la pièce, le ventre gonflé par les éléphants qu'ils venaient d'avaler – exactement les mêmes que ceux dessinés par Antoine de Saint-Exupéry. Je dois dire que ça m'a effrayée. Leur couleur tirait sur le bleu-vert ; quant aux éléphants qu'on devinait par transparence dans leurs entrailles, ils étaient gris.

Je dois t'avouer que j'avais déjà écrit, à neuf ans, des contes illustrés à la manière du *Petit Prince* – d'ailleurs, je les ai toujours à la maison. L'un d'eux tournait autour d'un zoo dont le directeur avait placé un groupe de singes dans l'enclos des lions, occupé par un mâle et une femelle. Il avait initialement eu en tête de les séparer, mais avait finalement négligé de le faire. Voyant cela, les animaux décidaient de s'adapter pour tirer parti de l'erreur commise par le directeur – en fait, ils s'étaient rendu compte qu'elle leur donnait l'occasion de se livrer à une multitude de jeux.

Bon, c'est une bonne histoire, mais elle nous éloigne de celle qui nous occupe. J'avais seulement à l'idée de te décrire les drôles de bêtes volantes que j'ai aperçues en ouvrant les yeux, et voilà que je me retrouve à te parler des contes que j'écrivais autrefois !

Je lève la tête.

La lumière pénètre par la fenêtre, et il n'y a pas un bruit. Une femme est là, qui m'observe droit dans les yeux… l'infirmière. On dirait qu'elle passe sa journée, immobile comme une statue, à la tête de mon lit. Celui-ci fait face à une large fenêtre dont l'un des battants est ouvert ; munie d'une grille, elle offre une vue partielle d'une autre salle d'hôpital.

L'infirmière a quitté sa place à la tête du lit. Elle était vêtue d'une tenue blanche immaculée, et portait du rouge à lèvres, un rouge d'une couleur identique à celui que ma mère avait jeté autrefois. Un rouge vraiment… rouge. La lumière provenant de la fenêtre, auparavant masquée par l'infirmière qui s'était tenue exactement entre les deux battants, m'a éblouie.

Pour la première fois, j'ai pu me figurer l'endroit où je me trouvais.

J'ai essayé de remuer la langue, mais je n'ai pas réussi. Ma main droite était enchaînée, tandis que la gauche était enveloppée dans une bande de gaze blanche qui remontait jusqu'au milieu de ma poitrine et couvrait également mon épaule, de sorte que, même ma main libre, je n'étais pas en mesure de la mouvoir. Dès que j'essayais de me lever, je ressentais une douleur lancinante à l'épaule. Ma main captive était retenue dans un anneau de métal directement fixé à l'un des barreaux du lit, sans même l'entremise d'une chaîne.

Mon épaule me faisait mal et j'étais allongée sur le lit, presque nue à l'exception de ce bandage qui enserrait la moitié de mon buste avec le haut de mon bras.

Je ne comprenais rien de ce qui se passait.

Les serpents volants qui avaient avalé des éléphants avaient disparu, mais l'atmosphère était toujours chargée d'odeurs âcres qui m'irritaient le nez.

À ma gauche, il y avait une jeune fille assoupie – j'ai découvert par la suite qu'elle ne dormait pas vraiment : en réalité, elle avait perdu connaissance. Lorsque le médecin est venu l'examiner, son corps avait bleui, et ses yeux étaient obscurcis par deux grands cernes où du bleu, du rouge et du noir se mêlaient dans un assemblage indistinct. Pourquoi devons-nous toujours assigner à chaque chose une couleur unique ?

L'infirmière s'est approchée de moi, elle ressemblait à un petit éléphant. Après m'avoir fixée droit dans les yeux, elle s'est mise à parler à toute vitesse. Je l'ai dévisagée sans répondre. Ensuite, un jeune type est arrivé, un grand gaillard en tenue militaire. Après m'avoir jeté un coup d'œil rapide, il a expliqué à l'infirmière qu'ils avaient tué ma mère par erreur et qu'ils attendaient que mon frère vienne me récupérer. Puis il s'est approché de la fille inconsciente étendue sur le lit voisin du mien, et s'est mis à secouer violemment les montants, lui arrachant un râle de douleur. Elle a ouvert les yeux lentement, avant de les refermer presque aussitôt. L'infirmière l'a regardée avec dégoût, puis elle est sortie de la pièce.

D'après la couleur assez sombre du ciel, il devait être encore tôt dans la matinée. La jeune fille était comme moi attachée par un anneau métallique à son lit, dont la peinture blanche était écaillée et les barreaux constellés de taches de rouille.

Le lit situé de l'autre côté était occupé par une femme plutôt potelée, elle aussi menottée au lit. Un instant, j'ai cru que je rêvais, car nous étions toutes pareilles. Cette idée m'a plongée dans une sorte d'euphorie. Je ne sais pas si tu peux comprendre ce sentiment – oui, l'espace d'un instant, je me suis réjouie de voir ces chaînes !

La phrase que le jeune militaire avait lancée tout à l'heure résonnait encore dans mes oreilles ; elle a commencé à se diffuser à travers la pièce telles des volutes de vapeur. J'ai ainsi pu voir les lettres qui la composaient s'élever au-dessus de ma tête pour flotter dans les airs, s'immisçant parfois entre les matelas et les corps des patientes allongées. Cela m'a soulagée car, ce faisant, elles ne pesaient plus sur moi comme auparavant, lorsque leurs épais caractères noirs étaient restés suspendus devant moi, me bouchant la vision de la fille étendue dans le lit voisin.

Celle-ci avait recommencé à gémir et à s'agiter sur sa couche. Elle avait un joli visage, mais ses cris étaient trop forts et suraigus – on aurait dit le bruit d'une lame de couteau grinçant sur du verre ! Elle n'avait toujours pas ouvert les yeux, ce qui m'empêchait de comprendre ce dont elle souffrait exactement, ou même de lui adresser un simple regard de sympathie. Mes nouvelles entraves, désormais matérialisées par un anneau métallique, paralysaient ma réflexion.

Au bout de quelques minutes, la même infirmière au rouge à lèvres éclatant a refait son entrée, poussant devant elle un lit à roulettes sur lequel était étendue une autre fille. Celle-ci était à peu près consciente, mais sa main était enveloppée dans un bandage. Sa jambe droite était elle aussi bandée jusqu'au haut de la cuisse dans un pansement de gaze blanche, mais ses yeux à elle n'étaient pas cernés de halos multicolores.

L'infirmière s'est tenue un moment entre nous. Le militaire, qui avait un pistolet glissé à la taille, entre le pantalon et la chemise, a désigné mon lit et ordonné qu'on installe la fille dans le lit de «la petite muette».

À vrai dire, je ne me considère pas comme petite, je suis juste un peu menue.

L'infirmière m'a dévisagée, sans que j'arrive à déchiffrer son expression, puis l'a informé que j'étais folle. Ensuite, elle s'est de nouveau tournée vers moi, et avant que j'aie eu le temps de réfléchir au mystère des lettres qui s'étaient évanouies du plafond de la chambre, ils avaient transféré la fille à côté de moi.

Le lit était étroit, mais ça ne les a pas arrêtés, ils l'ont tassée fermement contre moi, puis l'ont attachée par le poignet à l'autre montant du lit. Elle a poussé un cri de douleur, puis s'est mordu la lèvre. J'ai vu distinctement son visage rougir tandis qu'elle se tortillait sur le lit.

J'avais envie de pleurer moi aussi à cause des heurts de son corps contre le mien, mais je n'ai réussi qu'à me mordre la langue. Pendant un temps, mes cris se sont limités à de petites secousses emprisonnées à l'intérieur de moi, jusqu'au moment où ils ont fini par sortir.

J'ai tourné la tête de l'autre côté, là où il y avait cette fenêtre qui donnait sur la salle voisine. Celle-ci était réservée aux hommes, et j'ai détourné le regard et fermé les yeux. J'aurais voulu disparaître. J'ai dessiné dans l'air certains personnages du *Petit Prince*, depuis le «businessman» jusqu'à la rose ayant enflammé le cœur du prince, en passant par le serpent et l'homme bizarre qui boxe dans un ballon. Moi, j'adorais la planète abritant un unique mur – c'était ma préférée.

La fille s'est raclé la gorge et a marmonné des mots incompréhensibles, ce qui m'a plongée dans la stupeur. Ma tête me brûlait et mon sang s'était figé dans mes veines. Le flux de son chuchotement pénétrait directement dans mes oreilles. Elle sanglotait. La lumière du jour était désormais plus intense, me permettant de mieux voir les contours de la salle qui nous abritait.

À présent, tu dois te faire une meilleure idée de ce que je ressentais… Je me disais que mon basculement dans le sommeil, après l'incident du check-point où ma mère était tombée et à la suite duquel j'avais été transportée ici, que ce basculement, donc, était analogue à la chute que subit l'héroïne d'*Alice au pays des merveilles*.

Je m'étais sentie pénétrer dans une forêt dense dont l'apparence changeait à chaque instant. Et cette forêt, en réalité, n'était autre que la salle où je me trouvais à présent. Oui, ça devait s'être passé exactement comme ça ! Et puis, la lumière avait jailli brusquement dans la pièce et, à la place du lapin blanc, il y avait une infirmière en blouse blanche.

J'ai essayé de décaler légèrement ma tête, afin de ne pas importuner la fille à côté de moi, qui gémissait au moindre de mes mouvements. Bientôt, l'infirmière a refait son apparition ; avec l'aide du militaire, elle a déplacé la fille pour la retourner dans le lit, de sorte que nous étions maintenant étendues tête-bêche. Ses pieds étaient tout près de ma tête, et les miens remontaient jusqu'à sa poitrine…

Durant la manœuvre, j'avais fermé les yeux afin d'éviter que l'infirmière ne croise mon regard et me demande de parler. Subitement, j'ai détecté une odeur nauséabonde qui apparemment émanait de la fille. En y regardant de plus près, j'ai remarqué que ses pieds étaient ensanglantés, ils avaient enflé et pris une couleur bleue inquiétante. Je me suis détournée pour ne pas pleurer et j'ai refermé les yeux, me contentant de me mordre la langue; ma bouche avait un goût de sel.

Gardant toujours les yeux fermés, j'ai vu en pensée Sett Souad. Elle m'appelait, me pressant de la rejoindre au plus vite. Elle était vêtue comme à son habitude de sa jupe noire et de son chemisier blanc à col de dentelle – je ne l'avais jamais vue arborer d'autres couleurs. J'ai aussi remarqué les mèches blondes de son imposante chevelure, toujours teinte et coiffée avec soin, et puis ses bracelets délicats. Elle se tenait debout au-dessus de mes paupières que je luttais pour garder fermées, car j'entendais les voix de l'infirmière et du militaire, même si je ne saisissais pas leurs propos.

L'odeur qui s'exhalait de la fille à côté de moi m'asphyxiait, mais je l'ai tout de même entendue – je parle de Sett Souad – m'appeler et me souffler à l'oreille de venir m'installer à côté du grand bureau. Ma mère, quant à elle, m'observait à travers une ouverture dans le plafond. Toutefois, lorsque Sett Souad s'est levée brusquement pour refermer la porte, cela a fait disparaître d'un coup l'ouverture dans le plafond et ma mère.

Dans la scène, je retrouvais en pensée mes habitudes de l'école, écrire et dessiner comme j'avais appris à le faire avec Sett Souad…

À la rentrée, elle se procurait le programme obligatoire et me l'enseignait. Ce cours particulier s'est prolongé plusieurs années de suite puisque, du fait de mon état de santé, j'étais interdite de scolarité sur ordre du médecin. Faute de parvenir à me diagnostiquer, celui-ci avait décrété que ma mère devait me placer dans une institution spécialisée, l'asile «Ibn al-Nafis».

Tout en s'excusant d'agir ainsi, Sett Souad m'attachait à l'un des montants du bureau. Il faut dire que ma mère l'avait suppliée de bien me surveiller et de serrer méticuleusement la corde. Cette routine s'est poursuivie pendant de nombreuses années, et la bibliothèque de l'école est devenue une partie de moi. Pour être plus précise, je dirais qu'elle est devenue toute ma vie.

Cette bibliothèque se trouvait près de l'escalier desservant le second étage de l'école, au bout du corridor conduisant à la salle des professeurs. Elle était loin du bureau de la direction, situé au bout d'un étroit couloir le long duquel étaient distribuées les salles de classe.

Cette disposition facilitait la solidarité que toutes et tous témoignaient envers ma mère. Tout au long de ces années, la directrice et son assistante, qui n'auraient jamais accepté une telle situation, n'ont jamais découvert le pot aux roses. Si tu avais seulement idée de ce qu'a été mon existence à cette époque, si tu pouvais imaginer à quel point j'ai été heureuse ! Je me sentais comme la reine du monde ! Mais le monde se limitait-il à cela ? Dans ce cas, pourquoi donc la vie semblait-elle toujours se dérouler ailleurs ?

La bibliothèque était ma planète à moi, elle ressemblait à celle sur laquelle avait vécu le Petit Prince. Parmi mes planètes secrètes, elle était sans nulle doute l'une des plus importantes. J'avais aussi mes fleurs, il n'y en avait pas une seule mais d'innombrables.

Même si la salle n'était vraiment pas grande, ses murs étaient couverts de rayonnages remplis de livres. J'aimais humer leur odeur, une odeur très spéciale. Ce devait être l'odeur du papier, à moins que... non, je n'arrive pas à la définir. Ce qui est sûr, c'est que c'était une odeur unique – je l'ai encore dans les narines.

Les livres arrivaient emballés dans un papier brun, qu'on réutilisait pour les couvrir. On glissait ensuite au milieu des pages une fiche blanche contenant toutes les informations utiles. J'aimais beaucoup écouter Sett Souad les scander à voix haute, les faisant suivre de l'année de publication et de la cote de classement. Pour chacun d'entre eux, je connaissais ces informations par cœur, et j'avais même mémorisé leurs dimensions.

Les livres du patrimoine traditionnel étaient rangés juste derrière le bureau de Sett Souad, parce qu'il s'agissait d'ouvrages coûteux dont la perte aurait constitué un grand dommage.

Un deuxième mur était réservé aux classiques – livres d'histoire et de philosophie, romans traduits –, et ne comportait pas de nouveautés.

Quant au troisième, il était dédié aux livres pour enfants, c'est-à-dire à ceux qui, en toute logique, auraient dû m'être destinés. Bon, je suis trop longue, tu commences sûrement à t'impatienter, non ? Je voulais juste t'expliquer pourquoi j'ai vu m'apparaître Sett Souad quand j'ai fermé les yeux, sachant que les pieds de la fille – oui, celle qu'ils avaient jetée à côté de moi sur le lit – étaient tout près de mon visage.

Essaie donc, en lisant mes mots, de te figurer la scène. Sett Souad était donc à son bureau. Il se trouve qu'au moment précis où je l'ai vue me faire signe et où, m'approchant d'elle, j'ai aperçu le cahier dans lequel elle avait commencé à m'apprendre les lettres de l'alphabet, dans une ambiance de fête traversée de règles multicolores voltigeant dans les airs, au moment précis donc où je m'apprêtais à rejoindre le bureau, la fille à côté de moi a levé la jambe et son pied a heurté mon visage.

Cela nous a fait sursauter toutes les deux. J'ai poussé un hurlement, puis j'ai éclaté en sanglots. Ne me demande pas pourquoi les choses se sont passées comme ça. Tout ce que je sais, c'est que les cris jaillissaient de ma gorge contre ma volonté. La fille, elle, s'est mise à trembler, elle n'arrêtait pas de s'excuser. Peu après, l'infirmière a déboulé, accompagnée de deux types.

Celui des deux qui était en uniforme est resté debout devant la porte. Parlant avec difficulté, la fille a bégayé qu'il ne s'était rien passé, c'était juste que son pied avait heurté involontairement mon visage et que, depuis, je n'arrêtais pas de crier.

Je saignais du nez, et en sentant le goût de sel gagner ma bouche, j'ai hurlé de plus belle. Irrités, ils m'ont ordonné de la boucler, mais moi j'ai continué pareil, jusqu'au moment où j'ai reçu de l'autre type – celui qui était en civil et avait un pistolet à la taille – une violente gifle qui m'a fait perdre conscience.

Je n'ai pas su ce qu'ils avaient fait à la fille, car je n'ai repris connaissance qu'à la mi-journée, mais elle était désormais dans un lit éloigné du mien, plongée dans le sommeil malgré le vacarme ambiant.

Généralement, j'arrive à respirer correctement, mais là chaque souffle me causait une douleur aiguë, comme si un couteau affûté me transperçait le nez. Je ne savais pas exactement ce qui m'arrivait, sinon que je sentais un goût de sang séché au-dessus de ma lèvre.

Je ne me suis pas relevée, me contentant de me retourner dans mon lit pour faire face à la fenêtre. Les deux battants s'étaient un peu écartés, ce qui m'a permis de voir que cette fenêtre donnait sur une autre, équipée de grillage. En parlant avec les gens, j'ai appris que nous nous trouvions dans une sorte d'hôpital-prison dont les portes et les fenêtres étaient renforcées de blindages et de grilles d'acier, qu'une balle m'avait transpercé l'épaule et que j'avais dû subir une intervention. En conséquence, je ne serais pas en mesure de bouger avant plusieurs jours.

La nuit est venue. Je ne cessais de me réveiller et de me rendormir. Je n'ai pas mangé mon repas – j'ai même refusé d'y goûter. Le personnel me traitait plutôt mieux que les autres filles, que je croyais malades comme moi. Je songeais à ma sortie de l'hôpital, qui n'allait sans doute pas tarder, au moment où on me laisserait marcher par mes propres moyens après m'avoir détachée. Cette perspective, à elle seule, m'aidait à supporter les insectes de toutes espèces qui tournoyaient au-dessus de ma tête, et autres puces qui sautillaient, sans parler des odeurs nauséabondes. Parfois, les franges du couvre-lit se soulevaient, laissant entrevoir un vieux cuir usé qui râpait contre ma peau et me causait des brûlures.

Le lendemain, je me suis installée dans l'une de mes planètes secrètes et, fermant les yeux, je me suis appliquée à reproduire la dernière illustration du *Petit Prince*, celle qui représente le désert… On y voit une étoile de couleur jaune accrochée dans le ciel, avec au-dessous un trait incurvé qui croise un demi-cercle pour esquisser une sorte de colline. C'est le dernier dessin qui figure dans le livre, au moment où le prince disparaît.

Tandis que je plissais énergiquement les yeux pour terminer le tracé, un bruit métallique assourdissant a brutalement rompu l'étrange silence dans lequel l'hôpital était noyé – on était seulement aux premières lueurs du jour et les patients dormaient.

Apparemment le vacarme avait été causé par un objet qu'on avait expédié contre notre fenêtre, faisant voler la vitre en éclats. Cela a réveillé en sursaut mes deux voisines, qui, épouvantées, ont fait un bond dans leurs lits. Leurs têtes oscillaient d'un côté et de l'autre, et leurs yeux étaient presque vides de toute expression, sans parler de leurs cheveux en désordre qui, pour l'une d'elles, débordaient du bandage enroulé autour de sa tête.

Le silence étant revenu, elles ont repris leur position couchée. Un peu plus tard, le même bruit s'est reproduit. J'ai scruté les alentours pour essayer de savoir ce qui s'était passé.

Tu ne croiras jamais ce que j'ai vu… Je ne distinguais que l'espace longiligne entre les battants de la fenêtre, qui m'est apparu comme un rectangle de verre en fusion. En temps normal, le grillage apposé sur la fenêtre empêchait de voir, mais là le soleil frappait l'autre salle de ses rayons drus, l'inondant de lumière.

Je n'avais pas mangé depuis deux jours, et j'entendais des gargouillis dans mon ventre ; cette agitation était audible par tout le monde, contrairement à celle qui me secoue les tripes ici, dans la solitude du souterrain.

J'ai tourné le dos aux filles et j'ai jeté un regard à travers la fenêtre barrée par un grillage. Je me suis sentie perdue.

Les planètes du *Petit Prince* avaient beau tourner autour de moi très distinctement, j'ai éprouvé le besoin de psalmodier du Coran et de m'adonner à la cantillation. C'est que j'étais en plein désarroi, je ne comprenais rien à ce qui se passait ! Pourquoi ma mère avait-elle disparu ? Et pourquoi étais-je ici ? Et où était mon frère ? Et pourquoi on ne me laissait pas tranquille ?

Par moments, il m'arrivait aussi de ressentir un vent de liberté : j'allais enfin pouvoir être seule, marcher à ma guise et découvrir où me mèneraient les mouvements de mes pieds, dans cette partie inférieure de mon corps où logeait mon cerveau. Je me promettais déjà des marches infinies ! Peut-être au cours de ce long voyage retrouverais-je l'usage de ma langue, peut-être me serait-il donné de découvrir des spectacles surprenants, peut-être arriverais-je à prendre mon élan pour atteindre des planètes lointaines et étonnantes !

J'ai essayé d'écarter le couvre-lit dégoûtant en le repoussant jusqu'à mes pieds, et de relaxer mon corps du mieux que je le pouvais, afin de me préparer au voyage qui m'attendait.

La fenêtre donnant sur l'autre salle se situait juste en face de moi. Je ne sais pas si tu imagines à quoi ressemble le monde quand on ne le voit qu'à travers une ouverture longiligne, il paraît réduit aux dimensions d'un cadre étroit qui rappelle la forme du fameux serpent avalant un éléphant…

Or, par cette ouverture, j'apercevais les jambes d'un jeune homme. Bon, elles n'étaient pas exactement devant moi, mais il n'empêche que je les voyais – du moins ses cuisses.

C'était la première fois de ma vie que je voyais les cuisses dénudées d'un homme.

Dans le lit suivant, il y avait un jeune gars dont le visage était entièrement enveloppé dans de la gaze blanche, avec par-dessus un bandeau noir qui lui couvrait les yeux, barrant à mi-hauteur son visage ceint de blanc. Je distinguais aussi sa main, prisonnière exactement comme la mienne d'un anneau métallique. Même si l'espace entre les battants de la fenêtre n'excédait pas quelques centimètres de large, c'était assez pour que je distingue le lit sur lequel il était installé – un sommier de cuir noir qui n'était pas protégé par un drap.

Sur le lit situé un peu plus loin étaient étendus deux jeunes gens que j'entendais gémir. Eux aussi avaient les yeux bandés.

Enfin, le dernier lit était occupé par un homme plus âgé, à la barbe longue et au visage constellé de traces de sang éparses.

Il m'était impossible de distinguer quoi que ce soit hors de mon champ de vision limité, et j'étais décidée à m'en contenter, ne souhaitant pas que les gens autour de moi puissent avoir une idée de ce qui me traversait l'esprit. Je n'ai donc rien su de ce qu'il y avait dans toute la partie de la chambre située hors dudit champ de vision.

Je n'arrive pas à te décrire les événements comme ils se sont déroulés dans la réalité, car pour moi il n'est pas facile d'établir une équivalence entre les mots et la vie réelle.

Les odeurs que je humais autour de moi, et qui pour la plupart émanaient de la salle voisine, étaient détestables – il ne me vient pas d'autre adjectif pour les qualifier que celui-ci, même si je ne le trouve pas adéquat. Quoi qu'il en soit, elles m'étouffaient, et c'est à peine si j'arrivais à respirer. « Ce sont les odeurs du sang et des chairs en décomposition », a indiqué la fille étendue sur le lit voisin du mien, mais je ne l'ai pas crue.

À peine quelques minutes s'étaient-elles écoulées qu'un brouhaha a éclaté dans la salle voisine. Apparemment, les autres filles savaient ce qui allait se passer, car je les ai entendues pousser de profonds soupirs. De l'autre côté, les coups ont commencé à pleuvoir. Les types s'y étaient mis à quatre – les filles m'ont expliqué qu'il s'agissait d'agents des services secrets et non de militaires.

Je ne les voyais pas distinctement, j'entendais juste les injures qu'ils lançaient et leurs vociférations, assez sonores pour fendre le ciel.

J'ai noué mes doigts au-dessus de mon ventre et j'ai fermé les yeux, mais je continuais à entendre les hurlements et les insultes. Les blessés qui recevaient les coups étaient des prisonniers, ils laissaient échapper des râles de lamentation.

J'étais incapable de la moindre réaction, sinon de remuer ma langue à l'intérieur de ma bouche, et d'essayer de la faire redescendre dans mon larynx, un jeu auquel j'aimais bien m'adonner pour vérifier s'il est possible à quelqu'un d'avaler sa langue. Sauf que, cette fois-ci, j'ai failli l'avaler pour de bon, ce qui m'a causé une douleur terrible !

Au début, en entendant les ahanements des types qui frappaient à tour de bras les blessés allongés sur leurs lits, je n'avais pas osé ouvrir les yeux. Mais finalement je me suis dit que ce n'était pas plus mal que je sache ce qui se passait : peut-être qu'ils nous feraient la même chose ensuite, et dans ce cas, mieux valait que je sois préparée.

Le jeune homme assis sur le deuxième lit – celui qui avait un bandeau noir sur les yeux – s'était enfoui la tête entre les genoux. Son torse était barré d'épais pansements blancs, et son dos nu était strié de marques de coups. J'avais pu distinguer son tourmenteur au moment où il s'était approché, un assez bel homme quoique un peu enveloppé, qui portait des moustaches bien fournies tirant vers le roux.

Il a frappé le jeune homme étendu sur le lit pile sur son pansement, tout en lui hurlant dessus. Le blessé ne répondait pas et ne manifestait aucune réaction. Voyant ça, il l'a frappé de nouveau, visant son flanc droit. Le jeune homme a tressailli sous la violence du choc, puis il a de nouveau enfoui la tête entre les genoux. Le type l'a encore frappé, cette fois du côté gauche, provoquant la même réaction. Ensuite il s'en est pris au second blessé – celui-là était un barbu, également couvert de sang –, lui assenant un coup au ventre, qu'il avait assez proéminent. Ses yeux étaient grands ouverts. Son corps ne portait aucune blessure apparente, seul son visage était maculé de sang. Il a gémi, mais sans élever la voix.

En lisant ces mots, tu dois penser que ce qui s'est passé ressemblait à un basculement dans l'abîme. Eh bien, c'est exactement ça ! Je sombrais et sombrais encore, chutant sans fin dans un gouffre qui n'en finissait pas, tandis que mes yeux roulaient au plafond de la pièce.

J'ai vu le second blessé soulever d'abord sa tête, puis son corps, on aurait dit un squelette. Visiblement, il n'avait rien mangé depuis très longtemps, ses yeux étaient exorbités. Chaque fois qu'il essayait de se redresser, son bourreau revenait vers lui et le frappait sur la tête, ce qui le faisait s'effondrer sur le lit métallique.

Tout en assistant à la scène, je ne pouvais m'empêcher d'observer les cuisses du premier jeune homme. J'étais médusée, sachant que, comme je te l'ai déjà dit, je n'avais jusqu'ici jamais eu l'occasion de voir un homme nu. Pour tout spécimen d'anatomie masculine, je n'avais que mon frère, et celui-ci ne se déshabillait jamais devant moi, ne se changeant que dans la salle de bains. À présent que j'avais devant moi tous ces corps nus, je ne comprenais plus rien !

La nudité était-elle horrible à ce point ? C'était plus terrible à supporter que le choc des explosions qui survenaient non loin de chez nous, plus terrible même que le passage de la directrice de l'école près de la bibliothèque quand elle effectuait son inspection matinale…

La première fois que c'est arrivé, Sett Souad, désireuse de prévenir une catastrophe, est sortie précipitamment de la bibliothèque pour aller à sa rencontre, avant d'entamer avec elle une longue discussion. Mon cœur battait violemment et je tremblais de tout mon corps. Je savais en effet que ma présence ici n'était pas autorisée, et que, si d'aventure la directrice en avait connaissance, elle ne manquerait pas d'adresser un avertissement à Sett Souad. Peut-être même se mettrait-elle en colère et irait-elle jusqu'à congédier ma mère !

J'étais tellement effrayée que j'en avais mouillé mes vêtements, ce qui était arrivé par la suite chaque fois qu'il y avait eu une inspection de ce genre, soit environ deux à trois fois par an.

De retour à la bibliothèque, Sett Souad m'a adressé un clin d'œil complice ; lorsque je lui ai écrit sur un petit bout de papier que je voulais rentrer à la maison, elle m'a demandé de patienter le temps que la directrice retourne dans son bureau.

Lorsque l'incident du pipi s'est reproduit la fois suivante, elle n'a pas attendu : à peine avait-elle vu la directrice disparaître qu'elle défaisait mes liens et m'emmenait précipitamment jusqu'aux toilettes des élèves. Là-bas, en sentant l'odeur de pisse répugnante, j'ai compris pourquoi la directrice morigénait continuellement ma mère, lui reprochant d'avoir bâclé le nettoyage. Entendant ça, ma mère fondait en sanglots, protestant qu'elle frottait pourtant le sol et l'émail des sanitaires avec toutes sortes de produits détergents.

Je reviendrai à ces moments-là, durant lesquels je vivais un véritable enfer en attendant que Sett Souad en ait fini avec la directrice ; ce sont les moments les plus éprouvants que j'aie eu à affronter dans mon existence. Je veux néanmoins que tu saches que ces moments, du moins au début, passaient sur moi sans trop de dommages, car je commençais seulement à savoir ce que signifie la peur.

Plus tard, j'essaierai de t'expliquer ce que signifie la faim, mais vu que j'essaie de te présenter mon récit d'une manière aussi structurée que possible, je vais laisser de côté cette sensation qui ressemble à un triangle.

La peur, pour en revenir à elle, te creuse des ravines dans le corps. Elle pénètre progressivement tous tes organes et s'installe au fond de tes tripes, devenant une sorte de boule au ventre aux dimensions extensibles. En ça elle diffère de la faim, qui se dissipe dès que tu as pu t'en libérer par l'action de manger, et qui ne laisse pas dans la mémoire de traces durables. La peur, elle, demeure à l'intérieur de toi comme un arc qui relie les pieds et le muscle du cœur. Son siège est situé dans les jambes, elle tournoie autour de toi, à l'intérieur de toi, derrière toi, et achève son trajet au bas du ventre. Dans mon cas, elle n'en ressort que sous la forme d'un liquide chaud appelé « urine ».

Pour le moment, même cet écoulement-là, j'en étais privée : j'étais trop absorbée par le spectacle des types frappant les blessés – enfin, on ne pouvait pas vraiment parler de « blessés », c'étaient plutôt des corps tourmentés de pantins que seule maintenait vivants cette pulsation qui battait encore au fond d'eux.

Mon ventre était devenu une boule de vide grandissante, qui gagnait inexorablement ma vessie. J'ai commencé à me tendre à la vue de ces individus fouaillant les plaies de leurs victimes tout en leur hurlant des injures. J'écarquillais les yeux encore plus pour essayer de comprendre : pourquoi ces vociférations et ces insultes si étranges ?

Le lendemain matin, l'infirmière révélerait à l'une des filles que son frère était dans la salle d'à côté, ne manquant pas d'ajouter qu'elle et ledit frère en question retourneraient en prison, où il resterait jusqu'à ce que sa chair pourrisse. La fille se contenterait de lui faire, d'une voix très affaiblie, une réponse quasi inaudible, ce qui amènerait l'infirmière affublée de sa drôle de coiffe à lui rétorquer que telle était la punition dévolue aux traîtres et aux opposants violents qui manifestent contre Son Excellence le président.

Ensuite, elle avait poursuivi à part elle son soliloque, tout en continuant à nous lancer de temps à autre des regards inquisiteurs. Moi j'avais jeté un coup d'œil à la ronde, me demandant à qui pouvaient bien s'adresser les paroles qu'elle marmonnait et ce qu'elles pouvaient bien signifier.

Je ne te cache pas que, d'habitude, ça m'énerve quand je ne comprends pas ce qu'on me dit. Je me sens alors comme une étrangère, impuissante à discerner la réalité et voyant du mystère dans tout ce qui se passe autour de moi. Mais là, j'avais l'esprit ailleurs : tout en épiant les blessés, j'ai repensé à mon frère. Où pouvait-il être ? Avait-il appris ce qui m'était arrivé ? Et ma mère, où était-elle ?

L'idée m'a traversé l'esprit qu'il s'agissait peut-être d'une sorte de jeu ou de mise en scène. Assurément l'affaire devait être peu banale pour que ma mère ait disparu sous terre, et qu'elle ait oublié d'attacher mon poignet à sa main !

Je ne pouvais pas me masser le poignet comme je le fais habituellement, car l'anneau implacable qui m'entravait, rigide et douloureux, ne m'en laissait pas la possibilité.

J'ai voulu remuer la langue pour dire à tout le monde que je voulais rentrer chez moi, et même plus précisément retrouver mon lit. Celui-ci me manquait, privée que j'étais de mes papiers et de mes couleurs. Il me fallait impérativement mon lit, et tout de suite ! Même retourner chez Sett Souad, je n'étais pas d'accord…

J'ai commencé à crier tout en observant par la fenêtre les types de l'autre côté, qui s'étaient figés pour m'écouter. Bientôt, l'infirmière est entrée. Mes cris étaient de plus en plus stridents. Ensuite, j'ai vu des inconnus affluer vers moi tandis que je hurlais et me roulais en boule.

En réalité, ce n'était pas un cri qui émanait de moi, mais plutôt un drôle de bredouillis. J'ai planté mes dents dans le bord du lit, mordant dans le matelas de cuir noir ; il dégageait une odeur pestilentielle et avait un goût acide.

Je mordais frénétiquement sans cesser de hurler, et mes vêtements se sont trempés d'urine, tandis que des mains jaillissaient de toute part pour se saisir de moi. Sans l'avoir vu venir, j'ai reçu une énorme gifle.

J'ai préféré ne pas ouvrir les yeux pour voir ce qui se passait, mais à coup sûr il ne s'agissait pas de ces types de la salle d'à côté car, pendant qu'ici les gifles s'abattaient sur mes joues, je continuais d'entendre là-bas les cris que les coups arrachaient aux blessés. Dans le même temps, j'ai senti une pointe brûlante et acérée s'enfoncer dans ma fesse, et j'ai commencé à défaillir, comme si une poigne solide me happait vers le sol. Je devinais, en contrebas, le gouffre dans lequel j'étais en train de chuter. J'ai fermé les yeux et me suis endormie…

Mes yeux tâtonnent pour trouver le chemin de la lumière. Ma tête est lourde. Je garde les paupières fermées. La douleur me brûle au niveau de la fesse, là où ils m'ont administré la piqûre. J'entends près de moi un sifflement : *sssss… sssss…* Puis le silence revient, avant d'être de nouveau rompu par le même sifflement : *sssss… sssss… sssss…*

J'ai cru, l'espace d'un instant, que j'étais allongée sur mon lit, près de ma mère, et que je venais d'émerger d'un cauchemar, mais le funeste sifflement m'a fait reprendre mes esprits : *sssss… sssss…*

Tu vas bien ?

Après avoir ouvert les yeux, non sans difficulté, j'ai tourné la tête en direction de la voix. Une fille était étendue sur le même lit que moi, nous étions tête-bêche, ses pieds enflés à la hauteur de mon visage.

Elle était toute menue et ne portait nulle trace de sang ou de blessures ; quant à son crâne, il était entièrement rasé. J'ai levé le visage pour la contempler. Elle était belle en dépit de sa tête rasée : blanche et délicate de peau, des yeux larges et ronds – les yeux les plus étranges qu'il m'ait été donné de voir dans ma vie. Nul doute que j'étais en train de rêver !

La fille ressemblait à l'une de ces poupées désarticulées auxquelles manque la chevelure. Elle avait un bandeau noir enroulé autour du cou. Par la suite, elle m'a expliqué qu'il s'agissait en fait d'une mèche de sa chevelure, tout ce qui lui en restait depuis que, en prison, on l'avait obligée à se raser la tête : ils en avaient assez de devoir ramasser les cheveux qu'elle perdait en quantité…

Voyant que je la dévisageais avec effroi, elle m'a souri.

N'aie pas peur, a-t-elle chuchoté. Et toi, t'étais dans quelle section ?

Elle s'est pelotonnée à son extrémité du lit, m'invitant d'un signe à l'imiter afin que nos regards puissent se rencontrer.

La manœuvre n'était pas facile, il fallait que chacune d'entre nous se mette en chien de fusil pour que nos yeux soient face à face. Aucune de nous ne pouvait garder la tête levée plus d'un certain temps, car ni l'infirmière, ni les deux gardes debout à la porte, ni le soldat qui patrouillait dans le couloir ne nous l'auraient permis. Désobéir aux instructions nous aurait sans doute valu une gifle de l'un d'entre eux.

Elle a recommencé à chuchoter : J'étais dans la section « Palestine », tu connais ? J'y suis restée quarante jours.

J'ai esquissé un léger mouvement de tête pour lui faire comprendre que je l'avais bien entendue, mais que j'ignorais ce qu'était la section « Palestine ». Elle parlait en bégayant et ses lèvres tremblaient. De mon côté, j'ai exhalé un râle.

Je suis censée me méfier de toi, a-t-elle ajouté.

J'ai hoché la tête et un nouveau geignement m'a échappé. Puis j'ai brandi mon index et l'ai secoué pour lui signifier qu'il ne fallait pas. Tu ne peux même pas imaginer les efforts que ça m'a coûté, mon doigt se dandinait de droite à gauche comme une danseuse.

Elle a repris : T'es muette ?

J'ai acquiescé d'un signe. Je ne sais même pas pourquoi je hochais la tête, car en vérité je ne suis pas muette du tout. Je sais réciter le Coran et suis experte dans sa cantillation. Tout ce qu'il y a, c'est que je n'ai pas envie de parler. J'aime bien aussi lire *Le Petit Prince* à voix haute quand mon frère et ma mère s'absentent de la maison. Comment lui aurais-je expliqué que je ne souffrais de rien, sinon que je ne ressentais pas le besoin de remuer les muscles de ma langue ?

Du coup, je me suis contentée d'acquiescer. Elle s'est enfoncée dans le silence et un voile de tristesse lui a recouvert le visage. Ses yeux ont dérivé dans le vague. La lumière ténue, qui me permettait tout juste de distinguer ses traits, lui donnait un air encore plus mystérieux…

Elle était vêtue d'un jean et d'un chemisier en coton noir. Ses habits semblaient très sales, et elle avait des marques bleues sur les bras, et aussi des ecchymoses en haut de la poitrine, qu'elle dissimulait avec ses doigts. Elle m'a tourné le dos et s'est recroquevillée sur elle-même.

Les autres filles marmonnaient et échangeaient des paroles à voix basse. La fille chauve a continué à geindre.

Nous étions sept filles en tout, pour seulement quatre lits. Un petit rayon de soleil s'est insinué dans la salle, créant un halo à travers lequel j'ai aperçu des particules de poussière, qui ressemblaient à des filaments solaires. Lorsque j'ai relevé la tête durant quelques secondes, je me suis avisée que l'autre fenêtre laissait entrevoir les branches d'un arbre que le vent ballottait doucement, sur fond de ciel bleu très pur.

En entendant du vacarme à l'extérieur, j'ai donné un coup de coude à la fille près de moi pour attirer son attention. Elle s'est tournée dans ma direction, me dévisageant avec compassion. J'ai désigné la fenêtre. Elle s'est rassise brusquement, affolée.

Quoi ?! a-t-elle dit après avoir jeté un coup d'œil à travers la vitre.

J'ai désigné le rayon de soleil et la poussière. Elle a souri faiblement, puis a laissé retomber sa tête en arrière.

Elle dormait sans oreiller, sa tête chauve directement au contact du lit. Quant à moi, ils m'avaient placé un oreiller sous la nuque.

Les autres lits étaient dépourvus d'oreillers et de coussins.

Ils t'ont brisé les côtes ? m'a-t-elle demandé en désignant les bandes de gaze enroulées autour de mon épaule et de ma poitrine.

Je me suis débrouillée pour lui répondre d'un simple geste. Tu te demandes comment j'ai fait, hein ? Eh bien avec deux doigts, j'ai mimé la forme d'un pistolet, puis je les ai placés sur mon épaule et les ai écartés avant de les refermer comme des ciseaux. Ça a fait sursauter la fille.

Où ça ? a-t-elle demandé.

Je n'ai pas répondu. Elle tentait de fermer les yeux. Moi je ne voyais pas pour quelle raison elle était retenue avec nous – elle ne portait aucune blessure justifiant qu'on la garde à l'hôpital.

Je distinguais, dans la lumière douce des rayons du soleil qui se reflétaient sur son visage, la pureté de ses traits ; on aurait dit le visage d'une fillette. Cela me déroutait car son corps, lui, était bel et bien celui d'une femme mûre. Il était beau, du reste, en dépit des contusions. Ensuite elle a commencé à faire pivoter son cou et à remuer la tête, j'entendais ses os craquer à chacun de ses mouvements, tandis qu'elle essayait d'assouplir son corps en l'étirant dans toutes les directions.

Elle a indiqué qu'ils l'avaient arrêtée au barrage de Rokn al-Dine.

Elle n'attendait pas de réponse de ma part, comme si elle se parlait à elle-même. Malgré tout, elle me fixait au fond des yeux avant de poursuivre son chuchotement.

Elle m'a adjurée de ne pas les laisser me faire de piqûre avec leur seringue, sinon je ne saurais jamais ce qu'ils me faisaient quand j'étais endormie. J'ai approuvé d'un signe de tête.

De temps à autre, je m'efforçais de détourner mon visage d'elle pendant qu'elle parlait, afin qu'ils ne nous remarquent pas en train de bavarder – nous les avions vus peu avant frapper deux autres filles étendues sur le lit d'en face, après les avoir surprises à parler ensemble.

C'est lors d'un de ces moments où je m'étais détournée d'elle que j'ai aperçu, à travers l'ouverture rectangulaire de la fenêtre, un nouveau blessé qui venait d'arriver.

Le jeune homme avait une longue corde enroulée autour de la jambe afin de maintenir sa cuisse relevée, et un bandage blanc enveloppait tout son corps jusqu'au bassin. Il était nu, à l'exception d'un caleçon rouge, et son corps était décharné. J'ai regardé ailleurs et me suis pelotonnée contre les jambes de la fille chauve.

Elle parlait à présent des journées qu'elle allait devoir passer ici, mais elle n'arrivait pas à se faire comprendre. Elle a raconté qu'ils l'avaient mise sous surveillance, plaçant son téléphone sur écoute. C'est comme ça qu'ils avaient su qu'elle prenait part à des manifestations et transportait des médicaments pour les blessés. Elle a ajouté qu'elle avait tout avoué, et qu'elle n'avait pas peur.

Ce disant, elle s'est tassée sur elle-même au point de presque prendre l'apparence d'une boule.

Je pense que je vais mourir, m'a-t-elle dit.

Là-dessus, elle a déplié son corps et s'est détournée de moi après avoir fermé les yeux.

L'absence de chevelure lui donnait une allure très particulière, laissant voir un crâne aux proportions harmonieuses, où l'arrondi de la tête semblait en accord avec celui de ses yeux.

Elle a passé une nuit tranquille, jusqu'à l'arrivée le lendemain matin de l'infirmière et des deux types. Ne te rendors pas, m'a-t-elle soufflé.

En les voyant entrer, elle s'est tue. D'un geste brusque, ils lui ont enjoint de sortir du lit. À ma surprise, elle arrivait à peine à marcher – elle paraissait entièrement brisée, et un des types a été obligé de la porter.

En la voyant s'éloigner et se dérober progressivement à mon regard, je me suis dit qu'elle semblait aussi légère qu'un fétu de paille. De son côté, elle me fixait, les yeux ouverts au maximum, tout en m'incitant, en haussant les sourcils et en arrondissant les yeux, à ne surtout pas lui retourner son regard. Elle a refait cette mimique plusieurs fois de suite.

La fille chauve aux grands yeux n'a plus jamais reparu…

Le lit était imbibé de sang du côté qui avait accueilli la fille chauve, mais pour moi c'était incompréhensible, sachant que je n'avais même pas su à quel endroit elle était blessée. J'avais du reste oublié de lui demander comment elle s'appelait. Après son départ, je me suis affairée à essuyer le matelas avec mes doigts.

Elle avait perdu beaucoup de sang, et moi je n'avais même pas remarqué les grandes taches rouges qui maculaient son jean. Je n'ai pas crié. Je craignais que, m'entendant, ils ne reviennent me piquer avec cette seringue dont elle avait parlé. Finalement, un nouveau développement a relégué mes craintes au second plan : l'arrivée de mon frère, une heure plus tard environ, venu me faire sortir de l'hôpital.

Quand il s'est présenté à la porte de la salle, l'infirmière est venue me détacher avec l'aide d'un des types. Ensuite, ils m'ont prise par la main et m'ont emmenée. Mon frère observait la scène sans réagir ni manifester d'émotions.

Une fois les formalités de sortie accomplies, il m'a traînée à sa suite, me tenant par la main non sans avoir pris la précaution d'attacher mon poignet droit à sa main gauche, à l'aide de cette même corde que ma mère utilisait d'ordinaire.

Jusqu'au moment où nous sommes sortis et avons embarqué à bord du taxi, il n'a prononcé en tout et pour tout qu'une seule phrase, cela sans même me regarder dans les yeux : « Bon retour parmi nous, sœurette. » Son visage était dur comme la pierre.

J'avais encore l'odeur de moisi du lit en cuir dans mes narines.

Je compte maintenant te raconter la suite de l'histoire, mais je vais le faire à ma façon, comme si je manipulais une balle magique remplie de petits éclats de miroir.

Me voici donc faisant sauter la balle en question, la tenant entre mes doigts tout en faisant grincer mes dents les unes contre les autres. Puis, d'un geste énergique je l'expédie au loin. À l'instant précis où elle heurte le sol, les éclats de miroir emprisonnés à l'intérieur – on suppose que ceux-ci sont de couleur argentée – se dispersent au milieu du liquide bleu, provoquant des radiations de feu.

Sais-tu seulement ce qu'est une balle magique ? C'est une toute petite balle de caoutchouc transparent. Lorsque tu la jettes au sol, elle n'arrête pas de danser et de rebondir. À l'intérieur, il y a des confettis d'une multitude de couleurs.

Je peux te raconter les événements comme s'ils s'entrechoquaient à l'intérieur de cette balle magique, et sans même que tu te rendes compte que je suis en train de jouer avec, pour m'occuper en attendant le retour de Hassan.

Tiens, la voici d'ailleurs à côté de moi, cette balle virtuelle, prisonnière de ce souterrain rempli de liasses de papier et de restes de matériel d'imprimerie – oui, l'endroit d'où je te narre ces histoires.

Si je raconte les choses de cette manière, ça suppose que je commence par te dire comment le taxi est venu nous prendre au milieu des hurlements des sirènes d'ambulance, devant le portail de l'hôpital noir de monde.

Et aussi que je te décrive les différents corridors que nous avons remontés pour sortir, tandis que mon frère continuait à me tenir fermement par la main. En vérité, s'il me tenait aussi fort, c'était uniquement pour imiter ma mère qui avait toujours pratiqué ainsi. Il tirait vigoureusement sur la corde, au point de me faire mal au poignet, et moi je n'osais pas même respirer, ce qui ne me ressemblait pas. Mon épaule me lançait, et je ne savais pas quoi faire. Je ne souhaitais qu'une chose, rentrer à la maison et retrouver mon lit.

Ça suppose aussi, pour me plier aux mouvements erratiques des éclats de miroir dans la balle, que je te dise à quel point mon cerveau était obnubilé par la fille chauve et ses grands yeux, par le sang qui avait jailli d'elle et imbibé le lit de cuir. J'essayais de deviner ce qui allait lui arriver, et où les deux types l'avaient emmenée.

En fait, je pourrais même te raconter ce qui lui est réellement arrivé, mais je n'en ai plus la force. Ce serait trop éprouvant, maintenant que le spectacle de ses grands yeux écarquillés, torturés et figés dans la douleur ne quitte plus mon esprit. Il a perduré jusqu'à cet instant où je t'écris, ici dans ce lieu où je suis confinée.

Comment vais-je parvenir à dessiner ces yeux-là aussi habilement que l'a fait le Petit Prince lorsqu'il a donné à sa petite planète sa forme sphérique ? C'est matériellement impossible à présent, car pour réaliser des dessins comme ceux-là, il faudrait des feuilles bien plus grandes que celles dont je dispose ici. Il est vraiment dommage que toutes ces liasses ne renferment que des feuilles de taille standard. S'il y en avait eu de plus grandes, j'aurais pu les utiliser pour confectionner des feuilles géantes, assemblées à l'aide de ces bâtons de colle en plastique à bouchon bleu – oui, la même couleur que celle de mon unique stylo.

J'aurais alors esquissé pour toi la forme des grands yeux de la fille chauve, largement mangés par ses immenses prunelles qui ne laissaient presque plus de place au blanc d'œil. Je pourrais aussi te dessiner les rues que nous avons traversées, mon frère et moi, après être sortis de l'infirmerie de la prison…

Le chauffeur s'était passé autour du cou une serviette d'un rose délavé, et celle-ci était entièrement trempée, sans doute sous l'effet de la sueur qui s'écoulait de son front et qu'il essuyait de temps à autre en passant ses doigts dessus.

Il a fini par ouvrir la fenêtre à côté de lui, maudissant ce mois d'août qui n'en était qu'à ses débuts.

Peut-être faudrait-il aussi que je te parle de nos arrêts aux barrages, mais sachant que je t'ai déjà raconté des situations de ce genre au début de mon récit, je ne voudrais pas te lasser en ressassant les mêmes histoires.

Sans doute pourrais-je aussi te décrire le ciel tel que je le vois ici, depuis mon souterrain, à travers la fenêtre munie de barreaux. En vérité, je n'en distingue que des fragments, semblables à des confettis découpés dans un bleu criard. Et comment vais-je faire pour te décrire les chats qui passent sous les fenêtres de l'immeuble désaffecté d'en face ou te donner à voir le spectacle des bâtiments décapités ?

Mais non, je ne vais pas sautiller comme la balle magique ni me laisser transformer en éclats de miroir ballottés à l'intérieur pendant qu'elle flotte dans les airs !

Ce qui est ballotté, pour le moment, c'est plutôt mon cerveau, tandis que j'essaie de me remémorer ce qui s'est passé. Et garde bien à l'esprit que, ce faisant, je sens les deux yeux émergeant du crâne chauve de la fille fixés sur moi en permanence. C'est pourquoi je préfère continuer à te raconter mon histoire de manière factuelle…

Chez nous, je me dissimulais sous le lit et j'écrivais tout le temps, mais ça ne me satisfaisait pas. Avec le temps, j'ai découvert que les couleurs, les lignes et les formes étaient plus importantes que les mots et leur sens immédiat. Et si j'ai pu avoir cette révélation, c'est grâce à mon lit, qui était l'une de mes planètes secrètes, comme tu vas maintenant le comprendre…

Ce lit était mon meilleur ami. Il était fabriqué à l'ancienne, dans un bois solide, et faisait partie de ces objets qui nous avaient été généreusement donnés par Sett Souad. Le sommier, surélevé par rapport au sol de la pièce, laissait un espace libre que ma mère utilisait pour y entasser notre bric-à-brac. Elle avait étendu au-dessus un couvre-lit en tissu très léger, presque transparent, traversé de fils bariolés – également un cadeau de Sett Souad.

Ma mère m'attachait à l'aide d'une corde assez longue pour me permettre de me mouvoir dans la pièce. Dès qu'elle s'absentait, je m'empressais de sortir nos affaires de sous le lit, et je les poussais dans un coin. Ensuite, je me couchais à plat ventre, disposais autour de moi mes crayons et mes feuilles, puis entreprenais d'écrire ce que bon me semblait…

Me croiras-tu si je te dis que je n'arrivais pas à écrire si je n'avais pas préalablement transformé le couvre-lit doré en rideau afin de m'isoler du reste de la pièce ? Je m'enfermais dans cet espace comme on entrerait dans un cube ou une boîte en carton, et je pouvais alors écrire mes histoires. J'ai pris l'habitude ensuite d'énumérer chacun des qualificatifs s'appliquant aux objets autour de moi, puis de représenter cet adjectif en image ; à chaque qualificatif énoncé correspondait une forme dessinée !

Le soir, après le retour de ma mère et de mon frère, je m'amusais à colorier ces dessins. Hélas, tu ne pourras pas les voir, ou plutôt je n'ai aucun moyen de savoir si tu pourras ou non les voir, puisqu'ils sont restés dans le coffre glissé entre le mur de la chambre et le lit.

En réalité, j'essaie d'attirer ton attention sur mon talent précoce dans l'art d'écrire les histoires, talent pour lequel Sett Souad me complimentait régulièrement. Jamais elle ne m'a posé la moindre question sur mes contes illustrés. Elle les lisait, puis me dévisageait avec stupeur avant de s'écrier : « T'es une artiste de génie, toi ! » et les choses en restaient là.

Je ne vais pas te mentir, ces dessins-là, je les ai aussi montrés au jeune homme auquel j'avais permis à une ou deux reprises de se coller à moi et de me peloter les seins.

En fait, c'était arrivé exactement deux fois, et la deuxième avait été un peu plus expéditive que la première. Il s'était plaqué contre moi de face, au moment où j'étais en train de vider le gros sac de légumes. Moi, je trouvais important qu'il sache que je n'étais pas une fille ordinaire, et c'est pour ça que j'avais collé ces dessins sur le mur de la chambre. Ils représentaient des filles posant devant le fleuve, figurées dans diverses postures qui changeaient d'une illustration à l'autre. Au-dessus de chaque dessin, j'avais laissé un espace blanc pour y inscrire les phrases de leur dialogue, comme je l'avais vu faire dans les nombreux romans-photos qu'achetait Sett Souad.

Bon, c'était peut-être un peu exagéré de ma part d'accrocher autant de variantes et d'inscrire au-dessus de chacune d'elles : « signé Rima Salem Mahmoudi ».

Ensuite, je l'avais invité par un clin d'œil à prêter attention à mes dessins, mais il s'était contenté de leur jeter un regard absent pour revenir à l'observation de ma grosse poitrine, observation qu'il avait fini par ponctuer de sa formule habituelle – celle qu'il prononçait rituellement, sans décoller le regard de mes seins, chaque fois qu'il venait chez nous, jusqu'au jour où il a subitement disparu en même temps que le bâton de rouge à lèvres : « Dieu ce que tu peux avoir de beaux yeux ! »

Après sa disparition, j'ai perdu espoir et cessé d'exposer mes dessins au mur. Je les ai enfouis dans mon coffre, que je ne désespère pas de récupérer un jour.

Maintenant, je te propose que nous délaissions un instant les couleurs de la balle magique pour reprendre notre récit au point où nous l'avons laissé.

Donc, nous étions dans le taxi, et comme je te l'ai déjà raconté, mon frère était assis à mes côtés, silencieux. Il n'avait pas un regard pour moi, ne parlant qu'au chauffeur afin de lui indiquer de temps à autre la route à suivre et les ruelles secondaires à emprunter.

Même si ma main me faisait de plus en plus mal, je me tenais tranquille, me contentant de me cramponner à celle de mon frère, et de la lever de temps en temps pour désigner la fenêtre.

Il se trouve que nous passions justement devant des groupes d'hommes armés jusqu'aux dents, se pressant autour de quelques jeunes isolés. Mon frère a changé d'expression et, m'attrapant par la tête, il m'a forcée à détourner le regard pour ne pas voir la scène : « Ferme les yeux, a-t-il lancé, et ne les rouvre que lorsque je te le dirai, compris ? »

Son regard était dur comme l'acier, je ne l'avais jamais vu comme ça auparavant. Ses cheveux huileux exhalaient une mauvaise odeur. Je me suis serrée davantage contre lui et, d'un geste du menton, lui ai désigné le carré où les militaires s'étaient massés. Il m'a renvoyé un regard sévère, plaçant son index devant sa bouche pour me mettre en garde.

Le chauffeur du taxi nous surveillait dans le rétroviseur. Après m'avoir dévisagée d'un air intrigué, il a lancé : « C'est quoi cette histoire, fiston ? Qu'est-ce qui lui est arrivé, à ta frangine ? – Rien, elle a rien, a rétorqué précipitamment mon frère, elle s'est juste blessée en tombant dans l'escalier. » Le conducteur a marmonné quelques mots incompréhensibles, avant de piler devant une étroite ruelle et de lancer sur un ton désinvolte : « Je te dépose là. Tu vas devoir continuer à pied, moi je passe pas ! »

Mon frère a claqué nerveusement la portière du véhicule, puis m'a entraînée à sa suite, serrant ma main toujours aussi fort. Mon épaule me faisait mal mais je n'ai pas protesté. Nous avons marché longuement sous le soleil.

Nous avancions sans but précis, pénétrant dans de drôles de venelles, puis parcourions des sentiers plantés d'arbres. J'avais envie de pleurer. Mon épaule était affreusement douloureuse, et durant tout ce temps-là mon frère n'avait même pas eu un regard pour moi. Il me traînait derrière lui tout en levant les yeux au ciel, l'air absent.

Sans crier gare, il a décidé de faire enfin une pause sous les arbres. « Assieds-toi là ! » m'a-t-il lancé sans ménagement. J'ai obéi. De sa sacoche, il a extrait un sachet de plastique rempli de médicaments, et m'a tendu une poignée de comprimés ainsi qu'une petite bouteille d'eau. « Bois », a-t-il ordonné. J'ai avalé une gorgée d'eau avec les pilules. Je le fixais avec curiosité, tandis que lui s'abstenait de me regarder, pas même à la dérobée. Il avait fumé frénétiquement durant tout notre parcours, passant des appels sur son téléphone portable – un modèle très compact qu'il avait acheté environ un an plus tôt.

Là où nous étions assis, il y avait des arbres aux troncs effilés dont les feuilles se balançaient paresseusement au-dessus de nos têtes. J'ignorais à quelle espèce ils appartenaient, n'en ayant jamais vu de pareils. Depuis que nous avions quitté le chauffeur à l'entrée de la ruelle, nous avions dû marcher deux bonnes heures.

Nous étions loin de chez nous, et je n'avais aucune idée de l'endroit où j'étais. J'étais incapable d'articuler un mot. Je n'avais pas sur moi le stylo et le petit carnet que j'ai l'habitude d'emporter partout, afin de pouvoir m'exprimer. Mon cartable était resté avec ma mère, qui, d'après ce qu'ils disaient, était morte, et il avait disparu avec elle.

Le sentier de terre que nous avions emprunté ensuite était bordé sur la gauche par une dizaine d'arbres, et nous nous acheminions vers une zone d'habitations. En arrivant plus près, j'ai vu qu'il s'agissait de garages où les gens venaient faire réparer leurs voitures, ou encore effectuer un graissage ou un lavage. Je suppose que nous n'étions pas très éloignés de Damas, mais ce qui est sûr, c'est que nous avions laissé notre quartier loin derrière.

L'air était pollué à cause de la poussière soulevée au passage des camionnettes, et je me sentais presque asphyxiée. Mon visage était brûlé par le soleil. Nous n'avions rien d'autre à faire qu'attendre. Mon frère m'a demandé de garder le silence, mais j'ai donné un coup de pied dans sa chaussure et l'ai regardé avec colère. Il n'a pas répondu. Il avait toujours les yeux dans le vague, sans pour autant cesser de manipuler son téléphone et de passer des appels.

Nous sommes restés comme ça environ une demi-heure, après quoi il a enfin daigné s'adresser à moi : « T'es une fille intelligente, non, tu dois bien comprendre ce qui se passe, non ? » Il avait parlé en fixant le ciel. Je l'ai dévisagé en hochant la tête à plusieurs reprises.

Mon frère avait beaucoup changé, ce n'était plus le garçon souriant que j'avais tant aimé, capable de partir dans de grands éclats de rire avant de rouler avec moi sur la natte de plastique à motifs rouges qui tapissait le sol de notre chambre.

Il avait troqué ses yeux rieurs d'autrefois pour d'autres bien plus durs. C'est d'ailleurs ça qui m'inquiétait le plus, ces drôles de regards que j'avais commencé à remarquer chez les gens : d'abord chez la fille chauve, à l'hôpital, puis chez les types qui frappaient les blessés prisonniers, et jusqu'aux simples passants dans la rue, piétons ou conducteurs de voitures. Tous avaient le regard changé, plus dur qu'autrefois.

J'aurais bien voulu représenter cette nouvelle expression sur leurs visages au moyen d'un dessin, hélas c'était impossible car leurs yeux changeaient sans cesse d'apparence, et des formes incohérentes se succédaient dans ma conscience sans que je parvienne à les fixer : tantôt leurs yeux étaient carrés, tantôt ils étaient arrondis mais déformés par des courbures démesurées. Ils leur occupaient presque tout le visage, avec des iris noirs sur un fond blanc étincelant.

Ce défilé incluait non seulement les yeux de l'infirmière et ceux de la fille chauve, mais aussi ceux de mon frère – je tentais de comprendre ce qu'il essayait de me dire à travers ses yeux qui s'étaient élargis dans des proportions anormales, mais je ne saisissais pas son intention. Néanmoins, je restais calme – jamais je ne lui avais causé la moindre difficulté, et je ne comptais pas commencer aujourd'hui.

Il a ramassé un bout de bois qui traînait sur le sol et s'en est servi pour dessiner des motifs enchevêtrés, tout en continuant à parler. Autour de nous régnait un silence étonnant, et des souffles d'air chaud balayaient nos visages, à cette heure poisseuse de la mi-journée. Nous étions seuls tous les deux aux confins de la ville. Derrière nous se trouvait une vaste étendue de terre, plantée çà et là de quelques arbres, avec de rares habitations. Les maisons étaient entassées devant nous les unes contre les autres, suffisamment loin pour nous apparaître comme le paysage muet d'un tableau.

Mon frère a cessé de parler et a défait la corde qui maintenait mon poignet prisonnier, avant de l'attacher de nouveau, quoique cette fois avec des gestes plus doux et sans trop serrer. Il pleurait en tirant sur mon poignet, ses larmes coulaient le long de ses joues puis tombaient sur ma main qu'il était en train d'attacher. Je n'osais pas le regarder dans les yeux.

« Ça te fait mal ? » a-t-il murmuré.

J'ai secoué la tête en riant pour signifier que non. Il s'est détourné. Je n'aspirais qu'à une chose : qu'il pose les yeux sur moi, juste pour constater par lui-même que je n'étais pas triste et qu'il n'avait pas à s'inquiéter. Hélas, il a continué à tirer gentiment sur la corde sans que nos yeux se croisent une seule fois. Ensuite, il a appuyé son dos contre l'arbre et allumé une cigarette, puis a laissé son regard dériver vers les maisons, qui de loin ressemblaient à des boîtes d'allumettes compressées.

Le ciel était parfaitement bleu, troublé seulement par le passage d'un hélicoptère. Mon frère a expliqué que la zone où nous nous trouvions était à découvert, mais que nous étions plutôt chanceux qu'elle ne soit pas prise pour cible par les avions, sans quoi ils auraient largué sur nous leur tonnerre de bombes.

Me traînant par terre, je me suis rapprochée de lui. Le tronc d'arbre était trop étroit pour que nous puissions nous y appuyer tous les deux. Il s'est un peu écarté, tout en expirant la fumée de sa cigarette.

Mon frère n'est pas comme les autres frères que tu croises, même si, pour être franche, je n'en connais pas beaucoup – les seuls frères et sœurs que j'ai vus sont ceux de notre voisinage. Mon frère à moi était différent : le plus bel homme sur lequel tes yeux puissent tomber…

Ma mère disait qu'il ressemblait à mon père, qui s'est effacé de notre vie quand j'avais seulement quatre ans, et dont nous n'avons plus jamais eu de nouvelles depuis. Autrefois, elle s'était enfuie avec lui par une belle nuit printanière, comme elle nous l'a raconté elle-même par la suite, et pourtant, quelques années plus tard, il avait disparu, la laissant seule avec moi et mon frère. Celui-ci avait grandi dans des conflits permanents avec ma mère, qui l'insultait et le maudissait sans arrêt.

Quand le sujet de notre père et de son départ était abordé, elle se fâchait, affirmant que personne ne savait ce qui s'était passé, que c'était certainement la mort et elle seule qui l'avait obligé à nous abandonner ainsi.

Bon, ces précisions ne sont pas très importantes pour notre récit, mais elles me fournissent une occasion de te parler de mon frère, le plus bel homme du monde !

À présent, le visage naguère si lisse et si clair de peau de mon frère était couvert de pustules sur le front et les joues, et sa barbe avait poussé, mais ce n'étaient pas les seuls changements. En fait, ses traits eux-mêmes s'étaient modifiés. Pour les avoir dessinés, je crois pouvoir dire qu'ils étaient plus tranchants : son nez, sans pour autant être empâté, était fort et bien délimité, et sa courbure me rappelait les images de statues grecques que je collectionnais – il dégageait une impression de dignité. Ses yeux étaient de la même couleur que les miens. Ma mère avait l'habitude de dire que nous nous ressemblions énormément, mais moi je ne percevais pas cette ressemblance.

Ce jour-là, sous les arbustes, j'ai essayé de m'imprégner le plus possible de son visage, et ce d'autant plus que j'avais oublié celui de ma mère ! Je m'efforçais souvent de me rappeler les détails de ma vie avec elle, mais ses traits, eux, s'étaient irrémédiablement effacés. Je me remémorais seulement la forme de son poignet, autour duquel elle attachait la grosse corde, et les traces rouges que celle-ci y laissait et qu'elle s'employait à frotter énergiquement, lorsqu'elle se débarbouillait à notre retour de l'école.

Comme les traits de ma mère s'étaient effacés, mon frère, avec ses yeux braqués dans le vide, l'avait comme remplacée. À cette petite différence près, toutefois, qu'il avait les cheveux hirsutes et qu'il tentait en permanence de fuir mon regard. Elle n'avait jamais fait ça, elle – au contraire, elle avait toujours eu l'œil sur moi. À présent, c'était moi qui jouais son rôle, gardant l'œil en permanence sur mon frère.

Les gouttes de sueur lui perlaient au front, et les souffles d'air brûlant, assez puissants pour agiter les fines branches des arbres, nourrissaient les grosses coulées de transpiration qui noyaient les traits de son visage et ruisselaient le long de ses épaules.

La chaleur était étouffante. J'ai ramassé une poignée de terre et l'ai projetée dans les airs tout autour de moi. Mon frère a commencé à tousser, il a attrapé ma main et l'a pressée avec force, mais je n'ai pas voulu laisser filer la motte de terre que je tenais emprisonnée au cœur de ma paume. Il a appuyé encore plus fort mais je n'ai pas cédé. Il a pressé encore, j'avais envie de crier, toutefois j'ai tenu bon. Pour finir, je lui ai expédié la terre au visage. Les grains, en se mélangeant à sa transpiration, ont adhéré à sa peau, formant de fines traînées de boue qui lui coulaient sur les cils.

Je l'ai dévisagé.

« Arrête ! » a-t-il hurlé, toujours sans me regarder.

Il pleurait. Pour autant, j'ai persisté, ne cessant de lui lancer de la terre au visage tandis qu'il continuait à tousser. J'ai vu les larmes jaillir de ses yeux, creusant des rigoles claires à travers ses joues.

J'ai continué à le harceler tout en fixant dans le ciel le disque incandescent du soleil, jusqu'au moment où nous avons entendu un bourdonnement se rapprocher de nous. Ce n'était pas le tonnerre habituel, mais seulement le moteur d'une motocyclette à trois roues, de ce modèle appelé *tartira* – la « volvoile ». Tu dois connaître, enfin… à condition que tu sois un humain, ce qui est probable : je n'imagine pas qu'une créature de l'espace débarque ici pour lire ces papiers que j'ai commencé à rédiger. Je vais même un cran plus loin : je parie que celui qui tombera dessus sera un homme – il faut dire qu'on voit assez rarement des femmes se promener par ici. Généralement, les combattants ne les autorisent pas à se montrer, c'est ce que nous ont dit les femmes du coin.

Mais au fond, que tu sois une femme ou un homme, ça n'a guère d'importance. C'est juste que, généralement, on interdit aux femmes de circuler sauf nécessité absolue ou cas de force majeure, d'où mon hypothèse que toi, la créature qui découvrira mes papiers flanqués de mon unique stylo bleu, tu seras plutôt un homme. Ce stylo sera témoin de la fin de mon histoire, mais cette fin ne saurait intervenir avant que tu aies appris ce que je voulais que tu apprennes.

Revenons donc à mon récit pour éviter de nous transformer, toi et moi, en éclats de miroir à l'intérieur d'une balle magique, et afin que les événements ne se mélangent pas dans notre esprit.

Je disais donc qu'au moment précis où je projetais de la terre au visage de mon frère, le faisant tousser, et où le soleil brûlant était en train de griller les arbres, aussi bien leurs branches desséchées que leurs feuilles dont le vert tirait sur le jaunâtre, une volvoile s'est arrêtée juste devant nous.

Mon frère m'a entraînée à l'écart et j'ai remarqué son regard fixe, un regard que je ne lui connaissais pas et qui me le rendait un peu effrayant. J'ai tressailli et détourné la tête à l'opposé, surtout après avoir constaté que ses yeux ne cillaient pas et que leur pourtour avait pris une dureté métallique.

Deux hommes sont descendus de la moto. L'un d'eux a remis un sac en plastique à mon frère, qui en a aussitôt vidé le contenu : il s'agissait de vêtements – ces mêmes vêtements que j'ai portés ensuite durant tout notre parcours. Ensuite, j'en ai jeté une grande partie une fois arrivée dans ce souterrain où s'entassaient des liasses de papier et où je n'aperçois, à travers la fenêtre placée en hauteur, que les pattes des chats et des chiens, ainsi que les trouées laissées dans le sol par les bombardements. Les immeubles estropiés me bouchent la vue du ciel, n'en laissant voir qu'un pan dérisoire – une bande de firmament aussi étroite qu'un petit sentier.

Je t'écrirai plus longuement par la suite à propos de ce sentier céleste, une fois que j'aurai fini de te raconter l'histoire de mon frère dans le souterrain… Tandis que j'attendais avec lui près de quelques arbres isolés sous un soleil brûlant, j'ignorais encore tout de ce souterrain, ne soupçonnant guère que je serais amenée plus tard à m'y réfugier.

Quand mon frère m'a tendu les habits noirs qu'on nous avait enjoint d'enfiler, j'ai senti l'anxiété me gagner. Il ne fallait pas qu'on voie mon visage ni mes vêtements bariolés – apparemment c'était la règle dans cet endroit de se couvrir, et les femmes étaient toutes obligées de porter ces vêtements-là. Leur couleur noire me déprimait, et je ne voyais pas bien ce qu'ils apportaient de plus que mon hijab coloré.

Une fois habillés, nous avons embarqué sur la vol-voile. De temps à autre, mon frère utilisait sa main pour me bander les yeux, et moi je lui mordais les doigts en riant. Cela ne suffisait pas à le dérider, et je ne voyais pas où s'absentait son regard. Sa tête se balançait d'un côté à l'autre. Quant à moi, j'avais l'impression que j'allais recracher mes tripes par la bouche tandis que nous oscillions tous les deux sur le siège. Ses doigts rugueux encerclaient mon visage, et je me sentais étouffer.

La moto s'est arrêtée, et nous en sommes descendus.

C'est alors que les trois fantômes sont apparus, trois combattants encagoulés malgré la chaleur.

C'étaient eux qui devaient nous prendre en charge ; ils venaient pour nous guider, durant un long périple qui se prolongerait jusqu'à la tombée de la nuit et nous emmènerait à travers de multiples dédales.

Premier combattant : « Y a quelque chose comme une heure de marche… »

Second combattant : « Pas un mot, personne ne moufte, vu ? Face à nous, y a des chars, et de l'autre côté c'est infesté de barrages, je veux pas entendre un souffle. »

Troisième combattant : « Suivez-moi, on va longer la ligne d'arbres. »

Là-dessus, ils se sont enfermés dans le silence. Je n'arrivais pas à distinguer leurs traits, mais ce qu'on faisait avec eux me plaisait plutôt bien. Ils ressemblaient aux magiciens ou aux fantômes des contes. Ils portaient de longues pèlerines blanches, et leurs têtes étaient enroulées dans des turbans. Ils parlaient à voix basse, et leurs silhouettes s'estompaient dans la nuit tandis que nous les suivions.

Mon frère avait cessé de me traîner brutalement, il se contentait de me tenir par la main. Un peu avant que nous emboîtions le pas aux hommes-fantômes, il m'avait glissé à l'oreille cette phrase terrifiante : « Un seul geste et tu meurs, ne crie pas, sinon on meurt tous. »

Subitement, un hélicoptère a tournoyé au-dessus de nos têtes. J'avais envie d'actionner ma langue, car ce bourdonnement-là m'était familier. Nous avons interrompu la marche pour aller nous abriter – moi, mon frère et les trois hommes-fantômes – à l'ombre d'un petit bosquet.

Je n'ai compris ce qui se passait que le lendemain matin, quand j'ai appris que nous avions traversé une ligne de démarcation entre deux factions lourdement armées qui se livraient une guerre sans merci.

Avec les fantômes, on s'était cachés sous les arbres, et on s'abstenait de tout mouvement. J'ai néanmoins tenté de remuer mes doigts comprimés dans la main de mon frère, elle s'était tellement contractée qu'on aurait dit une prothèse d'acier. Il m'a attirée vers lui et m'a gardée serrée contre son torse – il faut dire que je jetais des regards en direction des trois fantômes pour essayer de voir à quoi ils ressemblaient.

Lorsqu'il sentait que j'avais trop la bougeotte, il utilisait son autre main pour me bander les yeux. On est restés recroquevillés comme ça une bonne heure, après quoi les hommes-fantômes ont décidé de poursuivre la route, et on a suivi en silence. Mon frère a tiré sur la corde, et ça m'a fait très mal au poignet. Quelque chose a jailli hors de ma bouche, je n'ai pas su ce que c'était, même si j'en ai clairement senti la texture sur ma langue.

Par la suite, mon frère m'a expliqué que j'avais crié. Je ne saurais pas dire ce qui était sorti d'entre mes lèvres, mais ce qui est sûr, c'est que si je les avais gardées closes une seconde de plus, je serais morte étouffée.

Au moment où cet élément mystérieux est sorti de ma bouche, tout le monde s'est couché par terre ; mon frère m'a plaquée au sol d'un geste vif, et mon visage a mordu la poussière.

L'aube devait être sur le point de se lever. Je l'ai senti à la texture de la terre, aux odeurs environnantes, et j'ai gardé la bouche ouverte. J'étais entièrement figée. Mon cœur ne battait plus, et pourtant, je n'étais pas morte. Pour moi, c'était un phénomène bizarre. Quand j'ai enfin recommencé à entendre les pulsations de mon cœur, l'univers entier a semblé se contracter en un bruit de percussions cognant dans mes oreilles.

Mon frère s'est mis torse nu, ôtant sa chemise. C'était sa préférée, une chemise rayée dans des tons clairs ; je me suis rappelé que ma mère la lui avait achetée dans une échoppe du souk de Hariqa. Je me suis souvenue aussi de son arrivée à l'hôpital, lorsqu'il était venu me chercher, je l'avais trouvé d'une élégance exagérée. Ça ne lui ressemblait guère, et j'ignorais ce qui l'avait poussé à revêtir cette chemise réservée en principe aux grandes occasions.

Ladite chemise exhalait à présent une odeur nauséabonde, mais ça ne l'a pas empêché de me l'appliquer sur la bouche comme un bâillon : après avoir soulevé mon visage du sol, il a noué fermement les manches autour de ma mâchoire. Pendant qu'il s'affairait à positionner soigneusement le bâillon, j'ai remarqué un reflet humide sur sa joue. Ensuite, il a enroulé plusieurs fois l'étoffe autour de mon visage. Sous ce nouveau voile, on ne voyait plus que mes yeux.

Je l'ai fixé sans dévier, mais une fois de plus il s'est détourné. Resserrant encore la chemise autour de ma mâchoire, il m'a fait remettre debout. Les trois hommes se sont eux aussi relevés, et j'ai entendu un hoquet à peine audible.

J'ai esquissé un mouvement vers mon frère : je voulais lui manifester à quel point j'étais désolée de ne pas avoir suivi ses instructions à la lettre, mais il ne me regardait pas, et, de toute façon, ma bouche était toujours bâillonnée par les manches de la chemise.

Nous avons marché pendant une heure environ, empruntant diverses routes et chemins. Lorsque le ciel a commencé à ressembler à une grosse enclume noire percée de trous argentés, je me suis collée à mon frère. C'est à ce moment-là que le deuxième fantôme a déclaré : « On est en sécurité à présent. »

Et c'est seulement alors que mon frère s'est tourné vers moi.

Son regard était vide, comme celui des chats morts dans notre ruelle. Quant à moi, sous le ciel décoré de loupiotes argentées, j'ai remarqué ces petites coulées très douces que les larmes avaient sculptées en serpentant le long de ses joues.

Nous venions de pénétrer dans la zone de siège.

Un mois, peut-être plus, s'était écoulé depuis le début de ce maudit été.

Nous avions pénétré au cœur de ce qu'ils appelaient «le siège».

Je souffrais d'être privée de mes crayons de couleur et de mon lit, et j'essayais de cerner ce nouveau lieu où nous vivions. Avec mon frère, on occupait une chambre pas trop exiguë au sein d'une bâtisse où vivaient de nombreuses familles.

On était à Zamalka, une zone qui, d'après eux, se situait à l'est de Damas. Même si ça ne devait pas être très loin de là où j'avais habité, je n'avais jamais entendu ce nom – apparemment je ne savais rien du monde, je n'en avais ni expérience pratique, ni même de connaissance théorique malgré tout ce que j'en avais lu dans les livres.

Le foyer accueillait d'autres familles, dont deux en particulier étaient très généreuses avec moi: elles m'apportaient à manger. En retour, je les aidais aux tâches ménagères. Leur attitude à mon égard était bienveillante et désintéressée, ce qui ne les empêchait pas de me lancer des regards inquiets quand les avions passaient au-dessus de nos têtes et larguaient leurs bombes. En effet, je demeurais à ma place sans bouger, ce qui les incitait sans doute à penser que j'étais folle. Je restais plantée là pendant que l'avion nous survolait, pire, je « courais après » – selon la formule d'Oum Saïd.

Pour ma part, je trouvais à ces gens un air incroyablement idiot lorsqu'ils se mettaient à ramper comme des colonnes de fourmis effrayées par le grondement des avions. Pourquoi donc agissaient-ils ainsi ? De toute manière, si jamais l'avion décidait de bombarder le point où ils se trouvaient, ils mourraient ! À moins que le hasard – lui seul en était capable – ne décide de les sauver… Comment peut-on échapper à la mort autrement qu'en se dressant au-devant d'elle ? Ou tout du moins en la regardant dans les yeux ? Non, pas de doute, ces gens étaient fous !

Si je devais te décrire ce que nous avons vécu au cours des dix jours suivants, avant que le ciel d'été ne lâche sur nous sa pluie d'explosions à l'odeur détestable, il me faudrait beaucoup de temps pour pouvoir te donner toutes les explications nécessaires – or, ce temps-là, je ne pense pas que nous l'ayons.

Si j'en crois le nombre de fils que j'ai détachés quotidiennement de mon voile noir pour les nouer à ma corde, cela fait maintenant vingt jours que la fille chauve a disparu, peut-être même davantage ! Ce qui signifierait que je suis arrivée ici au début du mois d'août. Il faut que tu saches que je suis quelqu'un d'extrêmement précis, et que je suis particulièrement férue de nombres. Si j'avais été apte à parler, nul doute que j'aurais été professeure de mathématiques ! Mais si, parfaitement !

Ma mère dit que je suis intelligente mais que, pour une raison ou pour une autre, j'ai refusé de parler. La vérité, c'est que je regrette d'avoir agi ainsi… Hélas, il est trop tard à présent pour éprouver des remords et pour ré-entraîner les muscles de ma langue à articuler des mots.

Je suis persuadée que certaines des choses qui se passent ici sont incompréhensibles, et qu'il est impossible de les expliquer de manière rationnelle. D'une certaine manière, ce monde ressemble – je te le répète – au pays des merveilles dans lequel s'est retrouvée Alice, même s'il n'est pas aussi bariolé que lui.

Les chats d'ici ne parlent pas, ils se contentent de miauler. Et puis ils ne disparaissent pas sans retour : ils meurent, non sans s'être auparavant multipliés à une vitesse stupéfiante. Leur pelage est généralement d'un gris terne, excepté pour celui qui tournait autour de notre maison, et dont le poil, blanc à l'origine, avait viré au gris sale. Dès la mi-journée, il miaulait tout en se lovant au pied de l'arbre planté dans la cour intérieure de notre demeure, je veux dire de notre maison.

Ma mère appelait cette cour « le clos », et moi j'étais fascinée par ce mot, je m'imaginais comme un tout petit cheval paissant au milieu, aussi minuscule que les chevaux de bois des manèges.

Quand nous sommes arrivés dans ce foyer de Zamalka, Oum Saïd nous a expliqué qu'on se trouvait plus précisément entre Zamalka et un petit village proche de la Ghouta[1]. J'ai su par la suite que nous devions à ce refuge de ne pas avoir péri dans le massacre. C'est vrai qu'on n'habitait pas très loin, entre Douweilaa et le camp de Jaramana, mais ce côté-ci de

1. Région rebelle située à l'est de Damas.

la Ghouta, je n'en avais jamais entendu parler jusque-là. J'étais certes allée une fois avec ma mère à 'Arbin, mais ça remontait à longtemps. Apparemment le monde était vaste, très vaste.

Peut-être ne saisis-tu pas bien mes propos, sachant que j'écris comme ça me vient, sans enchaînement logique – tu ne m'en voudras pas, j'espère ? Je n'ai jamais été une écrivaine, même si j'ai conservé dans mon coffre des dizaines d'histoires que j'ai produites au cours des années, rédigeant les textes, réalisant les dessins et les coloriant – ça, je te l'avais déjà raconté. Connais-tu mon coffre ?

Depuis deux jours, j'ai des douleurs au ventre. Oui, le fait d'être privée de mon coffre et de mon lit peut provoquer chez moi des crampes d'estomac. Pour que je t'explique en quoi consistent ces crampes, il faudrait que je puisse te les dessiner à la manière des belles illustrations qui figurent dans *Le Petit Prince*, mais ça n'est pas possible actuellement. Je ne sais dessiner qu'au crayon à papier, et ici il n'y en a pas.

Je vais donc me contenter d'esquisses au stylo bleu. Je ne sais plus si ce sont les crampes qui me font penser à mon coffre et à mon lit, ou si, à l'inverse, c'est d'être privée de mon coffre rempli de livres qui me cause ces crampes. Celles-ci ressemblent à une forêt de lignes brisées qui s'emmêlent en une multitude de nœuds. Il faut que tu t'imagines mon ventre comme un entrecroisement de lignes tantôt droites, tantôt brisées et hérissées d'angles tranchants.

Toutes ces lignes me rendent la vie bien difficile.

Dans le foyer de Zamalka, les fenêtres étaient en plastique. Ayant compris que les bombes et autres objets qui se déversaient du ciel ne laissaient rien intact, les résidents avaient substitué au verre du plastique transparent. Bon, pour l'heure, ça n'était pas grave, sachant que de toute façon la chaleur imposait d'ouvrir les fenêtres.

La porte d'entrée, quant à elle, devait rester fermée en dépit de la chaleur étouffante, pour préserver la pudeur des femmes présentes dans les autres chambres. Les hommes du foyer appelaient celles-ci les « gynécées », même si je ne voyais pas bien pourquoi ça ne valait pas aussi pour la nôtre, qui n'accueillait que moi et Oum Saïd. Au fond, je ne savais pas grand-chose de ce foyer, j'ignorais même qui en était le propriétaire.

Les hommes venaient et repartaient, certains armés ou munis d'appareils photo. Ils exerçaient toutes sortes de métiers, et apparemment certains travaillaient aux urgences.

L'un d'entre eux s'appelait Hassan, un jeune homme dont je te raconterai bientôt l'histoire… Une histoire qui a rapport à l'amour. Tu sais ce que c'est, toi, l'amour ? L'amour, c'est justement le fait que j'aie des crampes d'estomac. Ça commence ici, à gauche, au-dessous de la poitrine. Durant les crises, j'ai l'impression qu'on m'y a planté une broche incandescente aussi pointue que l'épingle que ma mère utilise pour tricoter la laine. Cette épingle, elle te transperce le cœur puis s'enfonce encore avant de s'arrêter au bas de ton ventre. Sous le choc, tu te sens hébété, paralysé.

L'amour, c'est une série de petites planètes mouvantes qui dansent avec leurs bras longs et effilés, puis fusionnent dans un maelström de lumière éblouissante.

L'amour, c'est quand tous les muscles de mon corps deviennent aussi muets que ma langue.

Au début, je me contentais d'épier Hassan à travers le trou de la serrure lorsque les hommes se réunissaient dans la cour du foyer, portes refermées sur eux. Mon frère aussi assistait à leurs assemblées. Je profitais de son absence pour ajuster mon œil devant le petit trou de serrure, me concentrant pour bien voir le visage de Hassan, qui généralement s'installait au fond de la cour, face à la porte.

Je n'ai pas su si c'était arrivé par hasard ou s'il l'avait vraiment voulu ainsi. Oui, je parle de lui – mon héros dont tu connaîtras bientôt l'histoire. Bon, mon récit t'a un peu perdu ?

Grâce à ma surveillance, j'ai pu observer à loisir la cour dans laquelle les hommes étaient réunis. Le sol était couvert de nattes en plastique et de grands coussins, propres et bien aérés après avoir été laissés au soleil. Il y avait aussi deux de ces épais matelas qui nous servaient de lits, à moi et à mon frère – nous dormions dessus après les avoir dépliés au sol. Complétant le décor, il y avait une cruche et un mini-réchaud à gaz, trois petits verres à thé, et une mini-casserole à manche long pour le café turc, rien de plus.

Sur les murs, on avait planté plusieurs gros clous pour y accrocher les vêtements. Les murs de la chambre étaient vert clair, mais la peinture était fortement écaillée.

Quant à mes mains – que chez nous ma mère avait l'habitude d'attacher au lit –, elles étaient ici arrimées à la fenêtre de la chambre, plus exactement à la poignée en forme de fleur de camomille. Mon frère avait hérité de ma mère la mission de m'encorder, sauf que lui préférait m'attacher à un point fixe qu'à son propre poignet, d'autant que, depuis quelque temps, il portait une arme lourde en bandoulière. De toute façon, il ne m'autorisait pas à sortir. La corde était juste assez longue pour que j'atteigne la porte de la chambre.

Toutes les heures, Oum Saïd – qui ressemblait à ces caricatures de vieilles femmes qu'on voit dans les dessins animés – venait me voir pour me demander si j'avais besoin d'aller aux toilettes. Je t'avoue que je répondais toujours par l'affirmative, même quand je n'en avais pas envie. Du coup, elle a cessé de se présenter toutes les heures et venait plutôt toutes les deux heures. Je prétendais systématiquement avoir envie d'aller aux toilettes. Elle criait alors à une autre femme de venir l'aider à me surveiller.

J'étais heureuse de pouvoir parcourir la distance qui me séparait de la salle d'eau.

Quelquefois, je faisais réellement pipi, mais d'autres fois je me contentais de regarder par la fenêtre, jusqu'à ce qu'Oum Saïd me crie de terminer. Elle n'a mis que quelques jours à découvrir mon petit stratagème, du coup elle a arrêté de venir d'elle-même, d'autant qu'elle était malade. Elle m'a demandé de frapper désormais à la porte quand j'avais véritablement besoin d'aller aux toilettes. Qui plus est, elle estimait que, avec ces bombardements incessants, les allées et venues entre les deux pièces devenaient dangereuses.

J'avoue que je n'étais pas convaincue : si des bombes nous tombaient dessus, ne nous toucheraient-elles pas dans tous les cas, que nous soyons dans nos chambres ou à l'extérieur ?

En voyant que son argument me laissait sceptique, Oum Saïd a éclaté de rire, avant de s'expliquer : « Ma fille, tu voudrais quand même pas qu'à ta mort, les gens te découvrent en train de faire ton affaire ! Allons, crains Dieu pour qu'Il te protège et reste un peu tranquille… » De ce jour-là, elle a commencé à venir me voir plus souvent et à passer plus de temps en ma compagnie.

Oum Saïd était une femme isolée. Son mari était mort en détention, et ses enfants avaient rejoint des milices armées. Elle m'a expliqué que l'aîné voulait venger son père, qui avait trouvé la mort dans les geôles du président.

De manière générale, les gens ici étaient plutôt gentils. Mon frère aussi est gentil, du reste, c'est juste qu'il combat le président. Ces temps-ci, il était perpétuellement silencieux, je ne l'avais pas vu rire une seule fois depuis que nous avions quitté la fille chauve. Quant à moi, je ne voulais qu'une chose : retourner auprès de ma mère et retrouver mon lit.

J'essaie de te décrire cet endroit où j'ai passé environ dix jours, peut-être plus. C'était la deuxième fois, après l'hôpital à la fille chauve, que je me retrouvais dans un lieu bizarre. Après ça, il y en aurait un troisième, à savoir celui d'où je t'écris actuellement.

Mais pour le moment, j'étais encore avec Oum Saïd, et elle m'apprenait comment me débrouiller lorsque les bombes et les fûts d'explosifs pleuvaient sur nous. Au bout de quatre jours, elle a quitté la famille avec laquelle elle logeait pour venir partager ma chambre et s'occuper de moi. Plus tard, mon frère aussi est venu séjourner un temps avec moi, il a passé là les quatre derniers jours avant le départ définitif du foyer, quand l'obus est tombé au milieu de la cour.

J'ai du mal à me concentrer et, pour être franche, j'ai oublié quelle tête avait Oum Saïd. Elle ne ressemblait pas à ma mère – elle était bien plus âgée qu'elle et parlait peu. En revanche, elle riait en permanence, ne cessant de se moquer d'elle-même et de ce qui l'entourait. Elle chantait pour les autres femmes et les enfants, à voix basse afin de ne pas être entendue des hommes. Et puis elle leur racontait des blagues et leur adressait des clins d'œil, déchaînant leurs éclats de rire.

Le matin, elle s'occupait de moi : après avoir apporté un grand récipient rempli d'eau, elle m'aidait à m'y laver le visage, ensuite elle m'emmenait aux toilettes.

Plusieurs fois, elle m'a enjoint de me changer pour enfiler des habits propres, s'occupant elle-même de laver les anciens. Mon frère avait dû les prévenir que je n'étais pas capable de prendre soin de moi. Mais par la suite, je suis devenue une maniaque de la propreté, et ces tâches-là, je les ai effectuées de moi-même.

Oum Saïd chantait avec une certaine tristesse dans la voix. Son visage était constellé de rides. Elle ne retirait son hijab qu'au moment de dormir. « On peut mourir à tout moment, m'avait-elle expliqué, c'est pour ça qu'il faut préserver sa pudeur en permanence. » Elle appelait ça la protection divine. Elle me fixait d'un air triste et me gratifiait de ses invocations : « Puisse Dieu placer Sa protection sur toi ! »

Quand elle me disait ça, je m'imaginais comme un récipient de verre doté d'un goulot effilé, aussi long que des pattes de cigogne, surmonté d'un bouchon. Voilà, c'est ce bouchon qui, dans mon esprit, matérialisait la « protection divine », ce concept magique qu'Oum Saïd invoquait en permanence lorsqu'elle observait le ciel depuis la fenêtre.

Elle le faisait aussi quand elle travaillait à son ouvrage : elle tricotait un gilet rouge pour son fils, avec de la laine que lui avait offerte une des femmes du foyer. « Ça m'occupera pendant le siège », avait-elle ajouté.

Elle ne me posait pas de questions sur ma famille, contrairement aux femmes des autres chambres, qui me regardaient comme si j'étais un être étrange et avaient essayé de me tirer les vers du nez. Voyant que je ne leur répondais pas et que je les fixais droit dans les yeux, elles n'avaient pas insisté et ne me posaient plus de questions, mais ça ne les empêchait pas d'épier mes moindres mouvements, en particulier lorsque je traversais la cour du foyer pour aller faire pipi.

Je souffrais de brûlures à l'estomac. Nous ne disposions que de peu de nourriture, pourtant, même ce peu-là, je m'en abstenais. Oum Saïd préparait les sandwiches de thym à l'huile et, chaque matin, elle découpait parcimonieusement les tomates en tranches. Le soir, elle faisait frire des œufs avec les oignons et les tomates.

J'aimerais revenir sur les circonstances qui nous ont rapprochées, Oum Saïd et moi. Je voulais t'en faire part dès le moment où je t'ai parlé d'elle, mais les idées s'embrouillent dans mon esprit, et je m'éparpille en propos divers. J'en profite pour te dire que j'adore ce mot – « éparpillement ».

Si Oum Saïd a pris autant d'importance, à la fois au foyer et dans mon récit, c'est parce que nombre d'enfants des autres familles se pressaient chez elle. Il y avait là notamment sept garçons qui venaient régulièrement. Il y en avait aussi d'autres, en revanche, qui restaient à l'écart : ils se contentaient de m'épier de loin et de se moquer de moi, contrefaisant ma démarche maladroite – à vrai dire, ça ne m'embêtait pas plus que ça.

Les sept garçons se ressemblaient, même s'ils n'avaient pas le même âge : le plus grand avait onze ans et le plus jeune six, c'est du moins ce que j'ai saisi de leur conversation. Ils étaient très gentils.

Ils apportaient avec eux leurs fournitures : trois cahiers et deux boîtes de crayons de couleur, ainsi que quatre crayons à papier qu'ils se prêtaient à tour de rôle. J'ai réalisé pour eux de nombreux dessins qui ne te viendraient pas à l'esprit. Par exemple, j'ai redessiné le Petit Prince comme il apparaît dans le récit de Saint-Exupéry, avec son écharpe coloriée en jaune, ce qui les a ravis. Les autres résidents du foyer étaient en admiration devant le portrait que j'en avais fait. Peut-être ai-je oublié de te préciser que j'adore l'écharpe que porte le Petit Prince dans le conte, du fait qu'elle semblait bien droite et comme suspendue dans l'air, et parce que sa couleur était assortie à la chevelure blonde du prince.

Les enfants coloriaient mes dessins avec application. Ensuite, j'ai tenté de leur faire dessiner eux-mêmes le prince, mais là ils ont eu plus de mal. À côté de lui, j'ai ajouté un cercle figurant la petite planète sur laquelle il vit. L'un des garçons a protesté : « C'est la première fois que je vois la Terre aussi petite ! » Je lui ai répondu sur un petit bout de papier : « Ceci n'est pas la Terre, mais une autre planète. » Il a éclaté de rire et s'est mis à sautiller de joie, avant de répliquer : « J'aime mieux ça ! »

Pendant ce temps, les bombes continuaient à pleuvoir, et au moindre grondement, les garçons et moi nous nous roulions en boule et nous pelotonnions les uns contre les autres, abandonnant précipitamment nos dessins et nos couleurs. La première fois qu'ils avaient agi ainsi, Oum Saïd les avait attirés contre elle et les avait serrés dans ses bras.

Au début, je les avais regardés faire de loin, m'abstenant de bouger, puisque, comme tu le sais maintenant, je ne voyais pas bien en quoi le fait de me rouler en boule pour aller me réfugier auprès d'un pilier me sauverait.

La fois suivante, c'était le lendemain, je me suis tout de même mise en boule comme eux, et nous nous sommes recroquevillés tous ensemble derrière un pilier apparent situé au point de la chambre le plus éloigné de la fenêtre.

C'était un jeu plutôt amusant : dès que le silence revenait, que les explosions liées aux bombes cessaient ou que le grondement de l'avion tournoyant au-dessus de nos têtes s'interrompait, nous criions de joie. Même moi, je criais avec les autres, et j'étais persuadée qu'un son sortait de ma bouche. Quant à Oum Saïd, elle pleurait en silence tout en nous surveillant.

Me croiras-tu si je te dis que ces journées figurent parmi les plus heureuses de mon existence ? Il m'était soudain apparu clairement que je ne demandais à la vie qu'une seule chose : pouvoir apprendre aux enfants à dessiner. D'un jour à l'autre, j'avais découvert que j'étais douée pour le dessin : j'avais la faculté de représenter les choses exactement comme elles étaient en réalité. Ce talent était encore plus manifeste lorsqu'il s'agissait de dessiner les personnages et les objets du *Petit prince* ou bien les animaux de *Kalila et Dimna*[1].

---

1. Recueil de contes issu de la littérature sanskrite, datant du IIIe siècle avant notre ère ; il a essaimé ensuite à travers tout l'Orient,

J'ai de nouveau regretté la décision que j'avais prise, du temps de l'école élémentaire, de ne plus jamais actionner ma langue : si j'avais été en mesure de parler, j'aurais pu raconter des histoires aux garçons. Penses-tu qu'il soit trop tard à présent ?

À peine l'aube s'était-elle levée que les garçons frappaient à notre porte, apportant avec eux leurs cahiers, leurs crayons et leurs couleurs. Leurs mères surveillaient discrètement ce que nous faisions, tout en s'absorbant activement dans leurs tâches.

Mon préféré parmi eux, 'Amer, était un garçon de huit ans assez chétif. Il ne riait jamais et avait pris l'habitude, à intervalles de quelques minutes, de se jeter de tout son long par terre et de faire le mort. Le reste du temps, il le passait à relier les points que j'avais positionnés à travers la page pour guider les enfants dans leurs tracés.

'Amer, je ne l'avais pas entendu souvent au cours des jours précédents. Il avait néanmoins dessiné l'ensemble des personnages figurant dans *Alice au pays des merveilles* et des animaux de *Kalila et Dimna*. En revanche il avait refusé de dessiner le Petit Prince…

Oum Saïd a expliqué qu'il était orphelin et que son oncle paternel, qui prenait soin de lui, était parti faire la guerre avec les rebelles. Le garçon était resté avec ses cousins et sa tante. Par cette dernière, nous avons appris que la mère de 'Amer était incarcérée. Cela m'a poussée à m'interroger sur la différence entre la disparition et la mort. Sa mère était retenue en captivité dans les

---

notamment via la traduction arabe due à l'érudit Ibn al-Muqaffaa (vers 720-756).

geôles du président parce que son mari était dans l'Armée syrienne libre, tandis que son frère aîné, lui, était retenu prisonnier par les forces de cette même armée...

À vrai dire, je ne comprenais rien à cet embrouillamini, ne saisissant pas bien dans quelles circonstances les membres de sa famille avaient disparu, ni ce que représentaient toutes ces armées dont nous n'avions jamais entendu le nom auparavant !

L'important dans cette histoire, c'est qu'en l'espace de cinq jours, nous avons été bombardés à quatre reprises. La dernière fois où c'est arrivé, les bombes ont touché l'immeuble contigu au nôtre, et la leçon de dessin a dû prendre fin plus tôt que prévu. Les garçons sont sortis de notre pièce hébétés, à l'exception de 'Amer qui s'est approché de moi : « Dis, m'a-t-il demandé, c'est vrai que t'es folle ? »

J'ai ri et fait non de la tête. « C'est bien ce que je me disais, a-t-il commenté. En vrai, les fous y savent pas dessiner ! »

Ce soir-là, tandis que les bombardements se poursuivaient autour de nous – même s'ils s'étaient quelque peu éloignés –, je me suis mise à chantonner. Tu ne vas peut-être pas me croire, mais je sais chanter le Coran. Je le connaissais déjà avant, l'ayant appris par cœur de la première à la dernière ligne.

Autour de nous, il y avait beaucoup de mosquées qui, selon mon frère, avaient proliféré au cours des vingt dernières années. Il m'emmenait périodiquement dans un institut affilié à l'une de ces mosquées, que beaucoup d'enfants du quartier fréquentaient.

Les filles admises à l'institut étaient plus petites, et moi, la direction ne m'a acceptée qu'à condition que je me couvre la tête. Même si la personne qui assurait notre formation était une femme et si les élèves les plus âgées suivaient des classes réservées aux filles, ma mère n'avait pas voulu me laisser y aller seule.

Mon frère, qui m'accompagnait, m'avait attachée à son poignet, tout en laissant à la corde suffisamment de longueur pour que je puisse aller dans la salle des filles tandis qu'il m'attendrait, assis à l'extérieur – les garçons n'avaient pas le droit d'y entrer.

Quand j'ai eu mes neuf ans, les responsables de l'institut ont carrément refusé de m'accueillir, vu que selon eux j'étais désormais « pubère ». Je n'ai compris ce qu'ils avaient voulu dire qu'un an plus tard environ, lorsque le sang a commencé à jaillir d'entre mes cuisses.

Il n'empêche que c'est là-bas que j'ai appris à lire et à recopier le Coran. Le fait que je ne puisse plus y aller n'était pas très grave, au fond, sachant que j'avais retenu la méthode et que je pouvais désormais m'entraîner à cantiller ou à psalmodier le Coran à la maison.

À l'institut, les filles pleuraient au moment de réciter le Coran, et moi je pleurais avec elles, sans trop en savoir la raison. Je t'avoue que j'avais très peur, surtout lorsque j'ai appris quelle était la punition qui nous attendait après la mort, à savoir l'enfer, l'écorchement de la chair et d'autres supplices encore que tu dois sûrement connaître.

Je me réveillais la nuit épouvantée, pourchassée par les images de grandes flammes me dévorant à la manière d'un ogre avide. Ensuite, je n'arrivais plus à me rendormir. Le phénomène s'est reproduit plusieurs nuits de suite.

Ma mère a brûlé les dessins où j'avais tenté de représenter l'enfer. J'avais mélangé du rouge, du vert et du bleu pour figurer de formidables géhennes en forme de cercles infernaux superposés. Chaque cercle montrait des humains en train de se consumer, avec, au-dessus, des bulles dans lesquelles j'avais recopié les versets coraniques qui décrivent les tourments de l'enfer.

Mais ces dessins, ma mère les a tous brûlés, y compris celui qui représentait le fil – mince comme un cheveu – que les croyants doivent emprunter au-dessus de l'enfer. J'avais pourtant pris soin de les dissimuler après les avoir terminés, mais elle avait trouvé le moyen de mettre la main dessus et n'avait pas hésité à y mettre le feu. Ensuite elle avait fait brûler de l'encens des heures durant afin de chasser l'odeur.

Dans le même mouvement, elle avait également jeté au feu mes crayons de couleur, sans manquer, pour conclure, de me brûler le bout des doigts à la flamme d'une allumette, tout en répétant que j'avais commis un grave péché.

Du coup, j'ai arrêté de dessiner l'enfer.

Parmi les sourates du Coran, celle de Joseph était ma préférée. Ma nouvelle passion était de cantiller le Coran, et je ne pensais plus aux versets qui parlaient de l'enfer. Autrefois, j'avais psalmodié un passage pour le jeune homme que j'avais autorisé à me palper les seins, et il en était resté estomaqué. Ensuite, j'étais restée longtemps sans cantiller, au point que j'avais oublié à quel point j'aimais ça. Je n'ai pas le temps maintenant de t'en dire davantage, mais plus tard tu comprendras mieux les raisons de cet oubli. D'ailleurs, tu pourras jeter ce que tu veux de ces papiers…

Au foyer, je renouais enfin avec cet art, pour la plus grande joie d'Oum Saïd et des autres personnes qui gravitaient autour de moi à Zamalka. Oum Saïd a voulu comprendre comment j'arrivais à psalmodier du Coran. Évidemment, j'avais des difficultés à le lui expliquer : ça cadrait mal avec la paralysie de ma langue. En fait, j'étais comme elle, beaucoup des choses qui se passaient autour de moi m'échappaient.

Quoi qu'il en soit, il y a eu comme du mauvais œil autour de cette affaire car, exactement le lendemain du jour où j'avais psalmodié du Coran, provoquant l'admiration de tous, j'ai perdu Oum Saïd. Elle s'était volatilisée.

Ma mère savait bien qu'une fois lancée dans une récitation psalmodiée ou une cantillation du Coran, j'étais incapable de m'arrêter. En fait, je ne le faisais qu'au gré de mes envies, et il arrivait qu'elle me supplie de psalmodier et que je refuse. En revanche, quand je le faisais spontanément et qu'elle me surprenait, elle en pleurait d'émotion et priait pour que Dieu me guérisse – je n'étais plus pour elle une cause d'embarras vis-à-vis de nos voisins.

D'ailleurs, j'ai oublié de te dire que ces derniers tournaient autour de notre chambre et se plaisaient à écouter à notre porte. Dès la première fois où ils m'avaient entendue psalmodier du Coran, ils avaient déclaré que ma voix était capable de faire pleurer la pierre. De ce jour-là, ils s'étaient mis à mieux traiter ma mère.

Ce soir-là, après que 'Amer m'a demandé si j'étais folle et que les autres enfants sont partis, j'ai commencé à psalmodier. Les femmes se sont rassemblées autour de moi en cercle. Elles commentaient à voix basse, sans pour autant cesser leur travail de tricot. Parmi elles, il y en avait une très maigre qui épluchait continuellement des fèves.

Pour autant, elles continuaient de surveiller mes moindres faits et gestes avec les enfants. Ce qui m'étonne le plus dans ce pays, c'est que les gens ont tendance à apparaître et à disparaître sans crier gare : tantôt on voit un groupe nombreux qui se presse dans un espace réduit, comme ça arrivait dans ce foyer, tantôt ils disparaissent et on ne revoit plus aucun d'entre eux, comme c'est le cas ici dans ce souterrain.

Quand le bombardement a commencé, Oum Saïd s'est redressée d'un bond. Les femmes ont accouru chez nous depuis les autres chambres, on aurait dit comme une grappe unique ondulant autour d'elle-même. Deux hommes étaient également présents ce jour-là.

Après avoir ouvert la porte de la chambre pour voir ce qui se passait, j'ai aperçu Oum Saïd gisant en travers du seuil de la maison, ses jambes dénudées exposées à la vue de tous et une serviette humide qu'elle avait dû utiliser pour s'hydrater à côté d'elle. Quant à moi, debout près de la fenêtre, j'essayais de remuer ma main attachée à la poignée. J'avais l'impression que de l'eau avait trempé la corde autour de mon poignet, et ça me faisait mal.

Même si les bombardements étaient incessants, le ciel était dégagé, et une vive lumière nous parvenait

– peut-être était-ce la lune, mais je ne la voyais pas, et c'était peu probable sachant qu'on était en début de mois, ce qui signifiait un mince croissant tout au plus. Au loin, un incendie enflammait le ciel.

Nous nous sommes serrés davantage les uns contre les autres, nous affaissant doucement jusqu'à entendre les souffles de notre respiration.

Cela faisait longtemps que je n'avais pas vu mon visage dans une glace, et je ne savais plus à quoi il ressemblait. Comme je regrettais mon miroir resté chez nous ! Les visages des enfants autour de moi me paraissaient effrayants. Il faut dire que la poussière nous cernait de tous côtés, et l'eau manquait, de sorte que leurs vêtements étaient sales, et je voyais bien les traînées grisâtres que leurs doigts laissaient sur les feuilles blanches de leurs cahiers.

Ça ne les empêchait pas d'être très habiles. Par petites touches, ils parvenaient à couvrir la feuille de formes parfaitement maîtrisées et harmonieuses, s'appliquant longuement avant d'estimer qu'ils pouvaient passer à la figure suivante.

Par exemple, l'écharpe d'or du Petit Prince, ils l'avaient figurée comme une ligne droite achevée par un triangle. Quant aux queues des éléphants évoqués dans *Kalila et Dimna*, elles étaient représentées par des demi-cercles. Je les avais en effet engagés à dessiner des éléphants, lesquels apparaissaient aussi bien dans *Le Petit Prince* que dans « L'alouette et l'éléphant », le conte qui ouvre le recueil *Kalila et Dimna*.

Le défi était assez difficile à relever, car nous devions dessiner les animaux tels qu'ils avaient été décrits dans chacun des contes, sachant que les éléphants que rencontre le Petit Prince n'étaient pas les mêmes que ceux de Bidpaï le philosophe.

'Amer a trouvé une solution raisonnable, dessinant l'éléphant au moyen de deux cercles imbriqués. Il a expliqué qu'il avait appris cette technique dans son école, avant que celle-ci ne soit détruite par un bombardement. Ensuite, à mon plus grand étonnement, il a montré aux autres enfants comment faire. Qui aurait cru que ce garçon, avec ses grands yeux et son front étroit et protubérant, était un pédagogue-né ?

Après mon départ, je l'ai longuement regretté. Il avait le même comportement que les adultes, ceux qui rentraient de temps à autre, l'arme en bandoulière, couverts de crasse et de sang, puis disparaissaient à nouveau. Il me disait qu'il allait partir avec eux, qu'il n'était plus un petit garçon, qu'il voulait venger sa famille qui avait été entièrement massacrée, ne laissant que lui pour seul survivant.

Je l'écoutais parler, puis l'appelais d'un signe pour qu'il se joigne aux autres enfants. Il répliquait en me tirant la langue : « C'est vrai que tu es folle ! » Le prenant au mot, j'ouvrais la bouche, retournais mes paupières à l'envers puis le regardais fixement, imitant les sorcières maléfiques des contes. En voyant mes mimiques, il sautillait gaiement sur place, d'une manière que je trouvais hilarante. En revanche, lorsqu'il m'entendait chanter, il accourait vers moi, se jetant presque dans mes bras.

Par la suite, les femmes ont commencé à me demander de leur psalmodier des versets du Coran chaque fois que les bombardements s'intensifiaient, mais je n'obtempérais pas, préférant me pelotonner avec elles – notre façon de nous mettre à l'abri en nous blottissant les unes contre les autres. On s'amusait bien à l'intérieur de ces boules agglutinées.

Une nuit, alors qu'il régnait une chaleur intense – quelques jours auparavant, Oum Saïd avait fermé la fenêtre et elle était restée ainsi –, nous avons trouvé en nous réveillant une multitude de lézardeaux collés au plafond ; comparés aux lézards adultes, ils ressemblent à de petits albinos, et même s'ils ne sont pas nocifs, les gens les redoutent.

Je les ai tous ramassés et les ai jetés par la fenêtre. Tout en réajustant mon hijab autour de mon visage, Oum Saïd a ironisé sur le fait que je n'étais pas si inutile que ça après tout. J'avais tellement chaud que j'avais envie de me défaire brutalement de mes vêtements amples pour les jeter loin de moi. Elle a abaissé le voile sur mon front pour que je ne crie pas.

À mon réveil, j'ai découvert que je transpirais effroyablement. J'étais inondée, et j'ai pensé un instant que je m'étais fait pipi dessus. Je me suis levée précipitamment et, après avoir ouvert la fenêtre, j'ai commencé à psalmodier.

Oum Saïd m'a expliqué que je devais m'abstenir de scander les versets d'une manière trop musicale. « C'est péché de chanter comme ça, a-t-elle dit, on n'ajoute pas une mélodie au Coran ! »

Je n'ai pas tenu compte de sa remarque. En fait, je ne sais pas psalmodier le Coran autrement. C'est ma mère qui m'a appris à le faire de cette façon-là – d'ailleurs elle psalmodiait tout le temps pour moi. Elle m'avait rapporté des cassettes enregistrées et me récitait les versets pour m'aider à m'endormir, et en particulier cette sourate-là, la sourate de Joseph qui, avec celle de Marie, était ma préférée. J'aimais particulièrement ces versets, que je me plaisais à réciter deux fois chacun :

« Ils dirent : "Ô notre père, qu'as-tu à ne pas te fier à nous pour Joseph ? Nous sommes pourtant bien intentionnés à son égard. Envoie-le demain avec nous faire une promenade et jouer, nous veillerons sur lui." »

Chaque fois que ma mère me récitait ce passage, elle éclatait en sanglots. Je l'ai recopié ici en y ajoutant les signes diacritiques, qui à moi me paraissent plus importants encore que les lettres elles-mêmes, car c'est eux qui impriment au mot sa musique. Tu ne pourras jamais apprécier la mélodie que charrient ces mots si tu n'es pas au fait des règles musicales auxquelles ils obéissent.

Du reste, je me demande toujours : pourquoi les signes diacritiques ne sont-ils pas considérés comme partie intégrante du caractère qu'ils modulent ? Pourquoi ne les faisons-nous pas systématiquement figurer afin de leur donner l'importance qui leur revient ?

Si nous faisions ainsi, chaque mot de la langue se transformerait en une image comme celles qui m'attendent dans les ouvrages que m'a offerts Sett Souad, ceux que j'ai cachés en lieu sûr afin que personne ne puisse mettre la main dessus. Sache – entre nous – qu'ils sont tout au fond de mon coffre, quatre gros recueils consacrés à l'histoire de l'art.

Ah oui ! Il faut aussi que je te dise : pour la première fois, j'ai vu ma mère en rêve. Elle avait la main posée sur mon front, le même geste qu'avait eu Oum Saïd envers moi. Dans le rêve, j'ai vu ma mère poser la main sur mon front, et je me suis vue en train de me réveiller. A commencé alors un rêve à l'intérieur du rêve, dans lequel je me voyais marcher…

Je marchais et marchais encore, sans jamais m'arrêter, tout en entendant la voix de ma mère. Je ne distinguais pas son visage, seulement ses cheveux. Elle avait apposé ses doigts sur ma tête. J'avais envie de les toucher mais mes mains ne m'obéissaient pas. Quant à mes pieds, ils battaient très rapidement dans le sens de la marche, propulsant mon corps en avant.

J'ai entendu une voix me souffler de regarder vers le haut. J'ai obéi, mais tout ce que j'ai vu, c'est un nuage qui se maintenait au-dessus de ma tête, avançant au même rythme que moi. C'était un nuage unique, aux dimensions de mon oreiller. J'ai essayé d'agiter la tête pour le chasser, mais il s'est adapté à mes gestes et s'est incliné vers moi, me soufflant qu'il resterait avec moi pour me protéger.

J'étais là, à la fois dans l'ombre du nuage et sous son emprise. Il m'aurait suffi de tendre la main pour toucher les doigts de ma mère, mais je n'y arrivais pas. Alors que, dans le rêve d'origine, le chemin devant moi était flou, celui du rêve à l'intérieur du rêve – dans ce second rêve, j'avais pleine conscience d'être en train de rêver – était familier : il ressemblait à l'entrée de notre quartier. C'était une ruelle longue et étroite, qui n'était pas bordée de maisons mais seulement d'arbres géants dont les branches s'enroulaient les unes autour des autres, me masquant la vue du ciel. À l'horizon, la ruelle finissait par se contracter en un point unique.

Quand je suis sortie du rêve dans le rêve, tout avait disparu, et il ne restait que le nuage. J'ai essayé de remuer ma langue et de faire cesser le mouvement de mes pieds, et aussi d'empêcher mes mains de s'agiter au rythme de mes pas, mais en vain.

« Vois donc là-haut ! » a murmuré ma mère. À l'instant où j'ai levé la tête pour regarder, je me suis réveillée.

Depuis ce rêve, un nuage flotte en permanence au-dessus de ma tête. Quand je le vois dans la réalité, je tends la main et la passe au-dessus de ma tête, ainsi je parviens à toucher les doigts de ma mère, de même que je parviens à sentir l'odeur de ma mère.

Je passais mon temps à guetter le moindre mouvement à travers la fenêtre, au point que j'arrivais à détecter jusqu'aux déplacements d'air chaud de la mi-journée. De l'autre côté de la rue, je voyais les murs couleur de poussière des maisons accolées. Il n'y avait aucun arbre, rien qu'un soleil brûlant. C'était donc ça, le désert dont on parlait dans les lectures que j'avais faites ? Possible. Qui sait, peut-être que la Syrie est composée pour moitié de désert…

Cela dit, je me rappelle également avoir lu – mais ça, je n'en suis plus très sûre – que la Ghouta était une région très arborée, alors que ce n'est pas vrai : je n'ai pas vu beaucoup d'arbres ici. Peut-être que, au fond, nous ne sommes pas dans la Ghouta ! Mon frère me l'a bien confirmé pourtant, et je le crois sur parole car c'est quelqu'un qui n'a jamais menti de sa vie. Tiens-toi donc pour dit que l'histoire que je te raconte se déroule dans la Ghouta.

Je ne sais pas trop comment je vais la terminer, je suis arrivée au bout trop vite. À voir mes récits s'enchaîner dans le désordre, tu dois penser que je tourne en rond et que, à peine après en avoir terminé un, j'ai tendance à en commencer un nouveau en perdant de vue le précédent !

Tout ce que j'ai vu de cette existence, soit que je l'aie vécu personnellement, soit que j'y aie seulement assisté, a passé trop rapidement. J'ai l'impression que la vie va plus vite qu'il ne faudrait. Pour moi le temps s'est figé à l'époque où je me suis rendu compte que je ne m'arrêtais pas de marcher.

J'ai l'impression que c'était hier, mais la vérité, c'est que des années ont passé, des années et des années. Les gens n'ont plus le temps de réfléchir à ce qui leur arrive. Je pense qu'ils sont – et je m'inclus dans le lot – semblables aux bêtes d'un troupeau de taureaux : ils ruent et s'agitent sans comprendre ce qui se passe. Même s'ils sont aussi massifs que des taureaux, ils se comportent comme des rats, et en cela aussi je suis comme eux : nous attendons chaque jour que les bombes se déversent sur nos têtes…

Une fois tombés du ciel, les objets paraissent différents de ce qu'ils sont en réalité. J'ai vu les débris de l'obus, ce n'est rien d'autre que des morceaux de ferraille qui ne valent pas un clou. Cette ferraille a une propriété étonnante : aussitôt larguée par l'avion, elle se métamorphose en monstre. Pour ma part, je ne comprends pas pourquoi ils s'échinent à assembler ces objets sophistiqués, si c'est au final pour les envoyer se disloquer au-dessus de nos maisons tellement étriquées qu'elles rappellent celles des vieilles gravures.

Tu trouves ce détail sans importance ? Dans ce cas, il faut peut-être que je fasse le tri dans mon histoire, comme je l'avais fait avec celles du barrage et de la chute de ma mère, et aussi avec celle de la fille chauve. En principe, une histoire a un début et une fin.

J'en étais donc au moment où nous nous étions pelotonnées et encore pelotonnées, tant et si bien que nous entendions nos souffles respectifs, mais je vois qu'il faut revenir au commencement.

Le commencement, c'était quand les sept garçons se sont présentés dans ma chambre pour la leçon. Le mari d'une des femmes – un combattant pourvu d'une longue barbe – avait jugé bon que j'apprenne aux enfants à réciter le Coran et à le recopier. Étant donné que je suis muette, avait-il souligné à mon plus grand agacement – j'épiais ce qu'ils disaient à travers le trou de la serrure –, il estimait qu'il n'y avait pas lieu d'en discuter et avait donné ses ordres dans ce sens.

Ainsi donc, j'avais commencé depuis deux jours à recopier pour les enfants des versets assez courts. Ensuite je leur demandais de dessiner les lettres de l'alphabet puis de les colorier. Vu que nous avions commencé, à la demande des femmes, par la sourate de Joseph, nous nous appliquions depuis deux jours, tout en recopiant les versets correspondants, à dessiner en couleurs le portrait du prophète Joseph. Bon, ça, on n'en avait pas parlé aux hommes…

Mon frère n'était pas encore rentré du maquis : lui aussi était désormais un combattant, armé d'un énorme fusil. Je n'avais pas de nouvelles de lui, mais leur chef m'avait assuré qu'il se portait bien et que, pour eux, ma sécurité était un devoir d'honneur. Pour finir, il a même déclaré que mon frère était un des héros de la ligne de front… J'ai essayé d'imaginer comment était cette ligne ; ça fait d'ailleurs partie des choses dont je te parlerai par la suite.

Pour revenir à l'histoire que j'ai commencé à te raconter, et que je dois donc mener à sa fin, le foyer où nous nous trouvions comptait plusieurs chambres distribuées autour d'une cour commune. Celle-ci contenait des pots à fleurs, ainsi que des bacs qu'on avait bricolés en disposant des pierres en cercle le long des murs des chambres, puis en les assemblant à l'aide d'un ciment de fortune. Ensuite, on y avait déversé du terreau et planté, entre autres, de la menthe, du persil et des oignons. La couleur du terreau en question était d'un rouge assez vif qui égayait les murs ternes de la cour ; les plantes en pots et les fleurs, en revanche, ne me plaisaient pas : esseulées, desséchées et rachitiques, elles n'avaient rien à voir avec les motifs fleuris que je dessinais pour enjoliver mes pages d'écriture.

Au milieu de la cour se trouvait un grand argousier, au pied duquel on avait disposé une petite table pouvant accueillir plusieurs personnes. Le reste de la cour était encombré par un bric-à-brac d'objets, Oum Saïd nous a expliqué qu'ils s'étaient entassés là depuis que la Révolution avait éclaté. Tu sais, toi, ce que c'est que la Révolution ? Eh bien c'est à cause d'elle que les avions larguent sur nos têtes des fûts d'explosifs. C'est du moins ce qu'a déclaré 'Amer.

Après l'incident que je me propose de te relater maintenant, tu imagineras mieux la manière dont ça se passait avec les enfants quand ils venaient dans ma chambre. Ils ne cessaient pas pour autant d'être étroitement surveillés par leurs mères, qui continuaient à travailler en échangeant continuellement des confidences.

Trois autres familles étaient hébergées dans le foyer qui nous accueillait, Oum Saïd et moi. Par ailleurs, il y avait toujours un homme de permanence qui passait la nuit sur place. Les hommes se relayaient, à la fois pour assurer les combats et garder la maison.

Oum Saïd m'avait dit que nous avions au foyer trois femmes enceintes. L'une d'elles criait sans arrêt et s'arrachait les cheveux à pleines mains. Un jour elle a débarqué dans notre chambre en pleurant, s'est approchée d'Oum Saïd et l'a attrapée par son 'abaya[1] : elle voulait nous confier sa fille Racha, une jolie jeune fille qui était toujours dans la lune. J'ai pris Racha comme élève et lui ai appris à dessiner la fleur du Petit Prince.

Il y a quelques mois, son père avait décidé de la voiler. La mère ne cessait de se fustiger, s'administrant des tapes sur le ventre, ou bien elle pleurait, s'engageant dans des conciliabules discrets avec Oum Saïd. Chaque fois qu'elle regardait Racha, elle redoublait de larmes, secouait énergiquement la tête, se mordait les lèvres, puis s'exclamait sur un ton accablé : « C'est qu'une gamine ! »

Dans ces cas-là, Oum Saïd s'approchait d'elle et lui glissait quelques mots à l'oreille. Nous n'entendions pas ce qu'elle lui disait, mais ça ne suffisait visiblement pas à la calmer puisqu'elle ne tardait pas à bondir sur ses pieds pour réitérer la même lamentation. Nous ne comprenions vraiment pas ce qui se passait.

Une fois, la mère enceinte a attiré Racha contre son ventre arrondi et, tout en soupirant à grand bruit, a observé fixement les autres femmes, avant de leur faire

1. Longue pèlerine portée au-dessus des vêtements.

savoir qu'elle allait s'enfuir avec sa fille. Pas question, de le laisser faire d'elle ce qu'il voulait ! a-t-elle expliqué.

Les femmes paraissaient épouvantées par ses paroles, qu'elles tentaient d'étouffer tout en tirant Racha pour la lui reprendre. Elles débattaient à voix basse, soucieuses d'éviter que les hommes ne les entendent : si ceux-ci venaient à l'apprendre, la catastrophe s'abattrait non seulement sur elle, mais aussi sur toutes les autres.

Finalement, une des femmes s'est approchée de la mère enceinte et l'a fait asseoir après lui avoir repris Racha des mains – elle ne décolérait toujours pas. Quant à moi, j'entendais les cognements de mon cœur qui battait à tout rompre.

Une femme a déclaré que son mari la tuerait s'il l'entendait débiter des folies pareilles. C'est à ce moment qu'un combattant a fait son entrée, muni d'un fusil qu'il balançait d'un bras sur l'autre. Le silence s'est installé… Les commères s'étaient figées et avaient baissé les yeux…

Le combattant à hurlé à la mère enceinte de le suivre au-dehors. Elle a disparu… avant de revenir un peu plus tard, tout à fait silencieuse à présent. Racha, elle, a poursuivi ses activités : dessiner le visage du prophète Joseph, esquisser la rose du Petit Prince ou encore recopier les deux versets coraniques que j'avais fait figurer en exergue du conte.

Le visage de Racha avait une beauté étrange et il n'était pas facile de lui assigner une couleur. J'ai tâtonné pour m'en approcher, mais c'était vraiment difficile. J'allais et venais entre son visage et celui de sa mère, hésitant sur la teinte la plus adaptée à choisir pour chacun d'eux. Le sien nécessitait de mélanger du rouge et du blanc, alors que celui de sa mère faisait intervenir du noir et du bleu, auxquels venaient s'ajouter, quand elle était en colère, quelques filaments d'un rouge soyeux.

Racha n'était pas intéressée par la discussion qui avait lieu à son sujet. Elle était en train de redessiner les visages avec moi. Sa mère, elle, s'était mise à fredonner. Finis, les cris, la colère et les larmes. Elle gardait un œil apeuré sur la porte par laquelle avait fait irruption le combattant, dont j'ai appris par 'Amer que Racha lui était promise. Elle était, selon ce qu'il m'a également révélé, la plus belle fille de leur quartier, et il arrivait qu'elle joue avec lui.

Ainsi donc, Racha allait épouser un combattant…

'Amer s'étonnait que la mère de Racha prenne mal cette union, sachant que la jeune fille était elle-même fille de combattant – quoi d'anormal donc à ce qu'elle en épouse un ? Mieux, n'était-ce pas une bonne chose, sachant que ça la protégerait d'une certaine manière et serait pour elle source de fierté ?

Là-dessus, il m'a fixée en silence, gardant ses yeux plongés dans les miens pendant de longues secondes, avant de me demander si je comprenais ce que je lui disais. J'ai acquiescé d'un hochement de tête.

Il est resté un moment à suivre les doigts de Racha en train de dessiner, observant comment ses gestes graciles se traduisaient en couleurs déposées sur le blanc de la feuille, jusqu'au moment où il a subitement fondu en larmes. Gêné, il s'est enfoui la tête entre les mains.

Oum Saïd l'a morigéné, lui rappelant qu'il était un homme à présent, et que Racha n'était plus une enfant, qu'elle arrêterait bientôt de jouer avec lui et le reste des gamins. Il a préféré détourner le regard, allant se réfugier dans un coin à l'écart, puis m'a fait signe de venir m'asseoir près de lui et de lui apprendre à dessiner.

La chaleur était asphyxiante, et le silence qui était retombé depuis que la mère avait cessé de crier avait quelque chose d'étrange. De temps à autre, je touchais en pensée les doigts de ma mère et souriait, et dans ces moments-là, je ressentais un souffle d'air bienfaisant me traverser les poumons. Ma mère et moi étions liées : quand je remuais la tête vers la droite et vers la gauche, elle effectuait avec moi le même mouvement de balancier.

Comme je te l'ai dit, le foyer où nous nous trouvions n'était pas à proprement parler à Zamalka, mais plutôt à sa périphérie, laquelle était une sorte de no man's land. C'est du moins ce que j'ai compris par la suite, quand nous avons dû quitter la zone précipitamment, trois jours après le drame. Mais à l'époque j'ignorais encore que nous devrions partir si vite, et j'ai commencé à ranger la chambre comme si j'allais y vivre durablement – je me suis même procuré un coffre en lieu et place de celui qui était resté chez nous…

Le nouveau consistait en un fût d'aluminium que j'avais récupéré pour moi, après avoir entendu Oum Saïd déclarer qu'il était percé et qu'on ne pourrait plus l'utiliser pour y stocker de l'eau. Comme il mesurait environ un mètre de haut sur cinquante centimètres de large, je l'ai couché à plat dans l'espace séparant mon lit – en réalité un matelas à même le sol – du mur, et j'ai commencé à y ranger les dessins des enfants et leurs crayons de couleur. Je m'en servais aussi comme d'un oreiller, le repoussant sans cesse davantage contre le mur. Avec du tissu, j'ai habillé cet appuie-tête improvisé d'une taie de fortune.

Mais revenons à notre récit… Nous sommes donc restées un moment blotties les unes contre les autres, nous entendant mutuellement respirer, après quoi les femmes ont recommencé à se déplacer comme avant l'alerte. Elles gardaient néanmoins un œil rivé en permanence sur le ciel. L'une d'elles a déclaré que l'avion s'était éloigné. Les deux hommes nous ont crié dessus, nous ordonnant de revenir à nos places, mais personne ne les a écoutés.

J'avais un peu plus d'air à présent, et je recommençais à respirer. Nos yeux demeuraient cependant braqués vers le ciel, comme si nous étions des aveugles en quête de vision. Il ne s'est écoulé que quelques secondes avant que la cour de la maison ne soit transformée en fosse. Dans un formidable bruit d'explosion, nous avons été projetés violemment dans les airs, avant de nous retrouver enterrés sous un monticule de poussière, de cailloux et d'éclats de vitre. J'ai perdu connaissance, comme tous ceux qui se trouvaient avec moi…

Lorsque nous sommes revenus à nous, nous ne savions pas combien de temps s'était écoulé. Je gardais les yeux fermés, et quand je les entrouvrais, je voyais les autres faire la même chose. Moi et la plupart des enfants nous étions indemnes. Je ne pouvais toujours pas me déplacer au-delà de ce que me permettait la longueur de ma corde reliée à la fenêtre ; bizarrement, celle-ci était restée en place alors que la façade de l'immeuble d'en face avait été entièrement soufflée.

Nous n'avions aucune idée de ce qui s'était passé. L'endroit grouillait d'hommes et de femmes. J'ai fini par regarder en direction de la cour, qui n'était plus que lambeaux de corps éparpillés. J'ai aperçu parmi eux celui d'Oum Saïd. Elle n'avait plus de jambes et ses cheveux en désordre étaient dévoilés, des cheveux courts et entièrement gris.

Par la suite, l'image d'Oum Saïd s'est effacée, et j'ai sombré dans un sommeil profond dont je ne me suis réveillée qu'en sentant des doigts courir sur mon front. J'ai d'abord pensé que c'était ma mère mais, en ouvrant les yeux, j'ai trouvé mon frère assis près de moi. Il tenait un fusil serré contre lui, et sa barbe était plus longue qu'avant, lui donnant encore plus l'air d'un adulte.

Avant de bouger, j'ai regardé autour de moi à la dérobée ; j'ai vu que la pièce avait été remise en ordre et que les autres enfants avaient disparu. Trois hommes étaient en train d'achever la tâche de nettoyage. Je n'étais plus dans ma chambre, et mon coffre – je veux dire mon fût – avait disparu. Il était dans l'arrière-salle du foyer, la seule pièce, avec une des chambres, à avoir été préservée du bombardement. C'est là que les rares survivants adultes ainsi que les enfants étaient réfugiés.

Oum Saïd et deux autres femmes avaient été tuées, ainsi que trois enfants que je ne connaissais pas. Quant à « mes enfants à moi », ils étaient indemnes, sinon que 'Amer avait eu la jambe droite coupée. « Bon retour parmi nous ! » m'a lancé mon frère en voyant que je venais d'ouvrir les yeux. J'ai remarqué tout de suite que ma mère n'était pas là, il n'y avait personne au-dessus de ma tête, là où elle flottait habituellement.

Si je peux encore te raconter cette histoire, c'est parce que j'ai survécu. Après ça, j'ai dormi deux jours durant. Le troisième jour, j'ai commencé à marcher dès mon réveil, parvenant à me maintenir en équilibre sur mes jambes et à me déplacer dans l'espace réduit qui m'était alloué depuis que mon frère avait rapporté une nouvelle corde plus courte, qui me faisait mal.

Nous avons fait le trajet jusqu'à Douma, ou plutôt je l'ai fait, dans des circonstances que je vais te raconter avec l'histoire des bulles à l'odeur détestable.

Mon frère est resté ici, seul avec moi dans la petite arrière-salle qui n'avait pas été touchée.

La mère enceinte, celle qui s'était énervée, avait disparu avec ses deux petits garçons, soufflée par la bombe. Seule avait survécu sa fille Racha, qui était là avec son père. Notre salle avait besoin d'un bon nettoyage après l'explosion qui l'avait convertie en amas de gravier sous lequel étaient ensevelies les affaires de la famille ayant logé là.

J'ai aperçu, émergeant d'un de ces amas, les chaussures à talons hauts de la mère en colère. Leur tissu à motif fleuri était couvert de poussière, et le dessus du soulier était orné de petits brillants composant une toque en forme de rose – je connaissais bien ce modèle qu'on trouvait en abondance dans les magasins de Douweilaa. La toque était souillée d'une matière poisseuse, qui devait être du sang, mais ça ne l'empêchait pas d'étinceler au milieu de l'amas de gravier.

Mon frère a nettoyé la salle comme il a pu, expédiant des bordées entières de détritus dans la cour transformée en fosse béante. De petits débris métalliques s'amoncelaient sur ses flancs comme des jouets désarticulés à l'apparence sinistre.

La porte de notre chambre était ouverte ; il m'y a emmenée pour que j'enfile des vêtements neufs tout noirs, que je n'avais jamais vus. J'ignorais à qui ils avaient appartenu, mais ce qui est sûr, c'est qu'ils étaient trop grands pour moi, je « nageais » littéralement dedans, selon l'expression favorite de ma mère. D'être ainsi vêtue d'habits amples permettait à mon corps de s'aérer, ce qui m'apportait un peu de bien-être au milieu de la tristesse.

Mon frère est revenu dans la chambre au moment où les enfants sortaient de la salle. Ils tâtaient du doigt les débris de bombe que Hassan avait photographiés. J'aurais voulu pouvoir sortir moi aussi et les toucher, mais je n'ai pas osé le demander à mon frère. Les enfants, eux, s'étaient égaillés au soleil et jouaient innocemment avec les débris. Le silence était lourd, et j'avais peur…

Le silence est souvent l'annonce d'une souffrance, c'est du moins ce que je pensais jusqu'alors, mais là c'était l'inverse – j'ai enfin compris pourquoi Oum Saïd avait paru épouvantée chaque fois que le vacarme de l'avion s'était fait entendre. À présent elle avait disparu, tout comme avait disparu ma mère. Je me suis dit : « Dieu l'a voulu ainsi. » C'est la formule que tout le monde autour de moi répétait.

Les enfants ont fabriqué un petit train en assemblant des débris de bombe. Je ne voyais pas 'Amer parmi eux. Il n'y avait plus qu'une femme qui se déplaçait entre les pièces, l'air hébété : elle s'était trouvée dans la cour avec les autres femmes mais, étonnamment, elle n'avait pas été touchée ! Elle paraissait à moitié endormie, même si elle était debout sur ses jambes et marchait.

Mon frère a déclaré qu'il allait trouver une famille pour s'occuper de moi durant quelques jours, et qu'il ne retournerait pas au front avant de m'avoir mise en lieu sûr. Je n'arrivais pas à me concentrer sur ce qu'il disait, j'ai fermé les yeux...

Aussitôt, j'ai été emportée par un rêve fugace, même si je restais parfaitement éveillée... Je me suis vue étendue sous l'amas de gravier, quoique flottant légèrement au-dessus de la surface du sol. Dans le rêve, je voyais les racines des plantes s'enrouler autour de mon cou, et mon frère essayait vainement de me rejoindre.

Si tu avais connu mon frère petit, ce que je te raconte à son sujet ne t'étonnerait pas : à l'école il avait été un garçon enthousiaste et studieux, et affectionné en plus.

La nuit précédant la chute des bulles immondes, il m'a révélé que ses camarades avaient tous été tués. Comme maman était morte, il n'avait plus dans cette vie que moi. La Ghouta était cernée par l'armée, il n'y avait plus rien à manger ni à boire et, d'après mon frère, il était difficile d'imaginer que le *statu quo* puisse se prolonger, les gens allaient mourir de faim.

Cette dernière précision, il ne me l'a pas donnée à moi. Je l'ai saisie à son insu alors qu'il bavardait avec d'autres hommes sous la fenêtre. Ils lui répondaient par des formules vagues où se lisait de l'énervement, était-ce en rapport avec le fait que la nourriture manquait ? Je ne sais pas...

Nous n'avions plus droit désormais qu'à un repas par jour, limité à un sandwich au thym, et le reste du temps nous sentions nos estomacs gargouiller. Mon frère m'a promis que le siège n'allait pas durer, que nous nous en sortirions, que nous rentrerions chez nous, que je devais absolument y croire. J'ai hoché la tête et l'ai dévisagé d'un air suppliant.

Il s'est approché de moi et m'a murmuré de ne plus recommencer à chantonner le Coran. J'ai voulu rétorquer que je ne le faisais pas de mon propre chef, mais je n'ai pas réussi à remuer la langue. Pour la première fois depuis que j'avais conscience d'avoir un frère, j'ai eu envie de l'attirer contre moi pour lui faire sentir à quel point je l'aimais. Hélas, juste à ce moment-là il est sorti dans la cour de la maison pour aider les gars à réparer les dégâts.

Après, je ne l'ai plus vu, car je me suis endormie. Dans les heures qui ont suivi – les heures que je vais maintenant te raconter –, j'ai compris pourquoi je m'étais vue en rêve étendue sous un amas de gravier. J'ai appris que les gens étaient assiégés ici depuis plus d'un an. En fin de compte, cette zone n'était pas très éloignée de notre quartier : du temps où nous y habitions encore, nous avions entendu, ma mère et moi, le grondement des avions et le crépitement des bombardements, mais j'avais pensé qu'il s'agissait d'éclats de tonnerre.

C'est seulement depuis cet été que je sais qu'il s'agissait en réalité de bombes, depuis que ma mère m'a expliqué qu'il y avait la guerre. Mon frère a répliqué que ce n'était pas une guerre, et moi, comme d'habitude, je n'ai pas compris pourquoi ils passaient leur temps à se prendre le bec sur le moindre sujet.

À présent, je comprends mieux : ici, les gens meurent vraiment, alors que là-bas, on capte uniquement le bruit qui donne la mort aux gens.

Je n'ai jamais touché un poisson de ma vie, et j'ignore quelle sensation procurent ses écailles. En revanche je suis très familière des différentes espèces d'êtres marins, comme les cachalots ou autres sirènes. Je les connais soit pour avoir lu des romans dont ils sont les héros ou héroïnes, soit pour avoir consulté des ouvrages scientifiques qui décrivent leur anatomie en détail.

Malgré tout, il faut que tu saches que je n'ai aucune idée de la texture d'un poisson, ni même de cette odeur iodée à laquelle on associe généralement la mer – oui, celle-là même qu'on retrouve dans les poissonneries.

Avec ma mère, nous ne sommes jamais allées dans un marché aux poissons, et je ne sais même pas s'il y en avait à Damas. Ce que je sais, c'est que depuis que j'ai appris à manier les couleurs, je dessine des poissons, et cela pour deux raisons très simples : d'abord, leur forme est facile à esquisser en quelques traits, ensuite, tu peux attribuer à chaque écaille une teinte différente, et créer ainsi tout un univers magique : un seul poisson multicolore contient autant de couleurs que toute la nature réunie.

Au cours des derniers jours, j'ai appris aux enfants comment dessiner facilement un poisson. J'étais un peu frustrée car, des dessins de poissons, le livre du *Petit*

Prince en contient de très nombreux. Mais le fait est que, jusque-là, j'avais plutôt privilégié les dessins de sirène, que j'avais ensuite insérés dans une histoire.

Ça, c'était avant que l'obus explose dans la cour du foyer.

Les dessins de poissons du *Petit Prince*, j'y pensais pendant que mon frère s'employait à défaire le nœud de la corde qui nous reliait tous deux. C'est ça qui m'amène à t'en parler. Je me disais que, dès le lendemain, je commencerais à raconter l'histoire de la sirène aux enfants encore présents dans notre foyer – je veux dire ceux qui n'avaient pas été tués par la bombe. Je ne comptais pas attendre le retour de 'Amer ; il semblait qu'ils allaient l'amputer de la jambe qui lui restait, c'est pourquoi je n'avais pas les tripes de l'attendre.

Je ne te l'ai peut-être pas encore dit, mais j'éprouve une certaine difficulté à écrire, et je préfère dessiner. Je ne veux pas me vanter en prétendant que j'étais capable d'écrire de longs textes ; tout de même, il m'arrivait souvent d'illustrer des histoires entières. Ici j'ai du mal à continuer comme avant.

J'ai néanmoins dessiné pour toi toutes les lettres de l'alphabet, et là tu peux admirer ce jardin qui fait partie d'une très grande forêt. J'aimerais bien la dessiner entièrement, mais je crains que le moment ne soit pas vraiment approprié.

De plus, la seule couleur dont je dispose ici est le bleu, et il serait stupide de ma part de dessiner une forêt entière uniquement en bleu. À cela s'ajoute une difficulté supplémentaire : je ne possède qu'un stylo, et l'encre qu'il contient ne suffirait jamais à couvrir de manière adéquate toutes ces surfaces blanches.

Ce que je n'ai pas compris, c'est la façon dont les couleurs interagissent ici. Aussitôt réunies, elles donnent un mélange évoquant la couleur de la poussière, à moins qu'il ne s'agisse d'une couleur inédite qui n'a pas de nom. En tout cas, on ne m'a pas dit comment elle s'appelle, et je n'en avais jamais vu de pareille auparavant.

On aurait dit que cette couleur-là envahissait tous les objets, les noyant dans une teinte indifférenciée, comme si leurs contours s'effaçaient. Bon, c'est un phénomène que j'ai du mal à t'expliquer clairement, mais j'avais l'impression d'évoluer à l'intérieur d'une grande fresque sur laquelle se serait renversée l'eau des égouts – cette même eau qui déborde à travers les ruelles de notre quartier.

Tu vois, tout ça n'était guère réjouissant. De ce fait, j'ai arrêté de réfléchir au nom de cette couleur que produisent les bombes, et je me suis apprêtée à m'endormir.

Je dormais, me réveillais, puis me rendormais et me réveillais de nouveau. La porte de la chambre était encore ouverte, et les débris d'obus jonchaient toujours la cour du foyer.

Je ne peux pas te décrire les innombrables poissons qui naissaient dans ma tête, mais sache qu'on aurait dit des escadrilles aériennes ! Ils s'accumulaient au-dessus de ma tête, et moi j'essayais de toucher leurs écailles mais je n'y arrivais pas. De leur ventre sortaient des bébés poissons qui survolaient les maisons avant de se transformer en langues de feu.

Je ferme les yeux, puis les rouvre. Les illustrations du *Petit Prince*, que je connais par cœur, ne me suffisent plus. Je vais dessiner cette histoire à laquelle je ne cesse de penser, et je vais dessiner aussi mes rêves.

Mais auparavant, je voudrais finir de te raconter l'une des histoires que j'avais entamées, même si je ne sais pas trop par où la prendre.

De nombreux insectes bourdonnaient au-dessus de mes yeux et près de mes oreilles, voletant entre ma nuque et mon oreiller de fortune, et je ne parvenais pas à les chasser. Nous étions toujours dans le foyer qui avait été bombardé, si ce n'est que, désormais, certaines portes étaient ouvertes aux quatre vents ; cela valait au moins pour deux d'entre elles – dont la nôtre – sur les quatre que comptait la bâtisse.

J'ai pensé à m'enfuir en courant, bouger d'une façon ou d'une autre, mais j'étais allongée, et comme paralysée. Au loin on entendait le grondement d'explosions. Je voulais explorer les alentours, mais j'avais peur.

À vrai dire il est rare que je regarde les choses frontalement, surtout en plein jour et en présence d'autres personnes. J'ai plutôt tendance à lever les yeux vers le ciel. Ce jour-là, j'y ai vu une étoile scintiller. Elle avait pris une teinte entre le bleu et l'orangé. D'un signe, j'ai tenté de la désigner à mon frère. Il sautillait d'un endroit à l'autre, épouvanté par le grondement des avions et par le crépitement des explosions, et s'est contenté de m'observer avec effroi. Je me suis approchée de lui et j'ai saisi sa main, puis, de nouveau, je lui ai désigné cette étoile, mais une déflagration soudaine nous a obligés à nous jeter au sol tous les deux.

Bon, si je te raconte tout ça, c'est pour en venir à ce moment où, après avoir montré l'étoile à mon frère, je me suis tenue tout près de lui, mon cœur battant à tout rompre… C'était la dernière fois qu'il me serait donné de voir son visage et de contempler l'éclat de ses yeux.

D'habitude, je ne fais pas trop attention aux yeux des autres, si on met à part ceux des chats. Et aussi ceux de Hassan. Les yeux des humains, je ne sais pas trop à quoi ils ressemblent. Sett Souad, je ne la regardais jamais très attentivement. Même ma mère, il m'est rarement arrivé de plonger mes yeux dans les siens.

Non, généralement, je regarde le plus loin possible de celui qui me parle et des autres personnes présentes. Mais là, durant ce laps de temps dont je te parle, alors que je m'étais blottie tout contre mon frère pour lui montrer l'étoile, j'ai regardé son visage à la lumière du ciel enflammé par les bombes, et j'ai vu l'éclat de ses prunelles. Lui a fait de même, il m'a observée droit dans les yeux. C'était la première fois qu'il me dévisageait aussi intensément.

J'ai du mal à décrire précisément la situation, mais c'est là que j'ai appris pour la première fois à me concentrer sur un regard humain. Surtout, j'ai découvert à quoi ressemblait exactement la peur. Il a murmuré à mon oreille : « Elles sont bizarres, ces lumières, et ces explosions aussi, elles sont bizarres. »

Là-dessus, il s'est saisi de mon poignet encordé au sien et s'est mis à trembler. Il s'est assis près de moi sur le lit, d'où l'on voyait la cour du foyer, avec les monceaux de détritus qui avaient été repoussés dans un recoin. Il m'a prise dans ses bras et m'a baisé la tête, et nous nous sommes assoupis.

Je ne saurais dire avec précision combien de temps nous avons dormi, enlacés l'un contre l'autre. Peut-être quelques minutes, peut-être plusieurs heures ? Toujours est-il qu'à un moment, mon frère a sursauté, et moi – par la force des choses – j'ai sursauté avec lui. Après avoir été deux cercles imbriqués, nous nous sommes retrouvés debout telles deux lignes brisées.

Non loin de nous, le tonnerre des bombes se poursuivait. J'étais attachée à son poignet et ne pouvais pas me lever. Il a lancé un regard irrité à la fenêtre, et j'ai observé le ciel avec lui. Nous ne tremblions pas. Nous n'avons pas articulé un seul mot, en dépit des bombes qui tombaient l'une après l'autre. Les autres familles s'étaient regroupées, et on entendait des sanglots.

J'ai commencé à cantiller la sourate de Joseph, dans un silence où ne résonnait aucune autre voix que la mienne. Ils ne m'ont pas ordonné d'arrêter, il faut dire qu'ils retrouvaient leur calme en m'écoutant cantiller. Moi-même j'aimerais bien pouvoir entendre ma voix quand bourdonne autour de nous le grondement des avions…

Ne va pas croire que je sois consciente de la manière dont les mots sortent de ma bouche quand je récite les versets du Coran, pas le moins du monde ! Mais le fait est que je ne m'arrête jamais avant d'être arrivée à la fin de ma lecture. Mon frère le sait pertinemment, mais ça ne l'a pas empêché de crier : « Tais-toi donc ! »

Je n'ai pas obéi. Je me suis approchée de lui et j'ai placé ma main sur sa bouche en continuant à cantiller. Il n'a pas cessé de crier pour autant, jusqu'au moment où le grondement de l'avion s'est fait entendre tout près de nous.

Le ciel s'est enflammé, et nous avons entendu un bruit très étrange, on aurait dit le même bruit qui avait abouti à la disparition d'Oum Saïd, des deux autres femmes et des enfants. Nous avons senti la terre trembler. Puis je suis tombée sur le sol et mon frère également, et j'ai cessé de cantiller.

Sais-tu pourquoi je te donne tous ces détails ? En fait, j'essaie seulement de me souvenir de mon frère.

Je pense que je vais vivre, et il se peut même que je survive assez longtemps à cet enfer pour que ces détails s'effacent, comme d'autres similaires se sont effacés auparavant. Je suis persuadée qu'il y a dans ma tête un tunnel très sombre qui les avale. À moins que ce tunnel ne se trouve sous ma peau, ou encore dans ma poitrine !

Je n'ai jamais compris jusqu'à maintenant comment les gens parviennent à trier ces sensations qui nous arrivent via le cerveau, le cœur ou le sang, ces sensations qui donnent un sens aux objets que je perçois autour de moi. Je reviendrai par la suite sur le tunnel obscur dans lequel mes souvenirs se perdent – il ne ressemble pas à celui d'*Alice au pays des merveilles* – et où je conserve mes innombrables dessins.

Ici, dans mon souterrain, j'essaie d'écrire le récit des bulles immondes à l'aide de mots et d'images. Je vais me montrer optimiste et supposer que tu réussiras à déchiffrer aussi bien les textes que les illustrations.

Ce que tu dois savoir, c'est qu'au moment où nous avons entendu le grondement de l'avion, le ciel s'est enflammé, se zébrant d'innombrables couleurs, toutes les nuances de l'orange, du rouge et du jaune. Les cris emplissaient la zone entière, et une foule en panique est sortie, courant dans toutes les directions. Moi aussi j'ai couru avec mon frère.

Nous étions inséparables, pour la bonne raison que nous étions attachés. Nous avons ainsi couru sans nous arrêter pendant je ne sais combien de temps – un quart d'heure, peut-être plus, peut-être moins… Une fois dehors, nous nous sommes mis à courir et courir encore, jusqu'au moment où un groupe d'hommes nous a barré la route, nous criant de retourner là d'où nous étions venus…

J'ai observé la zone où la bombe était en train d'irradier, cela se passait du côté de la petite bourgade située à la périphérie de Zamalka, à moins que ce ne fût Zamalka qui brûlait et nous qui nous trouvions plutôt à la périphérie.

Là-bas, un homme courait et hurlait comme un forcené : « Rendez-nous les femmes ! » Quant à moi, j'étais toujours encordée à mon frère.

Tandis que nous courions, mon frère me jetait de temps à autre un regard. J'étais vêtue d'habits amples et enveloppée jusqu'à la tête dans un grand manteau d'été noir. Aux pieds, j'avais les claquettes en plastique rouge d'Oum Saïd. Nous étions entourés de quinquinas – il s'en trouvait beaucoup dans la zone où nous étions – c'est une de mes espèces préférées.

Des arbres, j'en vois sans cesse dans mon sommeil, ils dansent tout autour de moi, et dans mes rêves, ce sont justement des quinquinas, les mêmes qui bordent la rue de l'école où travaillait ma mère.

Les hommes venus porter secours aux blessés brandissaient des torches électriques. Ils les ont braquées sur un bâtiment de plusieurs étages dont la vue était obstruée par un arbre immense. En voyant que c'était un quinquina, j'ai senti un grand bonheur m'envahir. Le ciel éclairait les feuilles vertes, leur donnant une belle couleur, et je me suis mise à rire, quoique à voix basse.

J'avais une envie folle de dessiner les feuilles de ce quinquina dont la hauteur atteignait le troisième étage.

Les hommes se sont éloignés vers une rue voisine, et je suis restée avec mon frère et avec Hassan. Ils semblaient proches tous les deux, se chuchotant des mots à l'oreille tout le long du chemin. Hassan m'observait à la dérobée tandis que je courais derrière eux, le souffle court. Il avait un fusil en bandoulière et faisait désormais partie des combattants comme mon frère, même s'il paraissait plus jeune que lui, et il portait une barbe hirsute.

Tandis que nous montions les escaliers d'un des immeubles, nous nous sommes retrouvés collés les uns aux autres. Un appareil photo a surgi entre les mains de Hassan. Moi je commençais à ressentir un fort mal de tête et je n'arrivais plus à déterminer la provenance des cris qui jaillissaient de toutes les directions. C'est à ce moment-là que les bombardements ont débuté.

Hassan, dont je te raconterai bientôt l'histoire, je ne le connaissais pas depuis longtemps. Je l'avais déjà vu auparavant, et je l'avais même épié à travers le trou de la serrure quand il était avec les autres hommes dans la cour, sans savoir encore qu'il s'appelait comme ça.

Nous avons donc grimpé l'escalier de béton aux murs non chaulés qui desservait les appartements de cet immeuble de quatre étages. Mon frère et Hassan procédaient méthodiquement : arrivant devant les portes, qu'ils trouvaient fermées, ils les défonçaient ou bien forçaient les serrures, puis inspectaient les logements. Derrière, nous trouvions à chaque fois les gens endormis – je veux dire morts.

Je marchais derrière eux telle une somnambule, de sorte que je n'ai retenu aucun détail des quatre appartements dans lesquels nous avons ainsi pénétré. Il y avait des familles entières décimées. Les occupants ne donnaient pas vraiment l'impression d'être morts, dans la mesure où ils étaient encore dans leurs lits, comme s'ils dormaient. Mon frère et Hassan tentaient de les réveiller en les secouant violemment. L'une des familles était constituée de trois garçons, du père et de la mère ; une autre famille comptait cinq enfants et une femme.

L'air était lourd. Les feuilles de quinquina n'étaient plus visibles, et les lumières avaient disparu, sinon quelques reflets brillant sur les visages endormis.

Au dernier étage, il y avait une femme dans l'escalier. Hassan l'a prise en photo. Ma tête a été agitée d'une convulsion. La femme était couchée à même le sol, non loin du seuil de son appartement, un enfant sur le bras. Elle se laissait glisser, blottie contre les marches, tout en tenant la tête de son enfant et en l'enfouissant contre sa poitrine pour la protéger des chocs. Le visage bleui de l'enfant était levé vers le ciel et sa bouche était ouverte.

Je tremblais. Mon frère a saisi ma main, puis il a regardé Hassan et lui a dit : « Emmène ma sœur et installe-la à l'abri. »

Hassan me dévisageait avec un mélange d'étonnement et d'irritation, ce qui a conduit mon frère à insister : « Allons, fais ce que j'te dis ! » Là-dessus, il a dégringolé les escaliers et moi j'ai suivi le mouvement pour ne pas être traînée de force.

Les portes avaient été laissées ouvertes, du moins toutes celles qu'ils avaient forcées. Il se trouve que, généralement, je m'intéresse aux portes, j'ai même songé autrefois à leur consacrer une de mes histoires. Mais là, je ne leur avais pas trop prêté attention. Comment étaient-elles, que je puisse te les décrire en détail ? Pendant que nous dévalions les escaliers, j'essayais de les fermer.

Des hommes montaient à présent pour faire redescendre les personnes mortes. Je ne sais pas pourquoi j'essayais de les fermer, ces portes, mais en tout cas mon frère m'a dit d'arrêter immédiatement. Ça ne m'a pas empêchée de recommencer. Je n'avais plus d'émotions, et bientôt j'ai senti ma tête sur le point d'exploser sous l'effet de la migraine. J'étais au bord d'étouffer et je n'y voyais plus rien, pourtant je continuais à courir. Nous nous sommes retrouvés dans la rue, avec les quinquinas derrière nous. Soudain, alors que nous arrivions à un angle de rue, le vertige s'est emparé de moi et mes yeux se sont anormalement agrandis. Des épines jaillies du fond de ma gorge me piquaient au visage.

Mon frère a défait la corde de son poignet et l'a attachée à celui de Hassan, ce qui a eu le don d'énerver ce dernier. « Laisse-moi donc venir avec vous ! » a-t-il protesté. Mais mon frère s'est retourné brusquement vers lui. « Tu la mets d'abord en lieu sûr, a-t-il répliqué, après tu pourras nous rejoindre et partir avec nous pour 'Arbin – tu piges ce que j'te dis ? »

Ils se sont toisés pendant quelques secondes, puis ils se sont donné l'accolade. Mon frère s'est approché de moi et m'a pressée contre lui, tellement fort que j'en ai eu mal, mais j'ai pris sur moi et je suis restée figée, les bras le long du corps. Ma tête ballottait d'une manière bizarre et mes yeux étaient dilatés. Je me suis abstenue de le regarder lorsqu'il m'a écrasée contre lui, puis qu'il a longuement inspiré pour humer mon odeur. Là-dessus, il est reparti au pas de course.

Toute la scène s'était déroulée en quelques minutes à peine. Si elle m'a donné l'impression d'avoir duré plus longtemps, c'est parce que mon souvenir n'en est plus aussi net, et aussi parce que l'odeur était vraiment détestable – c'est seulement alors, en ce mois d'août, que j'ai compris d'où elle provenait : c'étaient les avions qui l'avaient fait pleuvoir du ciel…

Hassan courait, et moi je courais à sa suite. Il ne se retournait pas, du coup je ne me suis pas retournée non plus. Je ne savais pas où était mon frère.

Je courais derrière Hassan sans crier ni trépigner de colère comme j'avais l'habitude de réagir envers mon frère quand il refusait de faire ce que je voulais. Je courais derrière Hassan et j'entendais le bruit de ses sanglots. L'odeur détestable était de plus en plus intense, et les explosions ne s'arrêtaient pas.

On voyait au loin des hommes passer en courant tout en levant leurs bras au ciel, ils hurlaient : « J'atteste qu'il n'y a de Dieu que Dieu et j'atteste que Mohammad est Son prophète. » Je voyais leurs yeux exorbités briller dans l'obscurité. Le ciel était embrasé. La terre tournait autour de nous, et je ne saurais te décrire avec précision dans quel état nous étions à cet instant – je veux dire si nous étions vivants ou morts. La scène ressemblait à une séquence de dessin animé. Quant à moi, j'avais de nouveau l'impression d'être Alice au pays des merveilles, je m'attendais à tout moment à voir apparaître le chat souriant – peut-être du reste était-il déjà là-bas, près du quinquina.

C'était la première fois que ma mère et mon frère me laissaient avec un inconnu. Sans cesser de courir derrière Hassan, j'ai essayé de défaire la corde de mon poignet. N'y arrivant pas, j'ai mordu dedans, pendant que je continuais à courir derrière lui en haletant. J'ai mordu dans la corde, j'ai mordu dans ma chair, et j'ai continué à mordiller comme ça jusqu'à sentir le goût salé de mon sang. Mais la corde tenait bon.

Hassan courait selon une trajectoire sinueuse, il ne se retournait jamais, et il pleurait. Il avait son arme à la main – je me rappelle qu'elle était dans sa main droite. Je courais derrière lui, ou plus précisément il me traînait derrière lui. Je n'y voyais plus clair, et puis j'étouffais. À un moment, j'ai perdu une de mes claquettes, mais je ne me suis pas arrêtée, de sorte que j'étais pied nu d'un côté. Néanmoins je n'ai pas crié. Ensuite, j'ai entendu la sirène d'une ambulance et je suis tombée au sol.

Dans le cours de ma chute, j'ai vu fuser une langue de feu. Je ne sais pas où elle est allée se ficher. On entendait le grondement des avions. Je crois qu'on était alors aux approches de l'aube.

C'est là que j'ai senti une odeur bizarre, ce n'était pas la fameuse odeur détestable, et ça ne venait pas non plus du sol contre lequel mon visage s'était écrasé, et dont des mottes de poussière avaient pénétré ma bouche.

Hassan a continué à me traîner derrière lui, même après ma chute, mon corps baignait dans la poussière qui continuait d'entrer dans ma bouche. Je n'arrivais pas à me relever pour pouvoir courir à sa suite.

J'ai fermé les yeux, me disant que j'allais me réveiller, que tout ça n'était peut-être qu'un cauchemar, que j'allais reprendre conscience dans mon lit, auprès de ma mère et de mon frère. Les muscles de mon visage étaient comme paralysés, de sorte que je n'arrivais pas à fermer les lèvres hermétiquement, et ma bouche s'est emplie de terre. Je ne respirais plus, et le peu d'air qui pénétrait dans mes poumons était chargé d'une odeur pestilentielle. J'ai ressenti une torpeur et j'ai eu envie de cracher. J'ai fermé les yeux, me persuadant que je dormais.

Avant de sombrer, j'ai eu le temps de voir Hassan accourir et se pencher au-dessus de moi pour dégager la terre de ma bouche. Mais j'étais déjà à moitié assoupie, et je ne voyais plus que son visage tout près du mien. Ensuite, il m'a soulevée et a continué de prendre soin de moi. Je dormais.

L'odeur détestable…. Son apparition avait coïncidé avec la disparition de mon frère.

En écrivant ces mots pour toi, j'ai l'impression d'aller mieux. Pas par rapport à tout ce que j'ai vécu dans ma vie, mais dans le sens où je prends de la distance avec ce qui est arrivé cette nuit-là, avec ce qui arrive en ce moment, tandis que j'attends le retour de Hassan.

Six jours ont passé et il n'est toujours pas rentré. Ici il n'y a pas d'eau. Depuis le début du siège, il n'y a pas d'électricité, et ça fait trois jours que je n'ai pas pu me laver le visage. Je n'ai d'autre activité que t'écrire. Je ne m'interromps que la nuit, sachant qu'il n'y a pas de lumière. J'ai quand même de la chance qu'en été les journées soient longues. L'écriture exige beaucoup de temps, car, comme tu le sais, je trace les lettres à la manière de dessins.

J'ai découvert des pustules rouges sur ma peau. Je transpire abondamment, parce que le souterrain est bourré de rames de papier, et que la fenêtre ouverte laisse surtout entrer la poussière et les débris de bombes. Malgré ça, je me sens mieux. Ce souterrain abrite des créatures étranges, avec elles j'arrive bien à me déplacer, même si mon poignet est enchaîné à la fenêtre placée à une hauteur inaccessible.

Hassan a serré le nœud, mais il a donné suffisamment de longueur de corde pour que je puisse aller aux toilettes. Néanmoins ça fait deux jours que je n'y suis pas allée. Il n'y a plus d'eau. J'ai comme une drôle d'irritation entre les cuisses, et aussi au milieu de la poitrine, où des boutons rouges sont apparus – je passe mes jours et mes nuits à les gratter, je ne sais plus quoi faire !

Je vais dresser pour toi l'inventaire du matériel qu'abrite ce souterrain. Auparavant, je veux poursuivre l'histoire que j'avais commencée, ou plus exactement je voudrais te la dessiner, mais je me sens impuissante, j'ai la gorge sèche.

On en était donc restés au moment où j'allais mieux. Hassan courait en me traînant derrière lui et moi j'avais l'impression d'être dans un rêve où j'étais Alice. Les moments où je m'étais sentie bien – je m'en souviens encore – sont restés en moi comme des instantanés inoubliables. J'observais la poussière tout autour de nous et détaillais la physionomie de la route que je découvrais depuis ma tête penchée. Le monde entier s'était transformé en poussière.

Hassan me portait comme on porte un sac de pommes de terre, il avait laissé ma tête retomber de l'autre côté de son dos, et moi j'oscillais comme un torchon livré aux vents. J'ai vomi en chemin. Enfin, ce n'était pas vraiment du vomi, mais tout de même, une substance était sortie de ma bouche en provoquant toutes sortes de bruits. Ça n'a duré que quelques instants.

Hassan m'a raconté que, après ça, nous sommes montés à bord d'une camionnette qui nous a emmenés jusqu'à l'hôpital. Moi je ne savais pas exactement où il se trouvait, mais en tout cas, je me suis réveillée là-bas

– ça aussi je l'ai appris ultérieurement par Hassan. Il me regardait d'un drôle d'air, il n'arrêtait pas de m'observer fixement, et j'avoue que ça m'a plu. J'étais heureuse.

Je ne t'ai pas encore décrit Hassan, que j'attends toujours. Il est plus beau que mon frère. J'aurais du mal à lui révéler mon âge, ma langue étant toujours paralysée. Il est très mince, et les traits de son visage sont doux.

Les poils de sa barbe avaient poussé, répartis harmonieusement sur ses deux joues. Du reste, il semblait en être fier, car il n'arrêtait pas de les lisser du bout des doigts.

L'arme qu'il portait en bandoulière était visiblement trop grande pour lui, et ça lui donnait un air bizarre. Il n'empêche que je l'ai vu à plusieurs reprises faire feu avec. Hassan est courageux, et ses yeux sont la première chose que j'ai vue en reprenant conscience à l'hôpital. Je veux te parler de ce lieu qui ressemble à une grande cage... Oui, je ne vois pas à quoi je pourrais le comparer d'autre. Je vais essayer de comprendre cet endroit dans lequel je me suis réveillée sur la vision de ces yeux magnifiques...

Hassan m'observait avec affection. Après m'avoir débarrassée d'une partie de mes vêtements, il a aspergé mon corps d'eau. J'ai entendu un homme qui avait assisté à la scène le morigéner : « Allons, un peu de pudeur, c'est péché, ce que tu fais là, couvre-la donc ! » Du coup, Hassan a jeté sur moi une fine couverture.

J'étais encore trempée de l'eau dont il m'avait arrosée, et mes cheveux aussi étaient mouillés. Hassan a appliqué la couverture sur ma tête et a déroulé mes longs cheveux au bout de ses doigts. Un autre homme s'est approché de lui, et lui a répété : « Protège donc sa pudeur. »

Hassan semblait excédé. « Mais c'est ma sœur ! » s'est-il écrié. Ensuite, il est venu s'asseoir près de moi.

Dans la même pièce, il y avait un jeune homme auquel on avait enlevé ses vêtements, il ne portait plus que son caleçon. Il était très beau, mais il gardait les yeux ouverts fixement, sans jamais cligner. Quant à moi, mes yeux me brûlaient toujours et je ressentais une douleur dans la poitrine, sans parler de mon envie de vomir.

La pièce était large et jonchée de corps étendus à même le sol. Des gens hurlaient. Les cris jaillissaient de partout. Les femmes parmi eux étaient enveloppées dans leurs vêtements, la chevelure couverte par leurs hijabs. Hassan a pris à partie l'homme qui peu avant l'avait appelé à plus de pudeur et lui a crié que par sa bêtise il était responsable de la mort de ces femmes. Sur le moment, je n'avais pas compris pourquoi Hassan l'accusait ainsi, mais par la suite, lorsque nous nous sommes retrouvés dans le souterrain, il m'expliquerait que les bombes qu'avaient larguées sur nous les avions contenaient des gaz asphyxiants, et que ces gaz imprégnaient les vêtements. Il fallait donc déshabiller les personnes contaminées pour éviter qu'elles ne meurent étouffées. Or les femmes qui avaient été secourues avaient gardé leurs habits, les infirmiers chargés de les soigner ayant déclaré que c'était péché de les découvrir à la vue des hommes. Au moment où il me donnait cette explication, Hassan n'avait toujours pas décoléré, alors que l'incident avait eu lieu bien plus tôt.

Le corps du jeune homme à moitié nu était tout près de moi, et il y avait de nombreux corps étendus alentour. De nouveau, je me suis dit que je devais être dans un rêve, et même que ce n'était pas un rêve mais un cauchemar. La corde avait été dénouée; j'étais donc libre de mes mouvements ! Si je voulais, je pouvais marcher et courir sans m'arrêter. Hélas, impossible de me mettre debout. J'ai essayé de lever la tête, et j'ai aperçu Hassan en train d'asperger d'eau les corps des jeunes qui tremblaient, leurs membres secoués de convulsions bizarres.

Désormais, avec ma tête à seulement quelques centimètres au-dessus du sol trempé d'eau, j'avais une vue plus précise de l'endroit où je me trouvais. Hassan s'est tourné vers moi et m'a dévisagée. Je commençais à comprendre : nous étions dans un hôpital différent de celui où je m'étais retrouvée avec la fille chauve. Cet hôpital-ci était d'un genre particulier, les patients y étaient étendus à même le sol dans des positions bizarres, et des volontaires se pressaient pour leur prodiguer « les soins nécessaires », selon l'expression qu'a utilisée Hassan.

J'avais devant moi les corps étendus de nombreux enfants en pyjama. Ils étaient jeunes et avaient les yeux fermés. S'il n'y avait pas eu cette écume qui leur sortait du nez, ce liquide orange qui jaillissait de leur bouche et le bleuissement de leurs corps, je les aurais crus endormis. Mais j'ai su qu'ils ne dormaient pas, qu'ils allaient disparaître comme ma mère et tant d'autres.

Ce n'étaient pas des couleurs sombres qui régnaient là, non, la scène était comme illuminée par la mort.

J'ai senti qu'une créature étrange remuait à l'intérieur de mes tripes, comme si quelque chose voulait s'extirper de moi. Je me suis arrêtée de respirer. Une poigne vigoureuse s'est emparée de moi, j'ai ressenti une piqûre dans le bras, et puis j'ai sombré.

Laisse-moi maintenant te confier ce secret qui m'a aidée à comprendre que j'étais dans un rêve. Le secret, c'est qu'il n'y avait que dans l'hôpital-prison avec la fille chauve, et aussi ici, à 'Arbin, que je ressemblais aux autres personnes. Je m'étais ainsi prise à rêver que les gens pouvaient très bien vivre comme moi, et ça m'a procuré un grand sentiment d'apaisement. Même si ce monde avait des allures de cauchemar, il contenait des gens qui me ressemblaient. Cette constatation m'a soulagée.

Par exemple, j'ai toujours eu pour habitude dans ma vie, quand je ressentais de la colère, de me frapper la tête contre le sol, au grand mécontentement de mon entourage. Or je voyais ici d'autres personnes se comporter de la même façon, avec cependant de petites variantes.

Il y avait ainsi un homme qui ne cessait de hurler, tandis que sa jambe ruait tantôt à droite, tantôt à gauche, et les gens qui se pressaient autour de lui ne réclamaient qu'une seule chose : « Récite ta profession de foi, récite ta profession de foi. Allez, vas-y : "Il n'y a de dieu que Dieu…" » Malgré ça, l'homme continuait à ruer de la jambe.

Il y avait aussi une petite fille qui agitait la tête en faisant onduler sa nuque un peu de la même manière que moi.

J'avais du mal à distinguer leurs mouvements, alors j'ai jeté un regard implorant en direction de Hassan. J'avais envie qu'il reste à mes côtés, ou bien qu'il me prenne dans ses bras et m'emporte loin d'ici. Je me suis dit que ce n'était peut-être ni un rêve ni un cauchemar, après tout. Je me suis dit qu'il y a dans la vie des choses qui arrivent aux gens et qui m'arrivent aussi à moi, que c'est une preuve de plus que je ne suis pas différente du reste de l'humanité. Y songer m'a procuré une sérénité que je n'avais jamais ressentie auparavant. Toutefois, Hassan allait m'apprendre par la suite que c'était, hélas, inexact.

Sur le moment, alors que j'étais en train de me taper la tête contre le sol, il l'a attrapée et l'a enfouie entre ses bras tout en murmurant : « Ne meurs pas… »

Il avait dit ça d'une voix à peine audible. S'ils avaient su qu'il n'était pas mon frère, ils l'auraient sûrement obligé à partir loin de moi. C'est ce qu'il m'a confié par la suite, quand nous nous sommes retrouvés dans le souterrain. C'était péché pour lui que de s'approcher d'une femme, sans parler de la toucher – or il avait pris ma tête entre ses mains ! Il m'a assuré que mon état allait s'améliorer ; tout ce que j'avais à faire c'était dormir. Il allait rester là pour prendre soin de moi, il avait juste un petit aller-retour à effectuer auparavant. Cette fois-ci, m'a-t-il expliqué, il ne suivrait pas les instructions de mon frère et ne m'attacherait pas, puisque j'étais de toute manière incapable du moindre mouvement. Là-dessus, il s'est approché de moi. Il avait les plus beaux yeux que j'aie jamais vus. Des yeux immenses comme le sont ceux des princes dans les contes illustrés. Des yeux couleur de miel. Il a attiré ma tête pour l'examiner ; d'après lui la blessure était légère.

Toi qui me lis, ne me regarde donc pas comme ça. Peut-être qu'en me voyant en train d'écrire, tu m'imagines prenant la pose de l'écrivain, voire tu te persuades que ce que j'écris est une fiction. Chasse donc ces pensées loin de toi. Mets ton cœur dans tes pieds et jette-le comme une balle magique. Plus tard, tu comprendras ce que je dis. Combien de fois n'ai-je pas souhaité que mes pieds obéissent à ma tête !

Il y a chez moi une anomalie dont il faut que je te parle. Lorsqu'elle se manifeste, elle convoque des images. Oui, je vois les événements de ma vie comme des dessins d'aquarelle. L'eau n'est-elle pas à l'origine de tout ? Eh bien, de la même façon, tout ce que nous traversons dans notre vie peut se ramener à un dessin d'aquarelle. Peux-tu me certifier qu'il n'en va pas ainsi ?

Pour t'écrire depuis mon souterrain, j'ai dû me placer au plus près de la fenêtre afin de glaner un petit peu de lumière – il faut dire que les bougies se sont presque toutes consumées et je vais bientôt devoir renoncer à écrire la nuit. Il faudra d'ailleurs que je te parle plus en détail de ces périodes nocturnes où toute activité s'évanouit, qu'il s'agisse des événements bien réels ou des impressions seulement ressenties.

Pendant que je t'écris, je vois face à moi une grande bâtisse en ruine, qui a été pour moitié transformée en un amoncellement de pierres. L'avion l'a bombardée il y a deux jours, et le verre de la fenêtre s'est envolé, ça m'a permis de respirer un peu d'air. Je n'ai pas peur que des chiens ou des chats pénètrent ici, ni que fasse irruption une bête sauvage, car il y a du grillage aux fenêtres. Non, la seule chose dont j'ai peur, je te la dirai quand j'aurai fini de te décrire les aquarelles de la chambre à l'hôpital.

Un vélo passe à toute vitesse sous la fenêtre du souterrain. J'arrive à peine à me concentrer pour terminer l'histoire. Le jeune homme sur le vélo pédale énergiquement tout en balançant le corps d'un côté et de l'autre. Mon frère et moi faisions toujours ça, quand on montait à bicyclette, lui conduisant et moi à l'arrière. Comme je te l'ai dit, il avait un vélo, beaucoup plus beau encore que celui qui est en train de passer devant moi.

J'ai songé à crier pour attirer l'attention du jeune homme et lui signifier qu'il y avait quelqu'un là, mais après réflexion je me suis dit que ça risquait de fâcher Hassan, sachant qu'il m'avait demandé de rester silencieuse jusqu'à ce qu'il rentre. Peut-être le garçon reviendra-t-il demain, je lui ferai alors savoir que je suis là.

C'est la première fois que je vois quelqu'un passer dans cette rue. J'ai peur. Lorsqu'il repassera, je crierai pour attirer son attention. Mais, pour le moment ma langue ne m'obéit toujours pas – alors comment vais-je m'y prendre pour crier ? Je dois absolument faire quelque chose, hurler ou bien taper sur les barreaux de la fenêtre.

Bon, c'est ce que j'ai fini par faire à l'instant, même si Hassan m'avait recommandé de rester calme et d'être prudente le temps qu'il revienne me chercher. Je ne sais pas ce qui l'a retardé.

Je reviens à mon récit : livrée à mes pensées sur le sol de l'hôpital, tandis que Hassan me passait de l'eau sur le visage, je me disais qu'il y avait face à moi deux blocs de couleurs qui se troublaient dans mon esprit. Le sol était inondé, c'est ça qui m'a conduite à penser que j'étais dans un tableau. Ils aspergeaient tout le monde d'eau. Des femmes en blanc se déplaçaient d'un amoncellement de corps à l'autre. D'un côté il y avait un tas d'hommes nus, de l'autre gisaient des femmes entièrement habillées. Les femmes étaient mortes, elles ne bougeaient plus, alors que les corps de quelques hommes remuaient encore et laissaient échapper des râles étranges. On entendait sans arrêt des bruits de frottements et de chutes brutales. Et puis il y avait des ombres qui ondulaient devant moi, mon champ de vision était flou.

Apparemment c'était là le monde par lequel nous devons transiter quand nous passons de la vie à la mort – c'est du moins ce que je me suis dit. Mais alors, pourquoi la scène ne se déroulait-elle pas dans un paysage un peu plus remarquable, par exemple au-dessus d'un nuage ou au fond d'une vallée profonde ?

Si tel était réellement l'endroit d'où j'allais prendre mon envol pour rejoindre ma mère, il fallait qu'il soit différent de ce que je voyais habituellement. Or ici c'était vraiment ordinaire : les murs évoquaient ceux d'une salle, mais c'était plutôt une sorte de vestibule. Il y avait aussi des lits soutenant des patients qui hurlaient. Je n'ai pas su s'il s'agissait d'hommes, de femmes ou d'enfants. Les voix se mélangeaient, le tout sur fond de grondement d'avions.

Hassan m'a expliqué par la suite que les avions, après avoir largué leurs gaz chimiques, avaient refait un passage pour bombarder la zone, frappant les ambulances venues porter secours aux blessés et traquant les habitants qui fuyaient les bombes toxiques en grimpant dans les étages supérieurs – oui, il faut savoir que le gaz a tendance à rester dans les niveaux inférieurs. Il y avait eu des morts…

J'ai voulu lui demander pourquoi toutes ces choses arrivaient, mais ma langue était paralysée et je voyais flou. J'ai pensé à une scène qui s'était déroulée naguère entre ma mère et mon frère. Alors que celui-ci était rentré les vêtements tout déchirés, elle l'avait adjuré en pleurant de ne plus jamais sortir manifester, vu que les services secrets le liquideraient sans hésitation s'il tombait entre leurs mains. Cela remontait à un certain temps, peut-être deux ans ou plus. Les avions à l'époque ne bombardaient pas encore les maisons, pas plus qu'ils ne larguaient des bombes chimiques sur la population. Je ne comprends pas qu'un avion géant débarque ainsi pour tuer des gens aussi petits et étriqués que nous. À la rigueur, l'histoire paraît encore compréhensible quand on la raconte et qu'on l'illustre avec un monstre qui dévore les gens, mais avec un avion ?! Est-ce là ce que font les avions ?!

Mes cheveux s'enroulent autour de mon cou, et Hassan m'asperge d'eau. Il s'absente pour se déplacer entre les corps et je vois son ombre, puis il revient jusqu'à moi. « Tu m'as été confiée par quelqu'un de très cher », me murmure-t-il. Je vois les larmes jaillir de ses yeux, après quoi il me laisse pour retourner asperger les autres corps.

J'essaie de localiser la provenance des bruits que j'ai entendus, mais en vain : il y a des cris, des hurlements, et des éclats de rire, et aussi des mots bizarres, des soupirs. Des échos multiples parviennent jusque dans mes oreilles et m'empêchent de comprendre ce qui se passe.

Il y a là une salle également inondée où nous nageons comme des images d'aquarelle. Il y a là des âmes en train de monter au ciel, des âmes appartenant aussi bien à des enfants qu'à des femmes et des hommes. Les femmes et les enfants sont plus nombreux, d'après ce que j'arrive à distinguer.

J'ai pensé un instant que les âmes, lorsqu'elles montent aux cieux, se disposent de cette manière-là.

Je ne voyais aucun rapport entre ce que j'avais imaginé de la montée aux cieux et cette aquarelle qui ne cessait de grandir. Je perdais conscience par instants, et quand je revenais à moi, j'étais de nouveau prise de vertiges.

La dernière chose qui m'est arrivée avant que Hassan me soulève et m'emporte précipitamment au-dehors, c'est que j'ai entendu un bruit étrange et un vacarme. J'essayais de toucher mes doigts pour éprouver leur sensation, car j'avais l'impression que mon corps s'était réduit à deux yeux et deux oreilles. J'ai approché mon majeur de mon œil, je le voyais flou, mais au moins il était bien là. Ensuite, je l'ai introduit dans ma bouche et je l'ai mordu. Ma mère disait toujours que lorsque tu te demandes si tu es réveillé ou non et si tu as l'impression de rêver, il suffit de te mordre le doigt pour en avoir le cœur net. Cela me faisait rire. Je me suis donc glissé le doigt dans la bouche et j'ai croqué dedans. Il était là et bien là, puisque j'ai senti la douleur. Cependant, elle était comme étouffée, alors que j'avais bien appuyé avec mes dents. J'ai ainsi eu la confirmation que je n'étais pas réduite à deux yeux et deux oreilles, comme il arrive au chat souriant au pays des merveilles, lorsqu'il disparaît puis réapparaît en ne laissant voir de lui que ses deux yeux. Moi, au moins, j'étais pleine et entière !

Voulant voir le reste de mon corps allongé par terre, j'ai tenté de dresser la tête mais je n'ai pas pu la décoller du sol inondé. Ils continuaient à asperger tout le monde, réitérant périodiquement l'opération.

J'ai finalement réussi à soulever ma tête, tandis que les hurlements et le vacarme autour de moi se poursuivaient. Là, j'ai découvert cette femme qui me fixait avec des yeux exorbités. De sa bouche sortait un liquide de couleur orangée. L'un des présents a crié : « La bonne femme est crevée ? Dégage-la d'ici. » Quant à l'expression : « Il n'y a de dieu que Dieu ! », elle courait sur toutes les lèvres. Ils la marmonnaient en boucle, sans jamais s'arrêter.

Personne n'a prêté attention à l'homme qui avait demandé qu'on enlève le corps de la femme ; il avait un papier à la main et prenait des notes. Même sa silhouette n'était pas nette, j'ai eu l'impression qu'il se tenait hors de la pièce d'où les âmes montaient au ciel. Je vais le retirer du tableau impressionniste que j'ai décidé de consacrer à ce lieu étrange. Il portait des accessoires en plastique et avait un appareil photo en bandoulière. Il s'est approché du visage de la femme et l'a photographié. J'en ai profité pour scruter ses yeux exorbités et sa bouche béante, j'ai même distingué ses dents tellement elle était près de moi. Tout autour résonnaient des bruits étranges, ceux de corps de femmes chutant brutalement. Elles étaient déjà mortes et portaient encore l'intégralité de leurs vêtements trempés d'eau.

Je me suis détournée de l'autre côté, mais ç'a été pour tomber aussitôt sur un autre visage féminin, tout bleui. Cette femme-là paraissait seulement endormie. Je voulais crier que j'étais là, et que moi je n'étais pas morte. J'ai tenté de hurler, mais ma langue est restée imperturbablement paralysée. J'ai voulu remuer les doigts, mais il y avait d'autres doigts au-dessus des miens, des doigts froids, de sorte que je n'ai pas osé bouger. Peut-être que j'étais morte et que je ne le savais pas.

Hassan avait disparu, et les cadavres de femmes s'accumulaient autour de moi. J'ai fermé les yeux. Là, des doigts se sont approchés de mon visage et un type s'est employé à me couvrir les cheveux, il avait enserré ma tête entre ses doigts, et j'ai retenu ma respiration. Sais-tu ce qu'est la peur ? La peur, c'est de ne pas pouvoir respirer. C'est aussi simple que ça. Il m'a enfilé un hijab sur la tête, l'a ajusté un peu, puis a déplacé la femme qui était à mes côtés. Ses doigts ont glissé pour venir se poser sur mon ventre. J'ai cessé de respirer. Je me suis dit que ce devait être ça, la mort, et qu'il suffisait que je coupe ma respiration pour pouvoir y pénétrer.

Combien de temps s'est-il écoulé ainsi ? Je l'ignore. J'ai cependant recommencé à respirer lentement, et je n'ai pas ouvert les yeux. Je redoutais le regard des gens autour de moi. Un froid extrême s'est insinué jusqu'à moi, enveloppant mon corps en commençant par le bout des doigts, j'ai eu l'impression de me transformer en une statue de glace. C'est le genre de chose qui arrive dans les contes : la Reine des neiges transforme les gens en sculptures de glace. Je suis justement en train de subir ce sort-là, et la glace m'a saisie jusqu'à la moitié du corps.

J'ai fermé de nouveau les yeux. Je n'arrêtais pas de mourir. À chaque minute je mourais d'une manière différente, puis je recommençais à vivre. J'avais perdu toute capacité à agir, voire même à ouvrir les yeux, mon corps était tout mou et j'avais envie de dormir. Quand je repense aujourd'hui à cet instant-là – les quelques secondes durant lesquelles j'ai pensé que j'allais à ma mort –, je le vois comme un assoupissement qui survient progressivement, une sorte de douce et profonde euphorie qui envahit la tête, issue d'un endroit lointain, montant tout doucement en moi jusqu'à m'appeler à me jeter dans un gouffre abyssal, un abîme sans fond qui n'en est pas moins agréable. C'est comme si je chutais très paisiblement d'une haute montagne, comme si la force de gravitation était une main puissante dans laquelle j'avais glissé la mienne.

J'avais déjà lu autrefois des pages consacrées aux instants qui précèdent la mort, je veux dire dans les romans que je dévorais. J'aime bien ce verbe « dévorer », il convient mieux que « lire » puisque, comme tu le sais déjà, à moins que je n'aie oublié de te le dire, je suis une rate avec les livres – c'est ce que ma mère disait de moi, affirmant que je rongeais littéralement les pages, et j'ai fini par me voir ainsi. Je connais bien les rats, ils infestaient la cour de notre immeuble, et nous en avons tué plein.

Un jour, ma mère a exhumé de sous mon lit une foule de papiers épars, assez pour former un monticule, et elle a maudit le jour où Dieu l'avait affligée d'une fille démente. Il faut dire que j'entassais mes dessins dans les rares interstices laissés par le bric-à-brac d'objets qu'elle poussait sous le lit afin que nous puissions tenir dans la pièce. En réalité, l'histoire des papiers rongés par la rate était un conte que j'avais écrit, illustré et colorié sur vingt pages.

Je suis restée des jours à pleurer sans bouger du lit. En vérité, je ne pleurais pas seulement pour mes papiers que la rate avait déchiquetés, mais parce que j'avais oublié le conte et n'étais plus capable de le réécrire en mots et en dessins.

En fait, ce n'est pas de ça que je voulais te parler, mais plutôt de la mort, ce phénomène paradoxal que j'essaie actuellement d'élucider. Je voudrais comprendre comment j'ai réussi à m'assoupir alors que l'odeur détestable était encore dans mon nez, comment je me suis retrouvée à nager dans une nappe d'eau, entourée de toutes parts par un groupe de femmes mortes qui elles aussi exhalaient une odeur bizarre…

Lorsque je me suis ainsi assoupie, juste après que le type m'avait couvert le visage et les cheveux, ils m'ont crue morte. Les doigts qui avaient glissé le long de mon ventre, c'étaient ceux de la femme morte dont je t'ai parlé.

Cet instant précis, je cherche à l'élucider en convoquant tout ce que j'ai lu dans les livres et les descriptions de scènes évoquant la mort. Mais, en réalité, cet instant ne ressemble à rien de ce que j'ai lu auparavant. Je ne me serais jamais crue capable de l'éprouver aussi intensément, sachant qu'il y a dans mon cerveau des espaces vides – des espaces qui, selon ma mère, ont été voulus par Dieu selon un mystère qui nous échappe.

J'avais depuis longtemps le projet d'écrire un gros roman et de l'illustrer, dommage que je doive aujourd'hui me contenter de l'écriture. Je pense que le temps viendra où je pourrai convertir ces mots en dessins. Chaque événement porte en lui son propre mouvement, voilà ce que je me dis. L'événement en question n'a pas nécessairement à être enfermé dans un cadre, on peut très bien insuffler les couleurs adaptées en le décrivant au moyen d'images qui se succéderaient sur chaque page, comme des fragments d'une grande fresque où les couleurs remplaceraient les cadres noirs et leurs angles droits…

Je ne sais pas pourquoi je repense à ces choses maintenant, alors que je te parle du temps passé à attendre Hassan et de la façon dont je suis morte pour la quatrième fois avant de renaître. Peut-être est-ce l'eau…

Oui, telle est la vraie raison qui m'a poussée à te parler de ça : l'eau dans laquelle nageaient les cadavres…

Bon, ils ne nageaient pas vraiment, bien sûr, mais c'est l'impression que j'avais. Pendant ce temps, on continuait d'asperger un nombre toujours croissant de corps, et moi je mourais, sombrant dans un assoupissement agréable sans penser à rien de particulier.

Voilà ce que je tenais à te dire : je savais que je mourais. D'ailleurs, tous ceux qui se trouvaient autour de moi mouraient. J'ai vu de nombreux enfants fermer les yeux et s'assoupir, et il y avait aussi un homme qui hurlait à son fils tout en l'aspergeant d'eau : « Eh, mon grand, t'endors pas ! » Malgré ça, le gamin a bel et bien fermé les yeux et basculé dans le sommeil. J'ai vu les infirmiers essayer de réveiller les drôles de grappes ensommeillées qui se balançaient dans l'eau telles des aquarelles – en réalité de corps humains, hommes, femmes et enfants confondus. D'autres grappes, un peu plus loin, regroupaient des individus qui hurlaient et agitaient la tête ou les mains ou les bras – ceux-là, je n'ai pas regardé vers eux, j'ai juste entendu leurs voix. Sur le moment, j'étais incapable de regarder quoi que ce soit. Tout ce que je voyais, c'était le plafond.

Pendant quelques instants, donc, qui ont peut-être duré plusieurs minutes, j'ai sombré dans un sommeil euphorique ; pour moi, cet état n'était rien de plus que le calme dont j'avais toujours rêvé. Oh, je savais que j'étais en train de mourir, mais je n'étais pas tendue ni apeurée ; au contraire, j'éprouvais une sorte de sérénité. Le plafond au-dessus de moi formait comme un ciel. Il y avait un ventilateur blanc suspendu là, immobile : peut-être l'électricité était-elle coupée. Il y avait aussi des plaques de peinture décollées, que j'ai réussi à distinguer malgré ma vision floue. Bientôt ces plaques se sont transformées en nuages. Je ne pensais à rien.

Tout ce que j'avais lu sur les instants qui précèdent la mort et sur le voyage dans l'autre monde était inexact, car ce que je ressentais, moi, c'était une résignation agréable, et je ne pensais nullement à ce qui se passait autour de moi, ni même à la raison de ma présence ici. Et même cette question qui auparavant m'obsédait et me rendait folle, à savoir «le monde a-t-il toujours été comme ça ?», avait déserté mon esprit.

Au fond, peut-être que oui, peut-être qu'il était comme ça depuis le début, mais moi, attachée dans ma chambre, je n'en avais rien su… Est-ce que là-bas, au centre de Damas, dans notre ruelle, dans notre maison, ce monde existait-il pareil à lui-même, ou bien avait-il disparu pour se transformer en un monde de récits et de dessins ? Et comment les gens pouvaient-ils vivre normalement, alors que ce qui arrivait ici était en train d'arriver ?

Aujourd'hui, je m'interroge, mais sur le moment je me contentais de chuter dans l'obscurité moite, que l'eau ne pouvait dissiper.

Le vestibule sur lequel j'avais refermé les paupières baignait lui aussi dans la même obscurité. Il était très étroit, entrecoupé de points bleus – des particules dont j'avais l'impression qu'elles me dévoraient les yeux. J'essaie de me rappeler les choses telles qu'elles se sont passées. Cette obscurité moite dans laquelle j'ai pénétré était comme l'antichambre de ma mort.

Une sensation de picotement m'a réveillée – les gifles que Hassan était en train de m'administrer tout en criant comme les hommes avaient crié avant lui. Ses cris ont achevé de me convaincre que j'étais bel et bien en train de mourir : « Réveille-toi, réveille-toi donc ! Ne t'endors pas ! » Je sentais ses mains autour de la mienne, ses doigts. Tu imagines ? Ses doigts courant sur mon visage, puis se posant sur les miens pour les frotter… J'ai entendu les hommes autour de lui le réprimander, lui demandant de s'éloigner et d'avoir un peu de décence. Une voix lointaine s'est écriée : « Tu vois pas que ce sont des femmes ? Mais dégage de là, quoi, respecte leur pudeur ! – Des femmes ? a hurlé Hassan en retour. Ce sont des mortes, oui ! » Et là-dessus il a recommencé à me gifler méthodiquement.

Avec le recul, je me rends compte que j'étais énervée d'avoir été réveillée en plein milieu de mon rêve, alors que je chutais dans l'obscurité. Celle-ci était d'une moiteur apaisante et agréable, et on y basculait comme si on n'était plus rien, débarrassé de tout ! Voilà ce qu'a été mon quatrième exercice de mort.

J'ai découvert au cours des derniers jours que tout ce que nous expérimentons dans notre vie n'est qu'une longue suite d'exercices pour nous entraîner à entrer dans la mort, exactement comme on s'entraîne à dessiner, à tracer des lignes et à colorier.

J'ai songé il y a peu à dessiner le portrait de la mort. Jusqu'ici j'ai toujours pensé que le dessin exprime davantage que l'écriture. Les lignes, les inflexions, les angles et les couleurs répondent à mes injonctions plus facilement que les mots. Mais la mort, je n'avais pas réussi à lui inventer un visage.

Maintenant que je l'ai vue m'apparaître, je sais qu'elle se manifeste comme une feuille blanche virant progressivement au noir, en passant par toute une gamme de gris avant de redevenir blanche au bout de quelques secondes. La mort habite ces quelques secondes de noir, qui elles-mêmes recèlent en leur cœur un petit point rouge – ce point-là n'est autre que la porte d'entrée de la mort.

Ces secondes de noir, je les ai senties passer avant de rouvrir les yeux. Le point rouge était juste devant moi. Mes cils étaient collés, mais une lumière ténue commençait à s'insinuer entre eux depuis le lointain, une lumière entrecoupée de lignes noires, des cordes noires géantes qui n'étaient que mes cils entremêlés. Finalement, je suis parvenue à passer outre à ces cordes noires, et j'ai accédé à la lumière. Mon corps n'était pas avec moi, il s'était évaporé, il y avait des gouttelettes lisses qui couraient devant mes yeux dans la zone illuminée. Les bruits ont repris, mais je n'ai pas bougé, j'avais l'impression que quelque chose allait sortir de mes entrailles.

Quand Hassan a saisi mes doigts, j'ai recommencé à respirer, et cette obscurité moite imprégnée de l'odeur détestable m'est sortie du corps par le ventre et par les yeux. Pendant ce temps, je plongeais mon regard dans les yeux de Hassan, ceux-ci étaient nets, ou plus précisément ils étaient inondés. Tu sais ce que ça représente, des yeux trempés de cette eau qu'on appelle des larmes ?

Comme j'aime les mots et leurs significations !

Je nageais dans l'eau, qui recouvrait mes fesses jusqu'à mi-hauteur, et des mains voguaient autour de moi, leurs doigts mouillés appartenant à des cadavres de femmes.

Cet instant où j'ai rouvert les yeux, découvrant le plafond qui semblait faire pleuvoir des plaques de peinture et cette eau jaillissant de nouveau à flots, a marqué ma résurrection. C'est grâce à lui que je suis capable aujourd'hui de te parler de bonheur.

Je possédais un livre, un livre que Sett Souad avait trouvé par hasard sous le pont du Président en plein Damas. Mon frère l'a baptisé depuis le pont de la Révolution, comme je t'en ai déjà informé. Mais à l'époque où Sett Souad a rapporté l'ouvrage, l'endroit s'appelait encore le pont du Président. Le livre était assez étrange : intitulé *Les Principes de la langue*, il était dû à un certain Thaâlibi, un homme de lettres ayant vécu il y a environ mille ans ; son nom me plaisait, car je l'imaginais se déplaçant avec un renard roux comme celui du Petit Prince. Un bonheur intense m'a envahie dès la première page. C'était il y a deux ans et demi, au début de l'hiver. J'ai pu traduire en images le contenu de l'ouvrage, pourtant énigmatique et difficile à comprendre.

Ici, dans le souterrain, il n'y a pas de couleurs. Je ne dispose que de gris, de noir et de blanc. Ah non, je viens de me rappeler qu'il n'y a pas de blanc ! Il n'y a qu'une seule couleur en vérité, celle de la poussière, mais j'interprète les couleurs à travers les mots. C'est pourquoi je reviens à mon livre préféré, qui est resté posé sur mon coffre chez nous. J'ai fait son portrait (je parle de Thaâlibi) et – ça, pour une surprise ! – sa couleur était le rouge… J'ai dessiné près de lui un renard roux. Une autre fois, je l'ai représenté en compagnie du Petit Prince, avec, à leurs côtés, le renard qu'ils avaient en commun, et j'ai aussi inséré entre eux un petit passage de mon cru dont j'aurais rêvé qu'il fasse partie de l'histoire du Petit Prince.

Le passage en question était un dialogue entre le Petit Prince et Thaâlibi à propos du ciel. J'ignore si tu as lu la première page de ce livre qui est une sorte de dictionnaire dédié au sens des mots. Moi, le sens des choses m'effraie, surtout lorsqu'elles se transforment en mots, car j'ai du mal à comprendre les mots abstraits sans les convertir en dessins. C'est pourquoi, quand j'ai lu la première phrase de l'ouvrage de Thaâlibi – « Sache que tout ce qui est au-dessus de toi et étend son ombre sur toi est ciel. » –, ma vie en a été changée !

C'était la première fois que je lisais un dictionnaire linguistique comme celui-là. J'avais déjà lu des encyclopédies scientifiques et artistiques, et des dictionnaires ordinaires, mais ce dictionnaire-là venait de me noyer dans l'explication du sens des mots, et c'était une sensation stupéfiante. Pourquoi les gens éprouvent-ils du malheur alors qu'ils ont à leur disposition tout ce réservoir de mots ?

Sais-tu que, de ce moment-là, le monde entier m'a appartenu ? Depuis, le plafond de ma maison est le ciel. Et le plafond de ce souterrain est également le ciel. Et la couverture, lorsque je m'enfouis au-dessous pour dessiner, est encore le ciel. Et tout ce qui est au-dessus de moi est ciel. Ainsi peux-tu fabriquer un univers entier à partir des mots. Au cours de ces années où je me suis essayée à jouer avec le langage, je n'ai pas cessé de dessiner, j'ai seulement développé un goût pour les illustrations destinées à accompagner les mots.

Toute cette introduction avait pour but de t'informer du bonheur qui m'a saisie d'un coup tandis que j'examinais le plafond de la salle d'hôpital mangé par l'usure, au point que sa peinture écaillée se détachait par plaques entières qui nous tombaient sur la tête. Ce n'était pas un plafond que j'examinais, mais directement le ciel, puisque tout ce qui est au-dessus de moi et étend son ombre sur moi est ciel. Je pouvais imaginer son soleil brûlant, et mon regard se portait très loin.

Hassan m'a soulevée et m'a emportée hors de la salle aquatique, puis il a couru et m'a déposée, à demi assise, en bas des marches de l'hôpital. Il a calé doucement ma tête contre le mur près de l'entrée et m'a essuyé le visage. Cette fois, j'ai pu observer le ciel proprement dit. Le portail était ouvert, et ce bonheur qui m'envahissait par vagues me faisait espérer que le monde reste comme il était. Car Hassan s'était approché de moi avec une grande délicatesse, soucieux d'éviter toute brutalité à mon égard.

Je ne voyais pas les ombres qui allaient et venaient, ni les cris, et le grondement de l'avion que j'apercevais au loin dans le ciel s'était assourdi. Je regardais les cieux présents au-dessus de moi : le visage de Hassan, ses yeux, le firmament bleu, les pylônes électriques, tous ces éléments placés au-dessus de moi et qui étaient devenus mes cieux. Je n'étais pas triste, mes doigts avaient commencé à bouger, et j'y voyais plus net.

Du coup, j'ai pu enfin découvrir ce qui se passait autour de moi. Il y avait un médecin en blouse blanche, accompagné de trois femmes en tenue d'infirmière. Ils se déplaçaient entre les cadavres, quatre silhouettes blanches sautillant d'un point à l'autre. Il y avait aussi un homme qui aspergeait un groupe de corps avec un tuyau. L'eau était incolore, et le tuyau était rouge.

Puis un autre médecin, lui aussi tout de blanc vêtu, est entré à son tour, avec à la main des éprouvettes portant des inscriptions. Il pleurait. Il a demandé aux jeunes debout à sa hauteur de soulever le corps près duquel il s'était assis. La mission de ces jeunes gens était de ramasser les corps pour les regrouper dans un coin situé hors du passage, tandis que le médecin continuait à pleurer et à inscrire des mentions sur ses tubes.

Le coin en question ne cessait de se remplir de cadavres. Le médecin se déplaçait de l'un à l'autre et, d'une voix qu'il s'efforçait de garder calme, donnait ses instructions aux jeunes gens dont faisait partie Hassan. Lui aussi soulevait les cadavres et les transportait dans le coin à l'écart, puis revenait se tenir aux côtés du médecin. Les gens couraient et sautillaient, entraient et sortaient, et des corps étaient déposés brusquement à l'entrée de l'hôpital tandis que d'autres en étaient extraits. Je ne distinguais rien à l'exception de cette couleur blanche dans laquelle évoluaient les médecins et les infirmières.

J'ai tout de même aperçu une femme debout face à moi, avec trois enfants étendus à ses pieds. Elle était habillée tout de gris, son hijab et ses vêtements étaient gris clair. Elle se tenait immobile devant les corps de ses trois enfants et les examinait fixement, pétrifiée, s'abstenant de bouger ou même de ciller. Les entrants et les sortants se heurtaient à elle, mais ça ne lui faisait rien du tout, elle ne bougeait pas et ses yeux restaient rivés sur les corps inertes.

Un homme s'est approché et s'est saisi d'elle essayant de la déplacer, mais elle a refusé. « Oh mon Dieu ! » s'est-elle contentée de crier. Elle avait dit ça sans même le regarder, gardant les yeux fixés sur ses enfants. Son visage était jaune, elle était tout près de moi. J'ai détourné la tête un moment, et quand j'ai voulu l'observer de nouveau, elle avait disparu. L'homme s'interrogeait à haute voix : « Elle est passée où, la mère des enfants, hein, où elle est ? » Personne ne lui a répondu. Il hurlait tout en étreignant les corps des trois enfants étendus comme s'ils dormaient, une drôle de sérénité sur leurs visages. J'étais tétanisée par la peur.

Les gamins étaient vêtus de pyjamas semblables, mais chacun dans une couleur différente : rouge, orange et jaune. Trois couleurs étendues dans l'eau… J'ai entendu des voix émanant des haut-parleurs installés dans les mosquées voisines, qui réclamaient des draps et des couvertures. Les voix ne s'arrêtaient pas.

J'ai fermé les yeux et je me suis prise à espérer que Hassan me laisse m'allonger de nouveau dans l'eau. Mais je l'ai vu en train de photographier les corps, sautillant de l'un à l'autre. Puis les couleurs ont commencé à se mélanger. Je n'arrivais plus à les distinguer, aussi ai-je préféré fermer les yeux.

Ce n'était pas que j'avais envie de dormir, pourtant je me suis assoupie, d'un sommeil dépourvu de couleurs.

Sais-tu qu'un jour, en me réveillant dans le souterrain, je me suis vue comme une lumière suspendue au plafond ? Je me balançais à l'intérieur d'un abat-jour en carton blanc renforcé, d'une blancheur éclatante. Cette lampe ressemblait à celle que Sett Souad avait accrochée au milieu de sa chambre. Je me rappelle ma surprise quand je l'avais découverte, une petite ampoule suspendue à une fine cordelette, avec autour un abat-jour blanc qui enveloppait la lumière. J'étais étonnée par la taille de l'abat-jour et son travail d'ornementation délicat. Par la suite, j'en ai vu beaucoup d'autres, et aussi dans les livres illustrés.

Quand je me suis réveillée dans le souterrain, j'ai revu cette même lampe, avec les mêmes détails de dentelle ajourée, mais son ombrelle était plus grande, du moins c'est l'impression que j'ai eue – cette ombrelle que j'avais prise, petite, pour un parachute.

La lumière venait de loin. J'essayais d'ouvrir les yeux et d'imaginer ce qui s'était passé, et la raison de ma présence ici, mais la lampe était trop puissante et m'aveuglait. L'abat-jour me masquait la vue. J'ai levé la tête pour voir ce qui se passait au-delà de l'abat-jour, puis je suis revenue à Hassan, assis près de moi, et j'ai plongé mes yeux dans les siens. Il me regardait sans vraiment me regarder.

J'étais allongée sur le lit, et on avait remonté au-dessus de moi un couvre-lit rouge à l'odeur dégoûtante. Hassan remuait les lèvres, manifestement il était en train de me parler, mais je n'entendais rien. J'ai fermé les yeux de nouveau, et j'ai vu par la fenêtre du souterrain un fragment de ciel, bleu et pur comme à l'habitude.

Puis je me suis avisée que des femmes et des enfants se trouvaient dans l'angle opposé, deux femmes qui étaient en train de nettoyer le souterrain avec l'aide de Hassan, et trois enfants qui dormaient, allongés sur le sol. Ma main était attachée au chambranle de la fenêtre placée en hauteur. En lisant les mots de cette nouvelle histoire qui est venue s'imbriquer dans l'histoire principale, tu dois sûrement anticiper la suite, avec tous ces gens gravitant autour de moi.

Ce souterrain consiste en une grande feuille, et nous, nous sommes les lignes dérisoires qu'on y a tracées – des lignes parallèles, entrecroisées ou incurvées qui forment nos yeux et nos nez…

Tu peux imaginer par exemple que j'étais cette courte ligne droite, là, parallèle à une autre ligne droite figurée par un matelas en éponge – même si j'aurais préféré que ce lit fût en position verticale, comme un petit mur sur lequel je me serais assise, semblable à celui de l'histoire du Petit Prince.

Tu peux encore imaginer que les enfants inertes étaient comme des cercles tassés les uns contre les autres, tout le reste ne formant qu'un magma incompréhensible de couleurs entremêlées. En effet, les lignes se rejoignaient et se croisaient, et leurs points d'intersection étaient une énigme pour moi. En effet, il y avait devant le lit des piles de cartons, dont il s'est avéré par la suite qu'il s'agissait de grande feuilles de papier renforcé qui servaient pour les travaux d'imprimerie qu'avait abrités notre souterrain. Quand j'ai enfin pu les toucher du doigt, je me suis prise à espérer que je pourrais les transformer en contes illustrés – mais comme je t'en ai déjà fait part, la seule couleur disponible ici est la couleur bleue.

Deux femmes s'employaient à nous essuyer le visage et à le nettoyer, sans pour autant cesser de remuer le contenu d'une casserole qu'elles avaient mis à bouillir sur un petit réchaud à gaz. Pour ma part, je leur donnais carte blanche, elles pouvaient prendre soin de moi de toutes les manières qu'elles voulaient.

En rouvrant les yeux pour la deuxième fois, j'ai découvert que les lieux étaient à présent plus propres. Au milieu de la salle, au-dessus d'une couverture, on avait étalé une feuille de papier journal sur laquelle étaient disposés quelques légumes, ainsi que deux galettes de pain et un sac de pommes. Hassan, de son côté, n'était plus visible.

J'avais faim, mais mon envie de faire pipi était plus pressante encore, ce que j'ai tenté de faire comprendre aux deux femmes. Tout en m'adressant à elles, j'ai découvert que je m'étais déjà pissé dessus plusieurs fois, d'où mon odeur épouvantable. Elles me regardaient avec suspicion, même si leur apparence n'était guère plus reluisante. Elles ne m'ont pas parlé. Leurs yeux étaient rougis, et elles regardaient dans le vide, tout en se déplaçant comme des automates déguenillés. Je n'ai pas compris pourquoi elles concentraient leur action ici alors que, au-dehors, les bombardements faisaient rage.

J'ai fermé les yeux tandis que les deux femmes me soumettaient à une séance de toilette forcenée, me manipulant comme un pantin. Elles ont tenté de m'ouvrir les lèvres d'autorité pour y faire entrer quelques gouttes d'eau. J'ai serré les dents et je me suis transformée en un bout de bois dur. J'avais peur… Oui, je crois pouvoir affirmer, et peut-être l'as-tu toi-même deviné depuis que j'ai commencé à te faire mon récit, que j'avais peur. Cependant, je crains que tu ne sois de ceux qui, lorsqu'ils lisent, attendent des termes tout faits, clairs et prêts à l'usage, et qui n'aiment pas qu'on joue sur les mots. C'est pourquoi je vais te le dire de but en blanc : j'ai senti que je m'étais fait pipi dessus dès l'instant où Hassan m'a traînée sur le sol en criant : « Attaque chimique ! »

Sur l'instant, je n'avais pas compris ce que signifiait cette expression. Pour moi, ce mot renvoyait uniquement à la chimie, cette discipline que, dans les classes de filles, on enseigne à partir de la cinquième. Je ne me souvenais plus tellement de ces cours-là à vrai dire, et, de toute façon, je ne saisissais pas bien le rapport avec ce qui était en train de nous arriver.

Aujourd'hui j'ai découvert que je n'étais qu'un amas de mauvaises odeurs, moi-même je les ai senties. J'ai également remarqué les regards bizarres que me jetaient les deux femmes, qui ne perdaient jamais de vue la corde reliant mon poignet au chambranle de la fenêtre, ainsi que leur insistance pour me faire ma toilette. J'ai refermé les yeux.

Un peu plus tard, je me suis levée, et d'un geste, je leur ai désigné la porte de la salle et j'ai porté les mains à ma taille pour leur faire comprendre que j'avais envie de faire pipi. Elles se sont levées avec dégoût et ont apporté des vêtements de rechange, qu'elles ont rassemblés dans un sachet de plastique noir posé à côté des enfants. Nous étions donc six personnes et un sachet noir, sans parler des multiples objets qui formaient le décor de cette petite maison.

Tout en pleurant sans s'arrêter, les deux femmes se sont affairées à faire ma toilette en me passant sur le corps une chemise humectée d'eau, puis m'ont aidée à enfiler les nouveaux habits. L'une d'elles a pris les vêtements usagés et elle est remontée les jeter dans la rue. Cela s'est fait sous mes yeux car, une fois juchée sur les liasses de carton, j'étais juste assez grande pour avoir la fenêtre à ma hauteur. Je pouvais voir ainsi un tout petit pan de l'extérieur.

Après avoir jeté les vêtements, la femme est revenue, descendant précipitamment l'escalier en haletant. Les chats se sont massés autour des vêtements sales, et j'ai fermé les yeux de nouveau. À présent que je portais des vêtements propres, l'une des deux femmes m'a attrapée par la main et m'a conduite jusqu'à un recoin qui comportait un W-C, puis elle a fermé la porte.

La corde était suffisamment longue pour me permettre d'atteindre la troisième marche de l'escalier du souterrain ainsi que les W-C. Je me suis contentée de pisser, car chier ici était un gros problème : en l'absence d'eau, coupée depuis le début du siège, le manque d'hygiène aurait été trop difficile à supporter. L'odeur était immonde, j'avais l'estomac vide.

Le plus étonnant, c'est que, à mon réveil la fois suivante, je n'avais plus faim. Cela faisait pourtant des jours et des jours que nous étions ici, selon ce que j'avais pu glaner de leur conversation. J'ai oublié leurs visages à présent.

Durant ces journées, j'ai vomi des liquides étranges. Ma gorge me brûlait et j'avais mal aux yeux, sans parler de la sensation permanente de vertige. Tous ceux qui étaient dans le souterrain souffraient des mêmes maux. Les enfants étaient la plupart du temps endormis. J'étais incapable de déterminer leur âge, ils ressemblaient à des petits paquets roulés en boule.

Tout à l'heure, je t'ai expliqué que les corps des enfants se présentaient comme des cercles coupant les lignes droites du souterrain. Pour autant, je n'ai pas pu les intégrer à l'histoire en cours, je veux parler du chapitre consacré au séjour dans le souterrain et aux autres péripéties qui s'en sont ensuivies. J'aime bien cet adjectif « autres », car il me rappelle que des êtres sont présents ici avec moi, ces « autres » qui m'entourent, et ça signifie que je suis en sécurité.

Auparavant, je ne me préoccupais guère de savoir ce qui se passait ni ce qui avait changé autour de moi. Hassan était revenu à deux reprises pour apporter des affaires, ne restant chaque fois que quelques minutes et déclarant qu'il reviendrait me chercher pour m'emmener ailleurs. La troisième fois qu'il est revenu, je me suis réveillée alors qu'il criait. J'étais seule dans la salle, et il tentait de me réveiller. Ça ne va pas être simple de te décrire Hassan, car il est une histoire à lui tout seul et exige de ma part une grande concentration. Les propos qui me reviennent de lui ne sont guère compréhensibles, ne s'insinuent dans ma tête que des images montrant sa chevelure, son fusil, ses vêtements, ses yeux, ses bras, et l'appareil photo qu'il porte à la ceinture. Chacun des éléments qui constituent Hassan est un récit à lui tout seul.

Sa chemise était bleue, d'un bleu étrangement vif en dépit de la poussière ambiante, un bleu semblable à celui du stylo avec lequel j'écris. J'étais éblouie, non seulement par la couleur de la chemise mais aussi par l'éclat de ses yeux, un éclat intermittent comme celui d'une torche qui brillerait tout en étant toujours sur le point de s'éteindre. Tout ça transformait mon cœur en cercles dissociés. Tu as vu à quel point je suis douée pour les descriptions ? Oh, ce n'est rien, je me contente de parler la langue de mon cœur. Je ne comprends pas pourquoi le sens des choses devient plus flou lorsque j'en viens à parler de Hassan.

Je crois que je pense tout le temps à lui, au point qu'il circule sous ma peau comme mon sang, lui et toutes ses couleurs.

Il était fâché en permanence, et sa colère habitait mon esprit, elle en avait pris possession depuis le moment où il m'avait soulevée de terre pour m'emporter en courant au milieu de la poussière, et où nous étions passés devant des maisons violettes. Oui, quand je te dis qu'elles étaient violettes, tu dois me croire, car les façades des maisons avaient pris sous l'effet des bombardements chimiques des couleurs étranges. J'éprouvais un certain bonheur, tandis que ma tête se balançait d'un côté à l'autre derrière Hassan. Je sais que je me répète, mais si j'insiste tellement, c'est pour te faire comprendre que c'est là le seul bonheur que j'ai connu dans ma vie.

J'ai senti un tressautement dans ma poitrine, du côté gauche.

Les choses n'ont pas d'existence tant que tu ne les as pas toi-même ressenties. Sur le moment, je n'ai pas compris ce qui m'arrivait, ce tressautement qui m'a agitée comme si un lapin se trouvait à l'intérieur de ma poitrine. J'avais beaucoup lu à propos de ce phénomène, mais quand je l'ai expérimenté pour de vrai, j'ai eu peur. En le lisant, je me l'étais imaginé dans ma tête, mais le vivre pour de bon était tout autre chose. Cet écart entre les contes illustrés et les événements vécus me perturbe et me fait peur.

Cette attente interminable me terrorise, au point que mes idées peinent à se transformer en dessins, elles ne sortent que sous forme de mots.

En vérité, cette chose qui sautille à l'intérieur de ma poitrine n'a pas exactement la forme d'un lapin. Si on m'en laisse le choix, je le représenterai plutôt comme un poisson qui jaillit hors d'un étang puis atterrit sur la berge où il s'essouffle en perdant son eau. Telle était la sensation qui me traversait : ses lignes étaient celles d'un poisson, elles en avaient la forme et aussi le caractère essoufflé. Bon, je ne sais pas si on peut parler d'essoufflement à propos d'un poisson, c'est un terme qui en principe n'est pas associé à cette espèce, mais je suppose que tu as compris ce que je veux dire.

Je t'écris à propos de Hassan tout en surveillant les mouches près de moi. Un poisson jaillit hors de mon cerveau, et vient s'immobiliser entre mes côtes, du côté gauche. Tu m'imagines guettant les mouches autour de moi, avec un poisson qui sautille entre mes côtes, du moins un être qui a la forme d'un poisson avec un pelage de lapin, et finit par s'immobiliser devant moi ? Les dessins sont plus efficaces que les mots. Si j'avais la maîtrise de mes couleurs, j'aurais fait en sorte que tu me comprennes plus clairement. Mais, au vrai du vrai, j'aurais préféré le silence aux dessins, j'aurais préféré t'avoir face à moi, tu aurais lu dans mon regard ce que je voulais. Hélas, c'est impossible, et nous en sommes réduits à choisir l'option la moins mauvaise.

Pour le moment, j'attends Hassan. De nouveau je choisis ce qui est le moins nocif, et je continue à écrire le sens des choses qui se produisent autour de moi. Car j'ai perdu un maillon de la longue chaîne de mon cerveau, qui est venue se tapir dans un coin de ma planète d'argile.

Je ne peux plus dire combien de jours nous avons passés avec les autres familles dans le souterrain. Il me semble t'avoir déjà donné le nombre. Je restais réveillée un moment, puis je me rendormais. Les autres rangeaient les objets autour de moi. Il y avait aussi la soupe de lentilles. Nous en avons mangé pendant plusieurs jours d'affilée, une soupe bien chaude accompagnée de pain.

J'essaie de comprendre en même temps que je t'écris. Je t'imagine avec deux longues cornes et des yeux de feu, lisant mes mots. Mais, à la réflexion, je me dis que tu n'es peut-être que le néant qui régnait avant que le monde ne bascule dans la folie au moment où j'ai échappé à la poigne de ma mère. Peut-être le monde était-il déjà aussi fou avant que ça n'arrive, mais je ne pense pas, car je le connais bien, et à cela il y a une bonne raison que tout le monde ignore à part moi…

Oui, c'est un secret mais je vais quand même te le dire : ce qui m'a vraiment aidée à connaître le monde extérieur, c'est mon mutisme. Je comprends que ça puisse t'étonner. Mais je t'assure que c'est à travers la paralysie de ma langue que j'ai appris à connaître le monde, et aussi à travers les livres – et c'était largement suffisant. J'étais heureuse. Je pense que ma vie a commencé de manière inversée, car mon paradis était dans ce silence originel, avant que n'arrive ce qui est arrivé.

De temps à autre, j'ouvrais les yeux pour surveiller ce que faisaient ces gens avec lesquels Hassan m'avait laissée. Qui étaient-ils ? Tant d'inconnus ont traversé mon existence ces derniers temps !

Les deux femmes avaient disparu, et j'ai découvert un nouveau groupe de personnes. Elles étaient comme moi, des vagabonds chassés de leurs maisons, et nous n'en savions pas trop les uns sur les autres.

Il y avait une femme qui pleurait, son enfant sur les genoux. Elle lui avait confectionné un oreiller de fortune en roulant ensemble quelques hardes, et lui susurrait des vocalises sans jamais s'arrêter : *ah ah ah ah... ah ah ah ah*. Le bombardement n'avait pas cessé, elle fixait la fenêtre du souterrain, et son enfant regardait dans la même direction. Elle lui tenait le doigt et se penchait doucement au-dessus de lui. L'enfant était résigné, il ne bougeait pas, ne pleurait pas. J'avais été réveillée par le tumulte des explosions, et je sentais mon corps trembler, alors que l'enfant, lui, avait doucement fermé les yeux, le bout de ses doigts glissé dans la main de sa mère. Ils étaient assez loin de nous, dans un angle isolé du souterrain, et la femme avait le dos appuyé contre les grandes liasses de cartons.

Lors de ces réveils étranges, je pensais aux jambes de ma mère. En effet, la femme avait étendu les siennes afin d'en faire un berceau pour son enfant. Elle l'y avait couché tête-bêche, puis avait entrepris de le bercer par de lents mouvements tout en chantonnant des mélopées...

L'espace d'un instant, j'ai pensé que j'étais cette créature allongée au-dessus de ses jambes, transformées pour l'occasion en un grand lit capable de m'accueillir, et que c'était ma mère qui fredonnait pour moi ces chansons. Je me rappelle qu'elle avait fait ça jusqu'à mes quatre ans, regardant distraitement à travers la fenêtre et laissant ses jambes me bercer avec douceur. Mais je m'en souviens comme de quelque chose qui ne m'était pas destiné, et qui se déroulait dans un lieu inconnu.

La femme regardait par la fenêtre du souterrain, fixant le fragment de ciel visible. Mais en ce qui me concerne, ce qu'on voyait à l'extérieur n'était pas le ciel, du moins jusqu'à preuve du contraire. Mon ciel, je le transportais avec moi. Cette terre-là n'avait pas d'autre ciel que cette fenêtre. Même les couleurs qui nous environnaient, tandis que nous étions entassés dans le souterrain, n'avaient pas d'importance car je les voyais ternes et fades.

Je guettais les faits et gestes de Hassan à la dérobée, lorsqu'il venait parmi nous pour apporter des choses et en reprendre d'autres, ou bien lorsqu'il nettoyait son arme. Ces moments m'évoquaient les couleurs qu'on entrevoit lorsqu'on ferme les yeux puis les rouvre rapidement pour scruter un point noir. Peut-être peut-on dire que ces couleurs-là étaient toutes des nuances de gris, qu'elles avaient la couleur du ciment. La seule que j'ai pu distinguer nettement était le noir dans lequel les deux femmes étaient enveloppées.

J'ai entendu la troisième femme qui demandait à quitter cet endroit tout en m'observant avec un mélange de compassion et d'agressivité. Apparemment, le problème c'était moi. Calmement, Hassan lui a demandé de se taire : les bombardements ne cessaient pas, et il devait absolument sortir. Il n'était resté que quelques minutes avant de repartir.

La dernière fois que j'ai ouvert les yeux, j'ai eu un sursaut d'effroi, et j'ai aussitôt eu envie de les refermer à toute force. J'aime quand les émotions sont bien nettes, mais là j'étais vraiment épouvantée. Le souterrain était vide et sombre, mais une lueur ténue filtrait depuis le ciel, éclairant suffisamment pour que je puisse voir les ombres. J'ai su que j'étais seule. Je ne voyais plus les jambes de la mère s'agiter pour bercer l'enfant, et je n'entendais plus son fredonnement. Ils m'avaient de nouveau laissée seule dans le souterrain.

Je ne te décrirai pas les sentiments par lesquels je suis passée. Tu ne sais vraiment pas à quoi ressemble ce souterrain. Et moi j'y étais seule. Je crois que j'avais de nouveau fait pipi sur moi, et j'avais faim.

Il y a autre chose que je ne m'explique pas très bien, et de ce fait j'ai du mal à te le décrire… Auparavant, rien ne m'obligeait à éprouver des besoins personnels. C'est pour ça que sentir que j'avais faim, et que cette sensation m'était propre, m'a procuré une sorte de bonheur diffus. Dans mon passé, je ne me rappelle pas avoir jamais mangé dans le but d'assouvir ma faim. Si j'avais eu à ma disposition un lot de couleurs, de règles et de feuilles, j'aurais pu te faire comprendre toute l'affaire en te la figurant sous la forme d'une ligne droite. Celle-ci avait beau avoir été tracée sans couleurs, elle n'en était pas pour autant blanche. À la réflexion, cette situation-là, j'aurais préféré te la dessiner comme une ligne blanche sur une feuille noire.

Quelque chose m'irritait au niveau des cuisses, et je sentais aussi comme de menus piétinements au-dessus de mes pieds. Néanmoins, je n'osais pas bouger, car le silence était entrecoupé par le tonnerre de bombes lointaines. Je me suis mise en position assise le dos appuyé au mur. Comme ça, j'avais une vue plus large. En réalité, l'endroit était pareil à lui-même, c'est juste que les gens avaient disparu. Si seulement ils m'avaient détachée avant de partir ! Malgré tout, j'avais la certitude que Hassan allait revenir.

J'ai bondi jusqu'à la fenêtre et me suis dressée sur la pointe des pieds pour voir la rue, mais il me manquait encore quelques centimètres. J'ai dû traîner une caisse en carton pour me jucher dessus. La caisse était remplie de papiers, et sa hauteur aurait dû me permettre de voir la rue, mais ça ne suffisait toujours pas. Sans doute avaient-ils fait exprès d'emporter les rames de papier qui auraient eu la hauteur suffisante.

J'ai ouvert la fenêtre. Ce devait être l'aube, car le ciel arborait une teinte violette – de la couleur de la fleur. C'est ma couleur préférée, elle a le pouvoir, quelles que soient les circonstances, de m'insuffler de la joie. Je n'ai pas besoin de te rappeler que c'est la couleur que j'ai vue tandis que ma tête se balançait au-dessus de l'épaule de Hassan, cette même couleur dont les gens qui fuyaient cette nuit-là nous avaient expliqué qu'elle était causée par les gaz chimiques largués depuis les avions. Je ne te cacherai pas que cette histoire m'étonne, comment une couleur aussi belle peut-elle tuer des personnes ?!

Laisse-moi te parler des moments durant lesquels j'ai guetté le ciel, qui avait pris une couleur de mort. Ce que j'ai pu pleurer ! Je ne comprenais pas ce qui m'arrivait. D'habitude, mes pulsions sont plutôt élémentaires : j'ai peur, j'ai envie de pleurer, j'ai faim… Mais ce qui m'arrivait à ce moment-là restait pour moi une énigme. Je passais par des sensations nouvelles que je n'aurais jamais cru éprouver. Néanmoins je savais pourquoi je pleurais, ça je le comprenais.

J'ai aussi ressenti pour la première fois une envie impérieuse de faire bouger ma langue. Je ne comprenais pas non plus pourquoi celle-ci tournait à l'intérieur de la bouche. Je me suis mise à entendre un drôle de bégaiement, comme des cris qui ne sortaient pas.

Quand un chat est passé dans la rue, le long de la fenêtre, je n'ai pas eu peur. À un moment, nous nous sommes retrouvés face à face, les yeux dans les yeux. Il régnait une agitation étrange, que je n'arrivais pas à m'expliquer. Pour finir, le chat a effectué un saut juste devant moi puis s'est enfui.

La couleur violette du ciel était en train de virer au bleu. La rue était vide. J'ai réussi à tendre la tête au-dehors, après avoir apporté une seconde caisse en carton, qui m'a permis de me rehausser encore un peu. Ma tête émergeait à l'air libre, je pouvais l'agiter à ma guise. La rue était longue et étroite, jonchée de détritus, et tous ses immeubles étaient en ruine. L'air était chargé d'une odeur de matin étrange. Nulle couleur ici, simplement les nuances grisâtres du ciment et de la poussière.

J'ai enfin compris la cause de l'agitation que j'avais perçue tout à l'heure : elle était due à un chien famélique, au pelage jaunâtre et à la queue brune. Il régnait à présent une lumière intense, issue de ce ciel sans nuages d'un bleu limpide. Tu remarques que je donne toujours les couleurs avec précision – je crois que mes yeux ont été créés spécialement pour distinguer les couleurs et leurs nuances. Le bleu qu'on voyait alors dans le ciel était d'un bloc, sans gradation, un bleu pur et limpide qui s'entrecroisait avec les lignes brisées des maisons dévastées. La rue était déserte, il n'y avait aucune trace de vie, sinon celles du chat qui avait pris la fuite et du chien qui était en train de farfouiller dans les détritus.

Je respire si difficilement que j'entends le bruit de ma respiration. Les muscles de ma langue remuent à l'intérieur de ma bouche. Je sens que je suis désormais mûre pour parler avec n'importe quel être vivant. Je voudrais marcher. Tandis que j'évolue entre le bleu du ciel et la lumière du matin, tandis que mes yeux se sont mouillés et que je goûte le sel dans mes larmes, je pense à Hassan. Lui seul est dans ma tête. Même les images de ma mère et de mon frère ont disparu, de même que tout ce qui m'entoure s'est évaporé. Peut-être est-ce la mort qui a tout emporté comme elle a emporté ma mère et mon frère.

C'était un phénomène déroutant pour moi : que les gens se volatilisent d'un coup comme s'ils n'avaient jamais existé. J'y ai beaucoup réfléchi, avant de comprendre que toute réflexion était vaine, sachant que nous ne sommes en définitive même pas capables d'assurer notre survie. Par conséquent, rien ne m'oblige moi non plus à rester en vie. Est-ce que ça changera quelque chose à notre existence ? Oui, cela nous dispensera simplement d'avoir conscience de ce qui se passe autour de nous.

J'ai appuyé mon visage contre le chambranle métallique de la fenêtre, dont la vitre avait volé en éclats. J'essayais de surveiller les agissements du chien efflanqué qui avait entrepris de fouiller l'amoncellement de décombres de l'autre côté de la rue. Ces décombres étaient tout ce qui restait du bâtiment de quatre étages qui s'était trouvé là auparavant, et qui se réduisait désormais à un monticule de ciment. Il avait certainement fallu plusieurs bombes pour le mettre ainsi à bas.

Il y a des moments où je sens des boutons s'attaquer à ma peau, puis s'immiscer sous mon épiderme, il suffit que je ferme les yeux pour les sentir pousser. Il m'arrive de les palper pour m'assurer qu'ils sont toujours là, et je les sens sous mes doigts, quoique sans les voir. Alors que je me tâtais ainsi tout en suivant des yeux le chien en train de fouiller les décombres, laissant derrière lui une fine traînée de poussière, j'ai commencé à distinguer cette chose qui, au début, ne m'était pas apparue clairement…

Comme j'étais convaincue que les gens n'avaient pas entièrement tort lorsqu'ils me qualifiaient de fille bizarre, je me suis forcée à bien regarder pour en avoir le cœur net. Le chien semblait incroyablement proche de moi, tellement qu'il aurait pu en un bond ou deux se retrouver la gueule contre mon visage. Effrayée, j'ai ramené ma tête à l'intérieur. C'est là que le grondement aigu de l'avion a commencé à se faire entendre.

Le chien s'est mis aux aguets, immobile. Il a tourné sur lui-même puis s'est dressé vers moi – peut-être avait-il senti ma présence. Il m'a lancé ce regard résigné que je connaissais bien à présent, à la différence que cette fois il n'y avait aucun éclair dans ses yeux. À la lueur du soleil qui avait commencé à illuminer l'endroit, je distinguais nettement l'animal, j'ai pu me rendre compte de sa maigreur extrême qui laissait saillir ses côtes. Il a plongé dans le tas de ciment, faisant voler la poussière.

Là, j'ai entendu un bruit étrange venant de l'autre côté. C'était le miaulement d'un chat. Celui-ci avait pris la fuite, épouvanté, dès qu'il avait vu le chien, qui pourtant n'avait fait que passer rapidement devant lui, et qui avait ensuite regardé dans sa direction d'un air dépité, avant de recommencer à fouiller les décombres. Essaie d'imaginer la scène vue à travers mes yeux – une fille sortant la tête hors de la fenêtre.

Il faudrait aussi que je te décrive la scène vue de l'extérieur, mais ce sera plus difficile... On pourrait tout de même faire un schéma. On commencerait par figurer un bâtiment. Je ne savais pas si l'immeuble situé au-dessus de nous avait été détruit ou pas. Il y avait assurément un tas de gravier sous la fenêtre, mais il était beaucoup moins imposant que le monticule de décombres laissé par l'effondrement de l'immeuble d'en face, ce qui m'ouvrait, à condition de tendre le cou, une certaine visibilité sur ma droite et sur ma gauche.

Bon, tu peux voir sur mon dessin qu'il y avait un chien de l'autre côté, là où les dégâts étaient plus importants, et que le chien remuait lentement la queue tout en fouillant les décombres.

Deux chats sont passés, avant de s'enfuir à leur tour précipitamment. Ensuite, j'ai entendu le grondement d'un avion, mais ça, ça n'apparaît pas sur le dessin. On peut ajouter sur la feuille une forme d'avion. Je n'ai pas vu jusqu'ici à quoi ressemblent ceux qui nous arrosent de leurs bombes, mais un jour, avant notre arrivée ici, j'avais vu passer quelque chose dans le ciel, et ils avaient dit que c'était un avion. C'est très facile à dessiner.

À présent, pense à la fille réfugiée à l'intérieur de la bâtisse, ce qui signifie que le moment que je vais te décrire est bien réel. Non, tu n'as pas besoin de te demander quelle tête elle peut avoir, ni de faire un quelconque effort d'imagination, car ne l'oublie pas, la fille en question, c'est moi.

J'arrache mon voile, désormais ma chevelure est libre. Il y a certains détails que je ne pourrai pas mettre en évidence sur le dessin, car les cheveux libérés de la fille se trouvent sous la voûte du souterrain et ne sont donc pas visibles. Quand bien même ils le seraient, je ne pourrais pas, en l'absence d'air ambiant, leur donner une forme bien remarquable, sans parler du fait qu'il est de toute façon difficile de dessiner des mèches agitées par le vent.

Depuis le matin, il régnait une chaleur étouffante.

À présent, il faut que je te décrive le chien plus en détail, afin qu'il apparaisse dans toute sa netteté. En dépit de sa maigreur, de ses mouvements ralentis et de ses yeux résignés et accablés, il semblait déterminé à plonger sa gueule dans le tas de décombres. Il s'y est enfoncé un peu plus profondément, au point que la moitié de son corps y a disparu, puis il a commencé à en extraire quelque chose.

J'ai entendu de nouveau le grondement de l'avion, puis le crépitement des bombes, cette fois il semblait assez proche, même si je n'ai pas vu l'impact au sol de ce pilonnage.

Le chien a levé la tête en direction du ciel. Il n'y avait dans la rue que nous deux. Il était en pleine lumière, le soleil dardant sur lui ses rayons, et avant qu'il se mette à courir et s'efface au bout de la ruelle, j'ai eu le temps d'apercevoir ce qu'il avait réussi à extraire des décombres…

C'était une main.

Pas un dessin de main, non. Une main bien réelle, qu'il tenait entre ses crocs. Cela ne faisait pas de doute, même si on ne la distinguait pas très bien car elle avait pris la couleur du ciment. Le chien, tandis qu'il fuyait le grondement de l'avion et le crépitement des bombes, a soudain bifurqué devant moi pour remonter la rue.

En fait de rue, c'est plutôt une petite ruelle, sachant que la distance séparant le souterrain de l'immeuble d'en face, à vue de nez, n'excède pas les trois mètres. Donc, cette main dans la mâchoire du chien, je l'ai eue sous les yeux durant la seconde ou un peu plus qu'il lui a fallu pour se retourner. J'ai pu distinguer les doigts, que ses crocs laissaient visibles car c'est du côté du poignet qu'il avait enfoncé ses crocs, souillant au passage son museau de sang et de ciment.

Tout ça s'est passé très vite, mais il n'empêche que, à cet instant, le temps s'est arrêté.

Cela faisait plusieurs minutes que j'essuyais ma transpiration du bout de ma manche, et j'avais le nez qui coulait, je pouvais entendre les bruits de succion que ma morve produisait à l'intérieur de mon nez chaque fois que j'inspirais… Je ne pensais pas pouvoir regarder avec une telle curiosité.

Sortant de nouveau la tête par la fenêtre, j'ai cherché des yeux le chien, scrutant le tas de gravier devant notre immeuble. Cependant, il n'y avait plus trace de lui nulle part. J'ai tendu le cou davantage, mais l'animal avait disparu de mon champ de vision, la main humaine probablement encore emprisonnée entre ses crocs.

Cette fois-ci, le grondement de l'avion était aigu et clairement audible. Avant que j'aie eu le temps de sentir quoi que ce soit, un souffle lourd et chaud m'a plaquée au sol, accompagné d'un bruit étrange que je n'ai pas réussi à analyser. Je ne pouvais même pas regarder, car un nuage de poussière flottait au-dessus de moi.

Une chaleur étrange me sortait des yeux. Tout de suite après le passage du nuage de poussière, j'ai éprouvé une subite envie de dormir et je me suis assoupie.

Sais-tu ce que sont les planètes secrètes ? Elles sont pareilles à ce chapeau qui, dans les contes, te rend invisible. Ensuite, plus personne ne peut te faire de mal. Tu n'as qu'à essayer si tu veux. Je suppose que tu t'y intéresseras, mais personne n'en saura sans doute jamais rien, d'autant que tous ces tours de magie que je t'apprends pourraient fort bien brûler, ou bien je pourrais décider de les déchirer. Tout ça dépend du retour de Hassan, qui, hélas, ne revient pas.

J'avais du mal à ouvrir les yeux. J'ai cru que j'étais sur une de mes planètes secrètes qui n'avait jamais été foulée par la moindre créature humaine. Cela fait déjà de longues journées que je suis là, peut-être plus encore que je ne le crois, ou peut-être moins. Au point que je ne sais plus à quand remonte le dernier jour où j'ai mangé. Quant à l'eau, il n'y en a plus, ils l'on coupée aujourd'hui – oui, dans un siège, on vous coupe l'eau.

Les robinets que j'ai vus couverts de poussière après le bombardement, y compris le seul robinet qu'il y a ici et dans lequel j'ai essayé maintes fois de souffler, sont secs. La seule autre arrivée d'eau serait dans les W-C, et on pourrait évidemment envisager de la boire, sauf que même cette eau-là est épuisée. Sur ma planète secrète imposée – je l'appelle comme ça parce qu'elle n'est pas à moi et n'est pas sortie de mon imagination, ce qui aurait été un tour de magie semblable à celui du chapeau qui rend invisible –, sur ma planète, donc, à savoir le souterrain, l'eau était un rêve.

J'avais eu affaire à d'autres planètes dans ma vie, mais elles étaient différentes de celle-ci. Je me souviens que j'ai promu le souterrain au rang de « planète secrète » aussitôt après avoir rouvert les yeux et découvert Hassan en train de passer ses doigts sur mon visage et mes cheveux, afin d'en éliminer les traces de poussière. Comme je te l'ai déjà dit, le bombardement avait soufflé plusieurs pierres à l'intérieur du souterrain, et celles-ci avaient fait voler la vitre en éclats tout en laissant intact le chambranle métallique.

J'étais toujours encordée, ce qui était plutôt une bonne chose, car ça signifiait que je ne bougerais pas de ma place et que je resterais ici près de Hassan. Je n'allais pas le perdre comme j'avais déjà perdu ma mère et mon frère, lorsque ma corde s'était dénouée au barrage.

Au moment où les bombes sont tombées sur le souterrain, Hassan a dit qu'il allait s'absenter mais reviendrait dans quelques minutes. Cependant, les minutes sont devenues des heures, puis des journées, et de nouvelles bombes nous sont tombées dessus en nombre. La porte, qu'il avait verrouillée lors de son départ – « en attendant », avait-il précisé –, ne s'est plus rouverte depuis. Il devait juste aller voir où la bombe était tombée puis revenir. Le problème, c'est que des bombes, il y en a eu beaucoup d'autres, et qu'il n'est pas revenu.

Depuis quand est-il absent ? Le temps est un long chemin transporté à dos de nuage. Le chemin et la forêt qu'il traverse sont eux-mêmes portés par une planète. Mais moi, je ne sais pas comment le nuage se déplace. Est-ce qu'il court ? Est-ce qu'il reste immobile ? Ou est-ce qu'il bondit dans les airs comme une balle magique.

Depuis que je suis sortie avec ma mère pour aller rendre visite à Sett Souad, le temps est resté suspendu comme un parachute ouvert au-dessus du nuage, et moi je flotte dans un ciel inconnu, suspendue entre ce parachute et le petit chemin traversant la forêt. Je suis entourée de toutes les créatures issues de ma deuxième planète secrète – celle-là, je t'en parlerai plus tard.

Le temps était semblable à cette période qui s'est écoulée avant que je naisse. Il n'était rien, et aujourd'hui il n'est rien. Je ne le comprends plus. Je ne le reconnais plus. Et je reste accrochée à un point fixe, comme les aiguilles d'une horloge qui tourneraient en sens inverse de la normale.

La terre ressemble aujourd'hui à une horloge géante. Quand Hassan arrivera, elle se transformera en un amas de branches entremêlées à de délicates aiguilles d'horloge, puis les branches enchevêtrées disparaîtront subitement dans la forêt et elle redeviendra une horloge géante, qui se transformera en nuages, sentier, refuge.

Sous le lit, où j'avais installé ma première planète secrète, brillait une lumière bleue. Au-dessous de ce premier lit s'en trouvait un second, plus petit, lui aussi pour mon usage mais fabriqué celui-là de mes propres mains, de couleur bleue. L'oreiller était blanc, d'un blanc immaculé – on aurait dit que sa couleur flamboyait littéralement, et ce d'autant plus qu'elle tranchait avec le bleu et le noir. Le temps était monté au-dessus de ma tête, sur le dos d'un monstre aux yeux pleins de bonté, deux grands yeux remplis de larmes.

Je pourrais aussi comparer le temps à une petite djinniya[1] dotée d'ailes de papillon et d'une queue de rat, vêtue d'un short rayé vert et rouge, avec des yeux d'un bleu ultra-vif. Ce temps-là se déroulait sur ma première planète secrète et il était différent de celui que j'ai découvert par la suite ici. J'observais les choses tout en me disant qu'il était inapproprié de comparer le temps à une djinniya, puisque celle-ci est du féminin alors que le temps est du masculin. Mais ça n'a pas d'importance puisque, au final, ce sont les mots qui déterminent le sens de la vie, sans qu'on soit contraint par leur genre grammatical.

En réalité, chaque planète secrète a son propre temps. Tout ce qui m'entoure est susceptible d'altération et de modification, et cela au gré de conditions bizarres. J'étais convaincue jusqu'ici que le temps était cette djinniya, et qu'elle m'accompagnerait aussi longtemps que je vivrais. Le temps reste-t-il égal à lui-même lorsqu'il n'est plus concerné par la fuite des secondes à travers les chemins d'une forêt qui flotte au-dessus de ma tête ? Les arbres de cette forêt ont recommencé à enrouler leurs branches autour de moi au moment où j'ouvrais les yeux avec lenteur et difficulté.

Si je t'ai expliqué tout ça, c'est pour en venir à ceci : avant la disparition de Hassan, lorsque j'ouvrais les yeux, j'arrivais à peine à respirer, et lui s'occupait de ma toilette. J'ai fermé les yeux de nouveau. J'ai eu peur

1. Créature surnaturelle invisible aux hommes (*masc.* djinn).

que me voir réveillée ne le rassure et ne l'incite à me quitter de nouveau, ce qu'il aurait sans doute fait s'il avait senti que j'avais repris conscience. Tu peux me croire quand je te dis que, contrairement à ce que laissait penser mon attitude, j'étais suffisamment lucide pour savourer le contact de ses doigts m'essuyant le visage, les cheveux et les vêtements. J'avais envie de revoir ses yeux, mais je me suis maîtrisée pour ne pas l'amener à interrompre mes soins.

Je ne pensais à rien d'autre qu'à ce bonheur qui me tombait dessus d'un coup lorsqu'il était présent. J'ai songé à conserver dans ma mémoire le souvenir du contact de ses doigts sur ma joue, je percevais ceux-ci comme l'instrument de ma survie. Tu sais à quel point j'admire les doigts…

Il semblerait qu'on a tort de juger les choses d'après leur apparence. Ces doigts-là savaient parler le même langage que les miens. L'envie m'a pris de rire à l'idée que j'avais enfin recouvré ma liberté, même si ç'avait été au prix de la disparition de ma mère et de mon frère. Tu vas peut-être me trouver sans cœur, mais c'est ce qui est arrivé.

J'ai laissé Hassan à sa tâche, tout en me disant que ma planète secrète ne ressemblait à aucune des planètes sur lesquelles j'ai vécu. Je vais t'expliquer ça un peu plus en détail, en espérant ne pas te lasser, car je veux que tu saches précisément ce qui s'est passé. Je voudrais, pour le cas où il me serait donné de survivre, ne jamais oublier ces instants que je suis en train d'écrire pour toi, faute de pouvoir te les dessiner. Ils vont se perdre au fond de mon cerveau comme s'y sont perdus de nombreux événements de ma vie d'avant.

Je dois avouer que j'écris avec une certaine joie et que ce jeu auquel nous nous livrons m'est agréable. Je ne doute pas que tu vas me donner carte blanche. Si tu hésites, pense donc à une fille esseulée qu'on a attachée dans un souterrain glauque tandis que les avions ne cessent de larguer des bombes – voilà qui devrait te rendre plus indulgent, pas vrai ?

J'ai déjà vécu auparavant dans une multitude de planètes secrètes. Je les ai classées comme l'a fait le Petit Prince au cours de son voyage à travers l'espace. Il avait ses planètes à lui, et moi j'ai les miennes – même si c'est de lui que j'ai tiré mon expérience. Je connais par cœur ses dialogues avec sa rose, et je ne te cache pas qu'ils m'agacent un peu.

Donc... il y avait une planète secrète sous mon lit, comme je t'en ai déjà informé. Ce lit, c'était ma maison, et la planète secrète, c'était l'espace vide entre le coffre, que ma mère dissimulait au-dessous, et l'intervalle jusqu'au mur opposé. Je m'y blottissais, y rangeant mes dessins, mes livres et mes cahiers.

Cette planète-là était assez grande pour que je m'y allonge entièrement, me mettant à plat ventre pour dessiner. Ses frontières s'arrêtaient aux quatre montants du lit, mais ses racines s'enfonçaient bien au-delà, elles atteignaient, mêlées aux miennes que je torsadais autour d'elles, des profondeurs inexplorées. Je les dessinais ainsi partant d'un point au milieu de ma tête pour arriver au centre de la terre. Je faisais ça en m'inspirant d'Alice et de sa faculté surnaturelle à changer de taille. Je l'ai redessinée, parcourant le pays des merveilles. Elle était représentée sous les traits de Sett Souad et vivait des aventures inspirées des dessins de *Kalila et Dimna*, mon livre préféré parmi les ouvrages du patrimoine – on l'enseignait naguère dans les écoles, et sa couverture brune est conservée dans mon coffre.

Cette planète portait le numéro 1, et personne n'en connaissait l'existence. Je la dissimulais en présence de ma mère ou de mon frère. Je l'avais coloriée plusieurs fois, avant que ma mère n'en délave les couleurs à l'eau ou au moyen de ses horribles détergents. Dans cette planète, j'ai appris à figurer les lettres au moyen de dessins en couleurs. Je possède plus de mille illustrations de ce type, qui sont toujours là-bas, chez moi. Tout ce que je voulais dire, je l'ai exprimé à travers des dessins en couleurs…

C'est ma planète qui détermine l'espace dont je dispose, même si en apparence, c'est son espace à elle qui est délimité par les montants du lit et le coffre de mes secrets. Ce coffre, je l'ai abandonné après que ma mère l'a saboté en y entreposant des draps. J'ai tout de même réussi à m'en réserver un côté, que j'ai peint en couleurs de feu, au grand dam de ma mère qui a poussé des hurlements stridents, avant de l'effacer au dissolvant. C'est une des rares fois où je l'ai vue se mettre en colère. La deuxième fois, j'ai agrémenté le coffre d'une fresque ornementale tirée d'une gravure que j'avais vue dans le gros ouvrage offert par Sett Souad, gravure représentant le chapiteau de colonne d'un palais à Séville – tu dois sûrement connaître.

Cette fois, ma mère a conservé le dessin intact, s'abstenant de faire décaper le coffre. Après être tombée sur ma fresque, elle avait passé des heures à l'admirer avant de s'exclamer : « On jurerait qu'elle est vraie, dis donc ! »

Lorsqu'il a vu le coffre décoré, mon frère m'a pincée affectueusement et m'a rapporté encore plus de couleurs. De mon côté, j'ai admiré l'éclat de ses yeux tandis qu'il examinait mes créations, et le grand sourire qui s'est dessiné sur son visage tandis qu'il passait ses doigts sur mes dessins. Ses yeux s'étaient agrandis à l'infini... Après ça, j'ai refait certains dessins ornementaux et les ai exposés un peu partout dans la pièce où nous vivions, dans le seul but de voir ses yeux s'agrandir encore et encore jusqu'à ressembler à des ballons.

Je crois que le coffre est toujours à sa place, il représente l'une des frontières de ma première planète secrète. Ce monde-là, contenu dans l'espace exigu qui ne dépassait pas les montants du lit, était beau et coloré. Je le portais entre mes doigts, et je n'avais même pas besoin de relever la tête: celle-ci s'élevait seule au-dessus de mon corps et s'envolait pour scruter les environs depuis les hauteurs, avant de retourner à sa place. Mes doigts touchaient le ciel, puis revenaient sous le lit. Je dessinais avec mes yeux, et, parfois, il me suffisait de devenir simplement le chat d'Alice – le chat souriant. Pour ça, je fermais les yeux, et les objets me rejoignaient à tire-d'aile, demeurant près de moi dans l'espace de la planète secrète n° 1.

Sais-tu comment j'en ai été chassée ?

Eh bien ma mère a décidé sans crier gare d'apporter de nouveaux coussins, mais elle n'a pas réussi à jeter les anciens. Oui, c'est une de ses mauvaises habitudes, elle a toujours peur de jeter les vieilleries, craignant d'en avoir besoin par la suite. Du coup, notre maison était un bric-à-brac de vieilles choses dont nous n'avions aucune utilité. Ma mère a donc entassé les vieux coussins dans l'angle qui restait libre sous le lit. J'ai bien tenté de les jeter par la suite, mais sans succès : elle tenait à les conserver, même s'il fallait pour ça que moi je débarrasse les lieux. Elle m'a tout bonnement chassée de sous le lit, sans la moindre explication.

Les seules fois où je pouvais me recroqueviller à ma place habituelle comme autrefois, c'est quand on procédait au nettoyage de la maison et que ma mère sortait toutes nos affaires à l'extérieur pour pouvoir frotter les sols avec ses détergents à l'odeur détestable. Sous le lit, je m'affairais à jouer avec l'écume du savon et avec les bulles des produits nettoyants, et, quand je ressortais la tête, il n'y avait plus trace de ma planète, qui s'était volatilisée alors même que les coussins avaient disparu.

Après l'avoir perdue, je l'ai dessinée plusieurs fois, et j'ai intitulé le dessin « Ma planète n° 1 ». Il s'était déjà écoulé quelques années. J'ai écrit son histoire sous le titre « Mon espace bigarré ». J'ai trouvé cette dénomination très bien choisie, et ça m'a mise en joie car, grâce à elle, l'espace en question évoquait désormais un arc-en-ciel. J'ai essayé de creuser ma mémoire pour savoir à quel moment je lui avais attribué ce nom, mais je n'y suis pas arrivée, comme à l'habitude. J'ai tout de même classé le dessin et l'histoire de mon espace bigarré parmi mes papiers personnels, qui, comme tu le sais, sont cachés jusqu'à ce jour dans le coffre resté dans ma maison. Je l'appellerai désormais « Ma maison » afin que tu puisses faire la différence entre elle et mes planètes secrètes. En réalité, et comme je te l'ai déjà indiqué, notre maison n'est constituée que d'une pièce unique.

Cet espace bigarré, cet « arc-en-ciel », est resté un de mes principaux secrets jusqu'à ce que je me transporte sur ma planète secrète n° 2, dans la bibliothèque de Sett Souad – la bibliothèque de l'école qui occupait une vaste pièce et abritait un certain nombre de plantes en pots que Sett Souad utilisait pour décorer la fenêtre.

À part ça, la pièce consistait en rayonnages de livres disposés le long des cloisons dans toutes les directions. Au milieu du mur trônait un poster géant représentant le président de la République, et, à côté, un portrait de même taille de son père. Ces posters, on en trouvait un peu partout dans les salles de l'école et dans les couloirs, et aussi sur les grands panneaux publicitaires des places de Damas, et sur les façades des immeubles. En fait, partout où j'allais m'accueillaient ces portraits du président et de son père. Mon frère disait qu'on trouvait aussi des statues du père en abondance à travers le pays, mais moi je n'en ai jamais vu.

Dans la bibliothèque, les deux portraits couvraient les espaces restés vides sur le mur, entre la plus haute étagère et le plafond. Je les ai également vus dans le bureau de la direction, où je n'ai pénétré qu'une seule fois, le jour où ma mère a subi les réprimandes de la directrice parce qu'elle m'amenait avec elle à l'école.

Les portraits occupaient donc un mur entier, deux grandes affiches du président et de son père. Ma mère m'avait expliqué que le père du président avait lui aussi été notre président… Les deux portraits étaient placés dans des cadres dorés, et ils étaient propres et étincelants. Ils paraissaient encore plus immenses que ceux qu'on voyait à la télévision.

Avant que je ne cesse d'aller à l'école, de nombreuses étagères avaient été ajoutées au-dessus de celles déjà existantes afin de pouvoir exposer davantage de livres ;

on avait fait cela partout sauf sur le mur où figuraient les portraits présidentiels.

Cette pièce ne m'était pas réservée, puisqu'elle était à la disposition de toutes les élèves, mais j'y avais accès. Plus tard, je l'ai transportée dans ma tête, et elle a incarné dans mon esprit un fragment d'une nouvelle planète secrète. À part les moments où Sett Souad venait s'y asseoir avec moi pour m'apprendre à lire et à écrire – j'avais cinq ans –, j'y étais le plus souvent seule. Elle fermait la porte à clef quand elle se trouvait obligée de quitter l'école, et aussi durant les horaires des cours. J'étais… une reine. Tu sais, ce sentiment qui te conduit à gonfler la poitrine et à respirer l'air comme si tu allais mourir dans quelques minutes… puis tu avales ton propre ventre, puis tu éclates de rire… d'un rire sonore…

Sur cette planète secrète transformée en un vaste théâtre, j'en oubliais ma main attachée. Le théâtre occupait un demi-cercle à l'intérieur de la bibliothèque. Du haut des étagères descendaient des créatures qui venaient prendre place sur la scène de théâtre représentée par les tablettes. Je ne connaissais pas le théâtre en vrai, mais j'en avais vu à la télévision et j'avais lu des livres qui en traitaient.

Les créatures, une fois tombées des étagères avec légèreté, se répartissaient autour de moi dans toutes les directions. Je ne savais pas exactement à quel moment elles apparaissaient, mais je te certifie qu'elles se disposaient en arcs de cercle aussitôt que Sett Souad refermait la porte de la bibliothèque, et disparaissaient dès qu'elle revenait.

Une fois que les apparitions commençaient, leurs rangs ne cessaient de se garnir jusqu'à ce que la pièce soit littéralement bondée ; certaines créatures étaient obligées de s'asseoir sur les étagères, tandis que d'autres restaient à flotter dans l'air, se transformant elles-mêmes en étagères qui venaient doubler celles de la bibliothèque.

La première rangée constituait un arc de cercle de taille modeste, entouré d'un autre un peu plus large, et ainsi de suite, une série de demi-cercles concentriques qui s'enchaînaient pour former une sorte de spirale assez régulière.

Les créatures sortaient aussi d'entre les papiers, se présentant au grand complet pour notre rendez-vous. Une fois qu'elles avaient fini de parler avec moi, elles retournaient prendre leur place parmi les livres.

Je dois admettre que les créatures étaient polies, elles ne s'interrompaient jamais les unes les autres. L'une d'elles prenait la parole, les autres l'écoutaient, puis c'était au tour d'une autre, et ainsi de suite. Il y avait un accord secret entre nous – elles me ressemblaient – nous commandant de ne pas remuer notre langue. Il faut dire qu'elles n'en avaient pas besoin.

J'essaie de me remémorer les détails de la bibliothèque, qui est ma planète secrète n° 2, mais j'ai du mal et je ne pense pas que j'arriverai à me concentrer davantage. Cette bibliothèque abritait des poissons volants blancs, et des étoiles de couleur orange se déplaçant entre les rangées, et puis des personnages qui disparaissaient de temps à autre. J'ai vu des sentiers de forêt sortir d'entre les rangées, dans un bruit de fête et au milieu des hennissements de chevaux.

Je marchais à travers ces longs chemins, bordés çà et là de personnages, et de drôles de créatures apparaissaient tout autour de moi. J'entendais leurs cris dans ma tête : des poissons à pieds d'autruche, un singe à tête de girafe, un lapin au pelage en plume d'oie. Quant au chameau, il lui avait poussé près du cou deux petites ailes rappelant celles des chauves-souris.

Les chemins me portaient, je n'avais pas besoin de marcher, il me suffisait de rester debout sur place pour que j'avance toute seule, j'étais propulsée par des plantes qui pendaient des branches des arbres et qui m'emmenaient à travers tout l'univers.

Dans la bibliothèque, je nageais entre l'altitude des cieux et la profondeur des océans. La mer n'était pas bleue. Dans la vraie vie, je n'avais jamais vu la mer, et je ne savais pas si, au fond de ses abysses, l'eau était également bleue. C'est pourtant la couleur dans laquelle elle se présentait à la télévision, et aussi dans les contes illustrés. Mais, moi, dans ma planète secrète, je la voyais transparente. Je sentais l'eau m'entourer de toute part et je respirais sous la surface sans que ça forme des bulles.

Les chemins étaient nombreux et changeaient d'un jour à l'autre, j'y étais transportée par Maymoun, le cheval d'al-Husayn[1]. D'autres fois, je me cramponnais de mes mains aux plumes de l'oiseau de paradis, le paon, et, d'un formidable saut, franchissais les collines et les montagnes. Il m'arrivait de humer des odeurs détestables, ce qui ne me plaisait pas. À la fin, je gagnais le désert où proliféraient des hommes à la peau brune, des caravanes de chameaux et des palmiers. Ces images d'oa-

1. Petit-fils du prophète Mohammad, mort en martyr à Karbalâ' (actuel Irak). La tradition a prêté à sa monture une ascendance sacrée et des vertus miraculeuses.

sis se confondaient parfois dans ma tête, se présentant comme des décors de dessins animés dont le personnage principal était Sindbad…

Dans ma planète secrète n° 2, le Petit Prince et moi sommes devenus amis. Il m'a appris comment constituer mes planètes en utilisant la même technique que lui. Il m'appartenait maintenant de « concevoir mes planètes », comme il me l'avait conseillé lui-même, tout en essayant de fuir la cohue régnant dans les rangs. C'est moi qui ai eu l'idée des planètes et c'est moi qui y ai vécu, lui n'a fait que me donner ses instructions. Nous sommes restés amis, et peut-être même plus qu'amis.

Cette planète n'a jamais disparu, elle s'est seulement transportée à l'intérieur de ma tête. C'est là que j'ai appris à lire les livres. Sett Souad m'installait à la table, puis apportait une chaise qu'on avait jetée négligemment dans un coin de la salle. Elle me faisait asseoir et plaçait sa main derrière mon dos, l'ajustant jusqu'à ce qu'il soit bien droit. Elle disait que je devais être tout à fait prête avant de me lancer dans l'acte de lire, et refusait de me laisser arrondir le dos à mesure que je tournais les pages. Puis elle se penchait au-dessus de moi, s'agenouillait à mes côtés et commençait à épeler les lettres à mon intention.

Puis elle m'ordonnait de me saisir d'un crayon et de désigner les mots que je m'apprêtais à lire. « Écris ! » lançait-elle ensuite en empoignant ma main. Mais je refusais de tenir le stylo. Lorsque, la fois suivante, elle avait apporté des crayons de couleur, j'avais accepté de m'en saisir, et commencé à recopier les phrases un mot après l'autre. Pour finir, elle m'avait demandé d'apprendre l'histoire par cœur, ce qui était fascinant, car l'acte de lire, conjugué à l'acte d'écrire, s'était transformé en fragments de mélodies qui sortaient de moi sous la forme d'un tracé de lignes brisées. En fait, ça n'était que de simples mouvements de lèvres, que je convertissais en dessins caricaturaux. Elle riait tout en me surveillant et en répétant sa phrase favorite : « T'es une fille de génie, toi, et t'as un cœur d'artiste. »

En plus des deux planètes représentées par l'espace sous mon lit et par la bibliothèque, il y avait une planète secrète dans ma tête. Celle-là, je l'ai dessinée plusieurs fois, elle avait une forme sphérique. Je l'ai appelée la planète d'argile, et j'y ai placé des œuvres que les gens de mon entourage ne connaissaient pas, sachant que je n'avais pas eu l'occasion de les dessiner devant eux.

Personne n'y avait accès, et ça me rassurait, car je me disais que cette planète était presque inviolable. Moi, en revanche, je pouvais tendre la main vers ma tête et l'ouvrir quand je voulais. Il me suffisait alors de fermer les yeux pour que la planète grandisse et se transforme en une étendue sans limites. Ainsi, c'était désormais le monde entier qui se pressait jusqu'à ma planète, et non plus moi qui arpentais le monde par l'entremise de mes planètes précédentes, à l'instar de la bibliothèque qui avait été le point de départ de tous les voyages accomplis dans ma tête…

Chacune de mes planètes secrètes avait son rôle spécifique, mais la planète d'argile était d'une importance capitale. Cette planète ne disparaîtra pas avant que je disparaisse moi-même, et ça c'est une bonne chose. Sa couleur d'origine était celle de la boue, une de mes couleurs préférées, mais d'autres nuances s'y étaient ajoutées avec le temps.

Après tout, nous ne sommes que des jouets d'argile, des jouets susceptibles de se briser ou de se disloquer facilement. Il suffit à notre corps de subir une petite estafilade pour se désagréger. De même, rien n'est plus facile que de nous trancher un membre. Tu ne me crois pas ? J'ai pu le vérifier moi-même quand le foyer a été bombardé et que l'obus est tombé juste à côté. Oum Saïd s'est transformée en une demi-statue d'argile, une statue sans jambes, un jouet incapable de jouer. Auparavant, elle marchait sur ses deux jambes et avançait aussi solidement qu'une montagne, de sorte qu'il était impossible d'imaginer ce qui pourrait l'ébranler, pas même un phénomène surnaturel. Et pourtant, en l'espace de quelques secondes, elle s'était métamorphosée en un jouet d'argile privé de jambes.

Ses yeux étaient grands ouverts mais d'une façon bizarre, comme si elle fixait un point dans le lointain. Ses paumes étaient écartées, et ses vêtements révélaient le haut de son corps, qui s'était trouvé dénudé mais que les hommes avaient promptement recouvert pour le dissimuler aux regards. Je n'ai pas vu de près la zone où son corps avait été sectionné en deux, mais j'imagine que ça ressemblait à des veines rouges enchevêtrées et recouvertes de terre, qui par la suite sont tombées en poussière.

Les corps des autres enfants et des autres mères, je ne les ai pas vus. Ils s'étaient dispersés un peu partout, et peut-être s'étaient-ils transformés en poussière. La bombe était tombée pile sur eux, et leurs corps d'argile avaient disparu. Ma mère affirmait que les corps sont rongés par les vers, et que le supplice de la tombe que Dieu nous a promis est terrible. Mais quand j'y pense, je trouve ça bizarre : la moitié du corps d'Oum Saïd s'est transformée en poussière, tandis que l'autre moitié sera rongée par les vers... Tu vois une différence entre ces deux destins, toi ? La différence, c'est que les vers eux-mêmes vivront un petit laps de temps supplémentaire, avant de se transformer eux-mêmes en poussière. Si ma mère m'avait entendue proférer de tels propos, elle m'aurait giflée.

Quoi qu'il en soit, je sais que la planète secrète est dans ma tête, à l'intérieur de ses méandres dont je sais qu'ils existent réellement ; pour preuve, je les ai vus dessinés à l'école dans le manuel d'anatomie. C'est une simple cavité en forme de grotte, qui contient mes papiers, mes couleurs et mes dessins – eux-mêmes traversés d'empreintes rouges laissées par des doigts longs et fins.

Sur ma planète d'argile, les créatures ont une couleur indéterminée, un peu comme dans l'art impressionniste, avec des contours déformés par la vapeur d'eau : les yeux, les membres et les têtes s'entrecroisent et même les mèches de cheveux nagent dans l'eau sans jamais s'éloigner.

Sur ma planète d'argile, les créatures ne grandiront jamais. Chacune a un nom et remplit une mission bien précise. Les formes évoluent dans mon esprit comme des cercles à l'intérieur d'autres cercles, des histoires à l'intérieur d'autres histoires, des histoires s'entrecroisant avec d'autres histoires.

J'ai une nouvelle planète secrète que je peux toucher du doigt, je l'ai appelée ma planète secrète n°4. Elle est toujours là, quelque part, même si actuellement elle flotte ailleurs et m'a momentanément échappé. Je ne suis pas capable de me concentrer suffisamment pour te la décrire.

Quant à ma dernière planète secrète, la planète réaliste, je te la décrirai en te faisant le récit du siège, même si ce dernier est lui-même imbriqué à l'intérieur d'un autre récit, celui de Hassan, qui lui-même prend place dans ceux des deux garçons et de la charrette transportant l'herbe.

Pas plus mal finalement que ces deux histoires en aient fait naître une troisième, c'est encore mieux ainsi. Dans le monde des couleurs, ces choses-là sont naturelles : une couleur nouvelle naît du mélange de deux autres, dont elle combine les caractéristiques. Nous allons expérimenter ce phénomène à l'identique, mais dans le monde des mots. Ça ne fera pas de mal, puisque le temps est revenu et s'est transformé en un chemin de forêt au-dessus d'un nuage.

Pas plus mal que les histoires soient semblables à des cercles concentriques, et pas seulement des cercles sortant d'autres cercles puis s'en séparant pour aller voguer plus loin dans les cieux…

La couleur n'était pas vraiment violette. Je veux parler de cette histoire que je t'ai racontée il y a peu et sur laquelle je voulais revenir : le moment où Hassan m'a emportée et où ma tête se balançait derrière son dos. Il s'inscrit dans le cadre des récits qui se déroulent en cercles concentriques, que j'ai appris de l'art de mélanger les couleurs. Eh bien, cette histoire-là, qui s'est déroulée alors que ma tête pendait et que j'étais entre le sommeil et la veille, ne cesse de tourner dans mon cerveau en formant à chaque fois de nouveaux cercles concentriques.

Je disais donc que la couleur n'était pas tout à fait violette, elle évoquait plutôt la robe de la femme volante dans l'un des tableaux que collectionnait Sett Souad. Connais-tu ce tableau, montrant une femme portée à bout de bras par un homme, tous deux volant au-dessus d'une ville ? Je crois bien que l'artiste qui l'a peint s'appelle Chagall, mais je n'en suis pas sûre. Sett Souad m'avait parlé de sa vie et de son œuvre. Elle était passionnée par ses tableaux, et avait passé des heures à faire une analyse détaillée de toutes les reproductions figurant dans les ouvrages qu'elle m'avait offerts. Elle me racontait les avoir collectés au cours de ses nombreux voyages, de sorte qu'elle en avait énormément. Je la laissais parler et parler, fermant les yeux et réfléchissant au sens de ses paroles, puis j'essayais d'imaginer les couleurs correspondantes.

Ce tableau – pas seulement celui-ci d'ailleurs, mais de nombreux autres signés du même artiste – figure dans l'un des volumes que j'ai dissimulés dans mon coffre. J'imagine que, s'il m'est donné de devenir peintre un jour, je dessinerai exactement comme il le faisait. Ma réflexion sur les couleurs recoupe exactement la sienne.

Ma mère prétendait que Sett Souad me couvrait de ces cadeaux uniquement parce que je lui faisais pitié ; ça l'agaçait, cette accumulation d'ouvrages dans notre maison. Moi, j'avais le sentiment de posséder un trésor avec ce tableau qui représentait une femme volant entre les bras d'un homme et qui me visitait dans mon sommeil !

Cette scène, je l'ai reproduite méticuleusement à plusieurs reprises, quoiqu'en plus petit. J'en ai offert un exemplaire à Sett Souad, qui l'a accroché chez elle après l'avoir placé dans un cadre de bois brun. Si tu connais ce tableau, tu comprendras ce que je veux dire et pourquoi je t'en parle maintenant.

J'étais donc suspendue à Hassan dans cet instant violet, exactement dans la position du tableau. La différence, c'est que, dans celui-ci, l'homme volait avec la femme au-dessus de la ville, que leurs tenues étaient différentes (il était vêtu de vert alors qu'elle portait des chaussures à talons et une robe bleue), enfin que sa tête à elle ne pendait pas, car elle volait également – l'une de ses mains était tendue en avant, comme si elle et lui nageaient dans un seul mouvement.

Sett Souad avait déclaré qu'ils volaient, et je n'avais pas réagi, pas même par un hochement de tête, mais en secret je m'étais plutôt dit qu'ils nageaient dans les airs au-dessus d'une ville.

Moi et Hassan, nous nagions également au milieu des bulles à l'odeur détestable.

Ma tête pendait, ainsi que mes bras. La couleur bleu-violet était la même que sur le tableau.

Connais-tu Hassan ? Peut-être l'as-tu déjà rencontré ou étais-tu un de ses amis… C'est un enfant de la Ghouta, c'est du moins ce qu'il m'a dit. Je n'ai pas su s'il était de Douma, là où se trouve mon souterrain – ma dernière planète secrète –, car il a seulement indiqué qu'il faisait partie des jeunes de la Ghouta. Du coup je l'ai surnommé le « Brave Hassan[1] »…

C'est une histoire qui me plaît bien. Je l'ai lue plusieurs fois, et, chaque fois, je l'ai trouvée différente. Chacune de ces lectures faisait naître un Hassan nouveau, mais, chaque fois, il était invariablement le sauveur et l'ultime recours, qu'il soit un prince ou un miséreux. Seule son apparence différait. Il suffit que tu changes d'habits pour que ta personnalité se métamorphose. Connais-tu cette histoire de prince et de miséreux ? Moi je la trouve risible. Comment échanger un pauvre avec un riche ? C'est pourtant ce que le conte veut nous faire croire.

J'ai appris récemment que je faisais partie de ceux qu'on appelle « les miséreux ». Je songe à remplacer mes pieds par ceux d'une autre fille. Qu'est-ce que ça

1. Héros éponyme d'un célèbre conte arabe appartenant au corpus des *Mille et Une Nuits*.

changerait ? Est-ce que ça modifierait quoi que ce soit à notre mort ?

Ce serait joli si chaque mort pouvait avoir une couleur à elle. La mort est en fait un chapeau magique dans lequel la couleur disparaît. Je pense qu'il est préférable de transformer les cérémonies de deuil en un happening teinté de la couleur spécifique au défunt. Il devrait être possible ensuite de teindre les stèles du cimetière dans la couleur caractéristique du mort, que celui-ci pourrait avoir choisie de son vivant.

Bon, ça n'est pas si évident, car ça suppose pour chaque individu de réfléchir au préalable à une couleur qui lui serait propre, et ce d'autant plus qu'on ne sait guère qui décide des règles auxquelles obéissent les couleurs : on se réveille un beau matin, et on les trouve là, chargées de nous faire une révélation. Mais qui décide du sens à donner à tout ça ? C'est une idée un peu perturbante, mais elle m'aide aussi à réfléchir à la couleur que j'associerais au Brave Hassan.

Quelle est la couleur qui lui irait le mieux ? Si des feutres et des crayons de différentes couleurs apparaissaient par magie entre mes mains à cet instant, quelle couleur est-ce que je lui attribuerais ? Hassan doit être figuré directement par des couleurs. Il n'a pas besoin d'un crayon à papier et d'une gomme, mais seulement de mes couleurs qui attendent sagement sous le lit que je leur revienne. Je trouverai la couleur adaptée au Brave Hassan quand j'aurai repris possession de mon matériel. Ce sera un mélange de mes couleurs spéciales que je conserve parmi mes affaires secrètes – des couleurs que tu n'as pas appris à connaître, et à travers lesquelles je m'efforce de déterminer ma couleur à moi. Nul doute que je la découvrirai un jour, peut-être quand je serai grande.

Cela arrivera.

Je sortirai d'ici et retournerai directement à mes couleurs.

Mon esprit ne conserve que deux images de Hassan, les autres ont disparu de ma mémoire. La première est celle où il m'a transportée en courant tandis que les bulles immondes tombaient du ciel. Je distinguais la couleur bleu-violet sur les murs. Et Hassan criait aux gens de s'éloigner du lieu du bombardement. La seconde est celle où il s'est lancé dans une longue tirade après avoir sauté dans le souterrain – quand ils étaient tous partis et que j'étais restée seule. Il m'avait alors jeté ce regard particulier que je connais bien, ce regard semblable à une broche portée au rouge qui arracherait ton cœur à tes entrailles puis t'expédierait au sol. J'étais alors debout à côté de la fenêtre, et je fixais la section de ciel visible entre les immeubles d'en face, réduite à une étroite bande verticale.

Voir ainsi le ciel aurait été impossible avant ; pour ça, il avait fallu l'effondrement d'immeubles entiers sous l'effet des bombardements. Jour après jour, ces sections de ciel verticales se multipliaient au même rythme que des pans de bâtiments s'effaçaient.

Hassan s'est affairé à ramasser des choses qui traînaient sur le sol du souterrain, puis m'a crié de m'apprêter pour le départ. Il a déclaré qu'il allait me confier à une famille de ses proches, ne pouvant plus s'occuper de moi au jour le jour – or il se sentait une responsabilité envers moi sachant que je lui avais été confiée par Saad.

Il avait dit ça tout en s'activant et en me jetant de temps à autre des regards irrités.

Il voulait parler de mon frère. Saad, c'est comme ça qu'il s'appelle, même si je n'ai pas eu l'occasion de te le dire jusqu'ici. Il a réitéré son propos à plusieurs reprises, alors que les bombes tombaient de plus en plus près. J'ai pensé pour la première fois de ma vie que j'allais enfin pouvoir vivre comme les autres filles, et que je voulais rester ici avec lui, avec le Brave Hassan. Cela me suffisait amplement. Et j'ai aussi pensé que j'allais contrôler mes pieds, pour cesser de marcher de manière intempestive, car ce que je voulais, c'était m'arrêter auprès de lui.

J'ai voulu le lui dire. Les muscles de ma langue remuaient et, pour la première fois, j'étais capable de parler, je te le jure sur la tête de ma mère ! J'allais lui faire savoir qu'il pouvait défaire mes liens et me laisser me tenir debout à ses côtés. Hélas il ne m'en a guère laissé l'occasion, il était trop énervé. Mon corps était figé de terreur face au vacarme des bombardements. Je me suis contentée de m'asseoir sur les nattes de plastique et de l'observer.

À son épaule gauche pendait un appareil photo ; de l'autre côté, il portait son arme qu'il avait passée en bandoulière. Il a annoncé que nous allions sortir et que je devais me couvrir les cheveux. Là, je l'ai regardé – je n'avais pas peur de plonger mes yeux dans les siens. Je me suis imprégnée de son visage, et nous sommes restés longuement suspendus ainsi, reliés par une corde invisible qui nous tirait depuis les deux extrémités du monde.

Il s'est approché. Il était désormais face à moi. Mes cheveux étaient déployés sur mes épaules. Je suis restée debout fièrement à le scruter, je ne savais pas ce que je devais faire, sinon que je flottais dans l'air. J'ai voulu prier Dieu de rester à mes côtés. Et j'ai su alors que Dieu était miséricordieux. Peut-être est-ce à ça que pensait ma mère quand elle proclamait que Dieu est miséricordieux : cette miséricorde divine, c'était le Brave Hassan. Et s'il n'y avait pas eu cet instant, je n'aurais jamais pu t'écrire aujourd'hui.

J'ai tendu la main vers lui pour qu'il défasse le nœud de ma corde, mais il m'a regardée d'un air hébété, sans me détacher. Ça n'aurait rien changé qu'il le fasse, du reste, dans tous les cas je serais restée près de lui. Il m'a fixée ainsi plusieurs minutes, les yeux de plus en plus rouges. Pendant ce temps, le bombardement s'intensifiait. Je continuais de lui tendre ma main, et lui de me fixer droit dans les yeux. Il m'a demandé de garder mon calme, puis a essayé de déchirer la corde avec ses dents.

J'ai secoué la tête pour signifier que je ne voulais pas, il a fait un geste pour me faire comprendre qu'il voulait attacher ma main à la sienne, j'ai répondu en faisant énergiquement non de la tête, puis j'ai répété le même geste plusieurs fois de suite. Il s'est éloigné en hurlant et s'est lancé dans un monologue.

Il est resté longtemps à parler. Je n'ai pas compris grand-chose sinon qu'il insultait, injuriait, et maudissait la terre entière avant de marmonner des choses pour lui-même d'une voix inaudible. J'ai néanmoins saisi, à partir de certaines phrases, qu'il allait revenir exprès pour moi, et que je serais alors sous sa protection, et que je n'aurais rien à craindre.

Il s'est assis et a remisé dans un coin de la pièce le sachet noir qu'il avait apporté, puis a calé sa main derrière sa tête et allumé une cigarette – il fumait encore à l'époque. Il a glissé le corps de la cigarette entre ses lèvres tremblantes et l'a pressé entre elles pour aspirer une bouffée, avant de les desserrer avec désinvolture.

Les bombardements n'ont pas cessé, ils se sont juste quelque peu espacés. Hassan n'avait pas un regard pour moi. Une fois terminée sa cigarette, il l'a jetée au loin. Je me tenais debout face à lui, tout près. Il s'était engagé de tout son corps dans ce geste d'expédier le plus loin possible son mégot, lequel a disparu derrière les rames de papier. Un rat a pointé son museau après s'être faufilé entre les sacs entreposés, puis a disparu au moment précis où a claqué une détonation – Hassan lui avait tiré dessus avec son fusil.

Le bruit produit par le tir était inopiné, mais il avait paru presque naturel dans ces circonstances. Avant, je pensais que le jour où j'entendrais le bruit d'une balle tirée de près, je serais immédiatement frappée de surdité. Mais là, je n'ai éprouvé aucun choc : la balle avait été tirée juste devant moi, et j'étais restée à ma place sans bouger. Ce sont mes doigts seuls qui remuaient, et mes pieds qui avaient décidé de marcher, de marcher en faisant du surplace. Ma tête était prise de convulsions. J'ai voulu grimper l'escalier, mais Hassan m'a rattrapée et m'a ramenée à ma place tout en tapotant mes cheveux et en s'excusant. Ensuite, il m'a prise dans ses bras, sans cesser de trembler.

Le sifflement de la balle résonnait encore dans mes oreilles. Quant à Hassan, seules ses lèvres tremblaient, et les mots ne sortaient de sa bouche qu'avec difficulté. Il s'est assis près de moi et a continué à parler. Je m'étais calmée, même si mes pieds me faisaient mal et si j'avais toujours cette envie de marcher, alors que lui continuait de bégayer.

Il a dit qu'il était revenu pour me sauver. Moi je le regardais droit dans les yeux, et lui s'efforçait en vain de fermer les paupières. Puis j'ai placé ma main sur la sienne, qu'il n'a pas retirée. Il est demeuré tout à fait immobile. J'ai senti que je grandissais et que je mûrissais, que ma tête se cognait contre le plafond du souterrain, la même chose qui était arrivée à Alice lorsqu'elle avait avalé la boisson magique et mangé quelques quignons de pain.

Tout en gardant les yeux fermés, il a poursuivi : « Quand je parle avec toi, j'ai l'impression que ça vient facilement. »

En vrai, de tout ce qu'a été ma vie jusqu'à maintenant, c'est la seule chose que je me rappelle clairement, je pourrais même te décrire à quel rythme il clignait des yeux, mais ça ne servirait pas à grand-chose puisque, de toute façon, je vais le revoir, inutile par conséquent d'ajouter plus de détails.

Je grandissais, donc, et encore aujourd'hui je continue de grandir. L'univers entier a disparu. J'occupe à présent tout l'espace du souterrain.

Lui me tenait la main sans cesser de bégayer. À un moment, j'ai exercé une pression de mes doigts tout en secouant la tête, alors il a retiré brusquement sa main de la mienne et s'est éloigné, épouvanté ! Après cela, il m'a jeté un regard dur avant de recommencer à sautiller loin de moi, comme s'il venait subitement de se réveiller d'un cauchemar.

« Ici on peut mourir à tout instant ! a-t-il déclaré. J'aimerais bien t'emmener dans un foyer loin d'ici, là-bas au moins y aura pas de bombardements, et tu seras en sécurité. Bon, je pars mais je reviendrai dans un ou deux jours, t'inquiète pas. On est d'accord ? Il faudra que je t'attache avec moi. À mon poignet. Ce sont les dernières volontés de Saad. Je ne vais pas t'abandonner. Mais toi promets-moi de faire exactement tout ce que je te dirai ! »

Là-dessus, il a hoché la tête en signe d'encouragement, et m'a regardée droit dans les yeux tout en m'incitant à faire de même. J'avais mémorisé chaque parole qu'il avait prononcée. Là-dessus, j'ai détourné la tête et me suis levée de ma place, puis j'ai tiré sur la corde attachée à la fenêtre, il s'est remis à crier : « Il faut que tu m'écoutes… t'as pas le choix ! » Il s'est approché de moi, a tenté de défaire la corde attachée à la fenêtre surélevée. Je l'ai repoussé loin de moi et j'ai hurlé.

Un peu plus tard, le bombardement a recommencé, mais cette fois il était tout près de nous. Hassan a voulu que nous partions immédiatement.

« Tu veux mourir ? m'a-t-il lancé. Mourir ici, y a rien de plus facile. Viens, il faut qu'on se tire en vitesse ! »

J'ai secoué la tête en signe de refus.

Le bombardement s'est rapproché de nouveau.

« Ça va recommencer dans quelques minutes, a-t-il averti, il faut qu'on sorte immédiatement. Je vais aller faire des photos… dans quelques minutes, ça va recommencer… Il faut que tu viennes avec moi. On t'a confiée à moi et je dois honorer ma promesse. »

Il est sorti.

Je voulais me libérer désormais. J'ai essayé de dénouer la corde en son absence. Auparavant, je ne m'étais jamais intéressée aux différents types de cordes avec lesquelles on m'avait entravée au cours de ma vie, je ne les avais jamais examinées avec attention, pas plus que je n'avais porté de l'intérêt, tout au long de ces années, aux marques rouges qu'elles me laissaient autour des poignets. On aurait dit une rigole creusée dans ma chair, et sa couleur d'un rouge assez clair ressemblait à celle d'une fleur. Même quand ma mère défaisait mes liens, ces traces restaient toujours visibles aux deux poignets, et cela alors que ma mère veillait à alterner, en m'attachant tantôt la main droite, tantôt la main gauche. Je n'ai jamais essayé de toucher ces bracelets de chair à vif que les cordes y avaient creusés. J'en avais pris mon parti, faisant comme si mes mains avaient toujours eu cette apparence-là.

Hassan était sorti par la porte du souterrain, appareil photo à la main, et la dernière chose que j'ai aperçue de lui, ce sont ses doigts, qui se sont effacés en même temps que la porte du souterrain se refermait…

Je suis ici toute seule depuis si longtemps – combien, je ne saurais le dire. J'ai ôté mon haut et mon pantalon, les troquant pour un chemisier sans manches. Habituellement, je le portais sous mon blouson, et il avait pour mission de me couvrir les fesses – c'était un chemisier mais il était long comme une tunique et m'arrivait aux genoux. Il m'avait été offert par une des femmes du foyer en même temps qu'un pantalon noir. Les gens de cette zone étaient généreux et ils offraient aux autres tout ce qu'ils possédaient, particulièrement leurs habits anciens. Les rues étaient pleines de sacs remplis de vêtements abandonnés, qui se mêlaient au reste des détritus.

Mon chemisier était neuf et propre, enfin tout autant que les vêtements que ma mère me rapportait du marché des Voleurs. Il était sale à présent, mais il avait gardé sa couleur qui brillait à la lumière du jour. Lorsque tombaient dessus les rayons du soleil, on l'aurait dit couleur de feu. Habituellement, je n'aime guère le soleil, qui me brûle la peau, mais j'aimais bien la façon dont il se réverbérait sur le chemisier.

Les couleurs dans lesquelles s'habillait généralement ma mère n'étaient pas trop à mon goût. Quand nous étions à la maison, elle portait de drôles de frusques. Je me souviens avec précision de la couleur de ses vêtements, quand bien même je n'ai qu'un souvenir incertain de la teinte de son visage, quelque part entre le brun et le rouge, ou de celle de ses cheveux, qui oscillait entre le marron et le gris.

Ses cheveux avaient blanchi prématurément, et ce blanc grisâtre s'était associé à sa chevelure, sachant qu'elle ne prenait même plus la peine de la teindre. Une seule fois, elle avait essayé une teinture, et ça lui avait fait comme une auréole noire surmontée d'une couronne d'épis rouges entremêlés. Elle s'était mise en colère, déclarant que le rouge ne convenait plus à son âge, que ces teintures étaient trop coûteuses pour notre niveau de vie, alors qu'à la sienne, de vie, elles ne changeraient fondamentalement rien. Elle n'a jamais réitéré l'expérience.

L'importance qu'elle attachait aux habits qu'elle enfilait pour dormir attirait ma curiosité. En effet, elle veillait à les repasser et à les choisir dans des couleurs vives et flamboyantes. Elle tenait visiblement à dormir dans des vêtements propres et repassés, un soin que je n'apportais même pas aux vêtements dans lesquels je sortais.

Si je te parle maintenant des vêtements de nuit de ma mère, c'est parce qu'elle avait une 'abaya exactement de la couleur du chemisier jaune que je porte en ce moment, ce chemisier que les rayons du soleil filtrant à travers la fenêtre du souterrain mettent en valeur. Je me rappelle très précisément les moindres détails de ce vêtement de ma mère, seule diffère la texture du tissu, là-dessus mes doigts ne me trompent pas. Ladite 'abaya est restée accrochée chez nous jusqu'à l'année dernière, quand ma mère l'a découpée en petits morceaux pour en faire des torchons de nettoyage.

Il faut que je tende l'oreille pour le cas où j'entendrais des mouvements. Dans ce cas, je devrai m'habiller en vitesse pour éviter que Hassan ne me voie dans cette tenue embarrassante. En principe, j'entendrai ses pas, j'aurai donc le temps d'enfiler quelque chose de pudique avant qu'il ne descende dans le souterrain.

Cela fait une journée entière que je suis allongée, je sens que je vais mieux depuis que j'ai endossé ce chemisier jaune dont la couleur resplendit sous les rayons du soleil. Pourtant, j'ai parfois la tête qui tourne, et ces vertiges troublent mon sommeil. Ma tête est le centre d'un cercle autour duquel gravitent tous les objets environnants.

Il m'est arrivé à deux reprises de m'endormir alors que j'étais en proie à ces vertiges, et, à mon réveil, je souffrais d'une migraine aiguë. L'obscurité était très épaisse, et le ciel dégageait une clarté étrange, qui dotait les objets d'une ombre… C'était une nuit sans lune, ou en tout cas je ne la voyais pas – peut-être étions-nous au début du nouveau mois, ce qui expliquait la disparition du croissant.

Quelque chose remuait entre mes cuisses, mais c'était doux et insignifiant, de sorte que ça ne m'inspirait pas d'inquiétude, je n'éprouvais pas la nécessité de savoir absolument ce que c'était. C'était un chatouillis presque imperceptible qui me procurait une fraîcheur agréable. Grâce à ça, je m'étais réveillée d'attaque pour cette nouvelle journée.

Forte de cette nouvelle énergie, j'avais pu constater que, hormis le jaune de mon chemisier, il n'y avait autour de moi que deux couleurs, le blanc et le noir, alors même que le soleil dardait ses rayons !

À ce propos, sais-tu que dans le livre de Thaâlibi, il y a un chapitre entier qui s'intitule « Du mélange des couleurs et de ce qui en résulte » ? Il y analyse la signification des couleurs en accordant au blanc et au noir, tiens-toi bien, davantage d'importance qu'à toutes les autres.

Pour le moment, je recouvrais mes forces après m'être allégée de mes vêtements, et j'ai senti que ce chapitre disait vrai. D'après ce que j'y avais lu, il existe des dizaines d'adjectifs pour qualifier la couleur blanche, et chacun d'entre eux désigne une nuance de blanc particulière. Veux-tu bien que nous réfléchissions ensemble aux implications de ce constat ? Eh bien ça signifie qu'autour de cette seule couleur blanche, je suis en mesure de peindre une infinité de nuances – blanc noble, blanc pur, blanc éclatant, blanc étincelant, blanc extrême, blanc tranchant…

Thaâlibi a recensé une multitude de termes qui renvoient au blanc. Je ne me les rappelle pas tous à présent, mais avant, je les avais intégralement mémorisés, avec leur sens précis et leurs dérivés. Tu noteras d'ailleurs que mon propre prénom est l'un d'eux, il renvoie à la robe immaculée de la gazelle blanche. Il se trouve que, par hasard, je l'ai cherché dans l'ouvrage, et, à ma grande joie, il y figurait à la rubrique des termes désignant une nuance de blanc !

Dans la journée, je jouais avec les nuances de blanc et la nuit avec celles du noir, ce qui était plus difficile car la nuit je n'étais pas en mesure d'écrire. Le noir de la nuit oscillait entre le noir de jais, ce qui représente la nuance la plus foncée, le noir ombré et le noir cendré, qui évoque une surface chargée de poussière. Il y avait ensuite le noir ténébreux, qui se manifeste aux approches de l'aube et dont je pensais qu'il aurait des reflets bleus, mais en vérité celui qui se rapprochait de ces effets était plutôt le noir bronze, à l'intersection du noir et du roux. Tout ça était une découverte pour moi. Je ne me rappelle pas toutes les nuances de couleurs que j'avais apprises par cœur grâce à ce livre.

J'avais consacré à chacune de ces nuances un dessin, et ce n'est plus un mystère pour toi que cette série d'images est toujours dissimulée dans mon coffre, avec l'ouvrage de Thaâlibi qui, lui aussi, est resté là-bas. J'ai oublié beaucoup des termes qui y figuraient. C'est le seul livre que j'utilisais pour mes dessins, les termes qu'il fournissait m'aidaient à trouver les teintes appropriées, et lorsque j'ai décidé d'inventer une variante à *Alice au pays des merveilles*, j'y ai eu recours.

D'ailleurs, je vais te parler de ça tout de suite, maintenant que je suis parfaitement réveillée et que je me sens mieux… J'ai réfléchi à ce qui manquait dans les aventures d'Alice, et j'ai trouvé que c'étaient les poissons volants. Si j'avais vécu à l'époque dans laquelle se déroule l'histoire, j'aurais proposé à son auteur d'ajouter un banc de poissons capables de voler au-dessus des sentiers de forêt que traverse l'héroïne. Des poissons qui apparaîtraient puis disparaîtraient aussitôt, tournant autour de la tête d'Alice comme des djinniya, et puis relâchant des bulles dans l'atmosphère de la forêt. Ces bulles devraient impérativement être colorées ; chaque poisson aurait la sienne de la couleur de ses écailles, et ce seraient là les lumières de la forêt qui manquent à l'histoire d'origine. Ces lumières pourraient apparaître et disparaître de temps à autre, et de sous les ailes des poissons volants jailliraient des jets d'eau en forme de petite fontaine qui monteraient dans l'atmosphère avant de leur retomber dans la gueule, comme s'ils portaient leur mer personnelle sous leurs ailes.

Tout ça permettra d'agrémenter l'histoire. Ces poissons que j'ai décidé d'ajouter à l'histoire d'Alice, je les ai dessinés en m'aidant de l'ouvrage de Thaâlibi chaque fois que je cherchais les bonnes teintes, l'idée était de trouver un nom adapté à chaque illustration. Il n'y avait que quatre poissons en réalité, et les dessins correspondants m'attendent eux aussi dans mon coffre sous le lit.

Moi qui ai mis beaucoup d'histoires en images, j'ai souvent songé à les agrémenter d'ajouts de mon cru. Par exemple, pour *Le Petit Prince*, j'aurais voulu que son auteur ajoute à celles du personnage une série de nouvelles planètes, de tailles variées. Elles auraient la forme d'horloges géantes et ce serait le tic-tac de l'aiguille des secondes qui réglerait le rythme de leur rotation sur elles-mêmes. Tu imagines ? Un ensemble de planètes géantes en forme d'horloge, dont pendraient des aiguilles et des cloches ! Le Petit Prince pourrait se contenter de passer devant elles rapidement. Je pense qu'il y a un rapport entre les planètes-horloges et les planètes du Petit Prince.

J'aurais volontiers fini d'illustrer l'histoire si on m'en avait laissé la possibilité, mais j'ai juste eu le temps de terminer les horloges géantes – elles aussi sont dans mon coffre.

J'ai cru que je marcherais de nouveau, que je pourrais bouger et conserver mon énergie après m'être réveillée dans cette ambiance de blanc et de noir, mais ce sursaut n'a duré que quelques heures…

J'écris moins à présent, et tu as dû remarquer que je ne dessinais plus la forme des caractères alphabétiques comme par le passé. Je n'en ai plus la force, et de plus je crains de terminer mon seul et unique stylo, le stylo bleu. Je voudrais que tu penses à la forme de ces caractères que j'ai dessinés pour toi dans mes premiers feuillets.

Je ne pense pas que je recommencerai à rédiger avec cette écriture, du moins pas avant que Hassan ne revienne et que je puisse quitter cet endroit. Je tiens néanmoins à ce que tu n'oublies jamais que cet alphabet est de mon invention et que je m'en suis servie pour réaliser mes nombreux contes illustrés.

Mon frère avait des difficultés à les lire, au point que j'ai dû les lui reproduire à part sur un schéma explicatif en couleurs. Il a ainsi pu lire un certain nombre de mes histoires, et s'est intéressé à ce que j'écrivais et dessinais quotidiennement. Mais ensuite, il a oublié, et moi j'ai assisté, impuissante, à cette tombée dans l'oubli. Je vais essayer de te détailler ces caractères alphabétiques dans l'ordre, comme je l'avais fait pour mon frère :

Le *alif* s'achève par un oiseau à une seule aile.

Le *bâ'* se termine par un oiseau à deux ailes.

Le *tâ'* s'achève par une allumette.

Le *thâ'* est surmonté, au-dessus de ses trois points, d'un parachute.

Le *sîn* se termine par un lit aux montants surélevés.

Le *jîm*, le *ḥâ'* et la *khâ'* s'achèvent par les doigts d'une main.

Le *dâl* et le *dhâl* se concluent sur un arc percé d'une flèche à la pointe en triangle.

Le *râ'* et la *zây* s'achèvent par un croissant.

Le *'ayn* et le *ghayn* se terminent par une fleur à quatre pétales.

Le *ṭâ'*, le *ẓâ'* et le *ḍâd* sont achevés par un serpent.

Le *lâm* se termine par une écharpe enroulée autour du cou d'un garçonnet assis sur une petite planète ; l'écharpe volette dans les airs.

Le *mîm* s'achève par un bateau à voile.

Le *noun* est agrémenté d'un soleil jouxtant le point qui le surmonte.

Le *hâ'* est surmonté d'un chapeau et d'un papillon.

Le *wâ* s'achève par un œil grand ouvert doté de longs cils.

Le *yâ'* est surmonté d'un sourire de chat étirant ses moustaches.

Cet alphabet qui n'appartient qu'à moi, je l'ai utilisé, comme tu as pu le remarquer, dans ce que j'ai écrit auparavant, mais à présent, j'ai arrêté. Je ne m'en sers plus que pour les finales de mot, me contentant, pour les lettres qui sont en début ou en milieu de mot, du tracé habituel. Cette technique permet à la lettre de flotter au milieu de la page blanche, tu ne trouves pas ?

J'ai l'impression d'aller mieux, puisque j'ai réussi à me rappeler mon alphabet, en dépit de la chaleur et de la morsure du soleil brûlant, et de toutes les nuits où j'ai dû me déshabiller pour éviter que mes vêtements n'adhèrent à mon corps et que ma peau soit ensuite dévorée par les pustules.

Ma mère se présentait souvent à moi lors de ces nuits où je me dénudais. Son visage dans le rêve était flou, mais j'arrivais quand même à la reconnaître. Elle se tenait près de moi, attachait mon poignet au sien, puis se mettait à courir en me traînant, et moi je roulais derrière elle sans crier.

La nuit, j'ouvrais les boutons de mon chemisier, et je découvrais alors que ma poitrine n'avait guère changé : elle était toujours aussi volumineuse et me faisait un corps lourd. Ma peau avait toujours son même toucher poisseux et son goût acidulé. Je savourais les gouttes de sueur qui y perlaient, buvant ainsi à mon propre corps. Pour ça, il me suffisait de passer la main sur mon ventre lorsque celui-ci avait abondamment transpiré, puis de lécher mes doigts. Cependant, cette humeur salée aggravait ma sensation de gorge sèche. Dans la journée, ma peau rougissait ; des pustules rouges et gonflées avaient commencé à apparaître sur mon ventre, et, la nuit, je les tâtais tout en scrutant le ciel nocturne.

Le chien qu'on voyait passer de temps à autre sous la fenêtre ne s'était pas montré depuis longtemps, mais ça ne m'a pas empêchée de l'attendre. Hassan m'avait dit que cette zone était dangereuse car exposée à un bombardement ininterrompu, du coup personne n'osait s'y aventurer.

Pourtant, depuis deux jours, je n'entends plus le tonnerre des bombes, alors pourquoi les gens restent-ils invisibles ? Je pense que je ne serai bientôt plus capable de crier. Pourtant, il faudrait que je crie ! Il faudrait aussi que j'écrive durant la journée, que je me pince l'oreille ou bien que je me morde la langue pour m'assurer que je suis bien vivante !

Je viens de croquer trois bouchées de ma dernière pomme. C'était une pomme rouge qui était entièrement blette, mais j'ai néanmoins pu en sucer longuement les pépins et en apprécier l'amertume. Demain, elle sera entièrement finie, c'était la dernière du sachet que m'avait rapporté Hassan. Je m'étais rhabillée et j'avais caché la pomme près de mon ventre, mais au matin le chemisier jaune était trempé, car j'avais transpiré abondamment toute la nuit, et la pomme avait glissé le long de mon corps pour se retrouver à mes pieds.

J'ai besoin de détacher ma peau poisseuse de la chemise, et les insectes qui tournoient autour de moi commencent à m'importuner et à me piquer. Cette nuit, je me suis fait pipi dessus, et tous ces fluides me brûlent l'épiderme. Je sens comme un picotement entre les cuisses.

Les mouches ont disparu, remplacées par de tous petits insectes qui volent d'une façon moins nerveuse. Contrairement aux mouches, ils ne passent pas leur temps à tournoyer autour de moi et se contentent de se lancer ensemble dans des vols d'exploration. Un matin, je ne me souviens plus quand c'était, j'ai découvert à mon réveil un essaim entier de ces paisibles insectes au-dessus de ma tête, tout près. L'un de ses membres s'était posé entre mes lèvres durant mon sommeil. Je l'ai avalé sans y prendre garde en inspirant. J'ai toussé violemment, et j'ai eu tellement peur que j'ai cru étouffer pour de bon. Je suis restée éveillée toute la nuit suivante.

Hassan n'arrive toujours pas. Il m'est presque entièrement sorti de l'esprit ; je ne me préoccupe plus que de mon chemisier jaune et de l'état de ma peau, qui s'est transformée en un lac plein d'éruptions rouges. Mon cuir chevelu est également irrité, il faut dire que je passe toutes mes heures de veille – qui sont l'exception désormais – à me gratter la tête. Si tu veux des détails, je peux t'en fournir plein. J'ai aussi un réservoir d'histoires inédites à te raconter. Enfin, j'aurais pu remettre en forme l'histoire précédente pour la raconter à la manière des fragments de miroir dans la balle magique, même s'il m'est à présent difficile de me concentrer…

Je suis épuisée, et mon chemisier jaune me brûle la peau, sans parler de l'effet de la sueur et du soleil, qui tape fort dans la journée. Me voici allongée, j'observe les nattes de plastique qui ont perdu leur couleur d'origine, masquée par les couches de poussière dont la teinte uniforme envahit tout.

Ça ne m'a pas empêchée de contempler mon corps étendu sur le fin matelas d'éponge. J'ai été surprise : pour la première fois que je me voyais comme ça, j'ai découvert que je n'étais pas aussi laide que le regard des gens me l'avait laissé penser.

Un phénomène étrange est en train de se produire : je commence à ressentir une paralysie au niveau de mes pieds. Je n'arrive plus à les remuer.

Je pense que je vais bien, j'ai juste besoin d'un peu d'eau pour humecter ma gorge sèche.

Je vais remettre mon blouson noir pour le cas où Hassan reviendrait à l'improviste.

J'ai dormi très longtemps.

Je ne sais pas ce que fait l'avion en ce moment, tout ce que je vois dans le ciel, c'est de la poussière. Je sais que l'homme installé aux commandes peut regarder en contrebas vers les maisons que l'on voit sur le dessin, dormir allongées comme dorment les humains. Il en va de même pour les montagnes, elles dorment encore plus profondément que les maisons, qui ont des oreilles et des lèvres, alors que les montagnes sont dotées de gros nez et d'yeux exorbités… Je me suis tout de même posé une question : comment les maisons et les montagnes font-elles pour regarder à leur tour vers les avions – oui, pour moi, ça se passait dans ce sens-là plutôt que dans l'autre sens !

As-tu déjà essayé de dessiner une montagne endormie ? Une montagne qui serait survolée par un avion et contre le flanc de laquelle reposerait une maison ? Oh, pas une maison simple, dans le genre de celles qu'on dessine dans les contes illustrés, non ! Celle à laquelle je pense sera tracée au moyen de deux lignes parallèles. En tout cas, elle ne ressemblera pas au logement dans lequel nous avons vécu, ni à ces maisons serrées les unes contre les autres qu'on aperçoit là-bas, car ce n'est pas bien d'entendre les voisins dans leurs activités quotidiennes, quand ils hurlent, quand ils pissent ou quand ils chient.

Non, la maison que j'ai en tête aura la forme de la bibliothèque de Sett Souad. Ses murs seront de verre. Je la colorierai entièrement. Et lorsque Hassan sera de retour, je l'informerai du cours de mes pensées. Je ménagerai une certaine distance entre les murs en verre et les rayonnages de livres, pour ne pas masquer la lumière du dehors, car celle-ci ne traverse pas les couleurs. Moi je serai là-bas, sous les étagères, entre les héros et les héroïnes des livres, lesquels seront rangés avec soin. Il y aura également des rames de papier et des crayons de couleur à profusion.

L'avion est en train de tournoyer dans le ciel.

L'avion ne sait pas à quoi je pense.

Le pilote installé aux commandes regarde sans doute les maisons en contrebas, mais peut-être pas.

À quoi ressemblent les maisons vues du ciel ?

Seront-elles toutes peintes dans des nuances de gris ?

J'allais te raconter l'histoire du siège, telle que me l'a rapportée Hassan, mais je suis incapable de reconstituer les détails de ce qu'il a dit. Il bégayait à ce moment-là, et moi je grandissais et mûrissais à la manière d'Alice.

Il semblerait que je sois de nouveau en train de perdre mon aptitude à me concentrer.

Je pense aux livres, et à ce que je dois encore écrire durant toutes ces heures qui m'attendent, ces heures si longues, ces heures interminables…

Cela fait deux jours que je n'ai rien écrit.

Les couleurs me fuient, tandis que je suis sur ma planète secrète, la planète d'argile. Je rêve aux doigts de Hassan tambourinant à la porte.

Je me suis levée avec peine avant-hier et j'ai arpenté le souterrain. Je marchais et marchais encore, je me cognais au grillage de la fenêtre sans que le nœud de la corde ne se défasse. Je tournais dans les coins et autour des rames de papier, mon stylo bleu à la main. Celui-ci écrivait encore, même s'il n'avait presque plus d'encre. Je l'emportais avec moi et marchais. De temps à autre, je le coinçais dans l'interstice entre la corde et mon poignet et j'essayais de desserrer le nœud, mais en vain. Je m'empressais alors, sautant par-dessus les rames de papier, d'aller examiner la rue déserte, avant de revenir au sol du souterrain, fait d'un seul bloc de ciment brut que ne recouvrait aucun carrelage.

La poussière était partout à présent, même sur le petit coussin d'éponge qui m'irritait la peau lorsqu'il faisait chaud, même sur les nattes de plastique et sur les rames de papier. Je soulevais les caisses, déchirais les cartons et éparpillais les feuilles blanches sur le sol pour l'égayer un peu. Je continuais un moment à les jeter par terre, puis entreprenais de tailler des encoches dans les murs avec le canif rouillé que j'avais trouvé entre les liasses de cartons. Cela créait des plaies blanches dans la surface grise du mur et produisait un grincement qui me mettait en joie. Je pouvais ainsi dessiner facilement en entaillant le mur.

C'est sur ce même mur que j'ai représenté la peur. Peut-être que j'ai imaginé certaines choses, je ne suis plus très sûre. Je pense que l'écriture n'est rien d'autre au fond que l'expression d'une peur. Sauf que je ne trouvais pas la teinte appropriée ! Y a-t-il des termes associés aux couleurs produites par les bombes chimiques ? Est-ce du bleu ? Est-ce un bleuté translucide ? Pour ma part, je l'ai qualifiée de violette, mais… est-ce vraiment ça ? N'est-ce pas la couleur de l'eau quand elle oscille entre le bleu et le vert ! Ou encore celle des impacts produits par les attaques au gaz sur les murs des maisons ? Est-ce bien là la couleur de la peur ?

Est-ce que je vais disparaître ?

Est-ce que je vais mourir ?

Mes pieds n'arrêtent pas de marcher tout seuls dans le souterrain.

Je suis fatiguée.

Je n'arrête pas de marcher.

Mon corps heurte les murs mais ça n'arrête pas le mouvement de mes pieds.

Ici, tout ce qui m'entoure est gris. Même les deux garçons, ils étaient gris. Je ne t'ai pas raconté leur histoire ? Peut-être que j'ai oublié. Je sens une sécheresse dans ma gorge. Mais je suis bien réveillée à présent !

Les deux garçons sont venus ici il y a quelques jours, plusieurs fois de suite. Au début, je n'avais pas osé les appeler. Par la suite, cependant, je me suis enhardie et je leur ai fait signe. Dès qu'ils m'ont vue, ils se sont enfuis.

Les jours suivants, j'ai surveillé leur manège : ils traversaient la ruelle en tirant derrière eux une petite charrette en bois. J'ai épié leurs conversations, prêté l'oreille à leurs chuchotements. L'un d'eux devait avoir dans les dix ans, l'autre était un peu plus jeune.

Le plus âgé portait un bâton sur son épaule et l'avait attaché à l'aide d'une cordelette, comme s'il avait un fusil en bandoulière. Le bâton était fin et consistait en une branche d'arbre hérissée de branchettes qui étaient toutes incurvées, à l'exception d'une seule qui était bien droite et formait avec la branche principale un angle droit. Le grand garçon avait placé son index sur cette branchette-là comme si c'était la détente d'un fusil, et ça les faisait rire.

La charrette en bois était remplie d'herbe. Elle était pourvue de trois roues – l'une devant, assez grosse, et deux autres à l'arrière, plus petites. Pourquoi en avaient-ils ramassé autant ? Hassan devait m'expliquer plus tard que le siège était éprouvant et que les gens en étaient réduits à manger de l'herbe. Pourtant, les deux garçons avaient l'air rieur tandis qu'ils se mouvaient parmi les décombres. Ils ressemblaient davantage à deux petits hommes qu'à deux garçons, je ne sais pas comment t'expliquer ça… Ils se déplaçaient avec agilité, leurs gestes étaient ceux d'hommes mûrs, mais, au final, ce n'étaient que des enfants.

Le matin où je les ai vus pour la première fois, il faisait chaud. Ici aussi, les matins sont étouffants, et le ciel est bleu. Des filaments de lumière issus des rayons du soleil pénétraient par la fenêtre à laquelle j'étais attachée. Je tendais les doigts pour les toucher, mais aussitôt ils se volatilisaient. Les rayons étaient bien réels, mais ils ont tout de même disparu dès que je me suis levée, réveillée par les deux garçons qui s'agitaient devant l'immeuble démoli de la ruelle.

Les rayons du soleil, malgré leur incandescence, m'insufflent la vie.

Les particules qu'on distingue au milieu des filaments lumineux me caressent la joue.

Les mouvements des garçons, conjugués aux rayons du soleil, m'ont fait sauter hors de mon lit. Ils se tenaient devant les décombres du bâtiment d'en face d'où le chien était ressorti avec cette main entre les crocs. Le plus jeune évoluait entre les barres de construction métalliques dressées en travers des ruines comme des serpents qui, toutefois, ne ressemblaient pas à ceux du *Petit Prince*. L'aîné des garçons fouillait dans les éboulis et en sortait des ustensiles et des casseroles, puis il les jetait de côté, tandis que le petit collectait des tronçons de barres qu'il plaçait entre ses genoux. Là-dessus, il a interpellé son frère – ou du moins celui dont je supposais qu'il était son frère : « Avec ça, ta mère pourra acheter une galette de pain… », lui a-t-il lancé en riant.

Puis il a sautillé gaiement, le visage illuminé de bonheur.

L'autre garçon a ri à son tour. Il était vêtu d'un pantalon bleu et d'une chemise rouge dont les couleurs chatoyaient sous le soleil. Quant au petit, ses vêtements étaient sales et il était pratiquement torse nu : son tee-shirt, trop étroit pour lui, découvrait son ventre et laissait voir sa maigreur. Son corps et ses cheveux s'étaient couverts de poussière lorsqu'il avait plongé au milieu des décombres et trié les barres métalliques. En redescendant de l'immeuble effondré, il s'est frotté les mains pour en chasser la poussière, puis a attrapé une brassée d'herbe – ça devait être de la chicorée – dans laquelle il a croqué, tout en jetant un coup d'œil en direction du souterrain. Là-dessus il s'est mis à avancer vers moi…

La vitre de la fenêtre était brisée, et il regardait avec insistance. Je me suis cachée en me plaquant contre la cloison. J'aurais pu, sachant que ma langue était toujours nouée, taper sur le mur pour attirer leur attention et leur demander de m'aider… En fait, je m'étais déjà mentalement préparée à refermer les yeux quand ils repartiraient, mais en les voyant ainsi avides de découvrir ce que cachait le souterrain, je suis restée les yeux grands ouverts, plaquée contre le mur, et j'ai cessé de respirer.

Le silence était éprouvant et il n'y avait nul écho d'avions dans le ciel, ni même de bruissement d'insectes. Tout ce qu'il y avait, c'étaient trois mouches qui voletaient en émettant un bourdonnement irritant. L'une d'elles était massive et sa couleur tirait sur le bleu. Dans cette zone, les mouches étaient géantes. Peut-être parce qu'elles avaient de quoi se nourrir…

Le petit a passé la tête à l'intérieur. Il observait droit devant lui, là où se trouvaient les liasses de cartons. Il aurait suffi qu'il abaisse son regard vers la base du mur pour me repérer. Mais il s'est contenté de reculer en disant : « Allez, on rentre avant qu'ta mère elle d'vienne folle ! »

Ils étaient assurément frères, la ressemblance entre eux ne laissait aucun doute. J'ai entendu le bruit des barres métalliques s'écrasant sur la charrette qu'ils traînaient lentement derrière eux. Puis j'ai relevé doucement la tête – je crois que je me mouvais sur le mur à la manière d'un lézard.

Je les ai vus s'éloigner dans la ruelle. Quand des barreaux tombaient de la charrette, le grand les ramassait pour les y remettre. Il brandissait son bâton devant lui et l'agitait dans toutes les directions, exactement comme font les hommes avec leurs armes. Son frère lui a crié de venir traîner la charrette avec lui. Quelques minutes plus tard, ils avaient tous deux disparu.

La deuxième fois que je les ai vus, ils n'ont fait que passer très vite, sans s'arrêter. Leur récolte d'herbe était maigre, et ils tiraient leur chargement en courant.

La troisième et dernière fois, leur charrette était de nouveau pleine de barreaux, mais cette fois il y avait un changement de taille : ils l'avaient repeinte en vert, d'une couleur proche de celle que j'avais moi-même créée en mélangeant du bleu et du vert foncé. Cette couleur avait été appliquée sur les deux côtés de la charrette d'une façon imparfaite, et, par endroits, on voyait la teinte brune d'origine. Elle semblait malgré tout fraîche et rénovée, même s'ils s'y étaient pris maladroitement. Les roues, elles, avaient été peintes en bleu clair et ornées de rubans de plastique blanc, à l'origine de simples sacs en nylon découpés et enroulés sur eux-mêmes pour former comme de petites fleurs.

Sur la charrette était entassée l'herbe avec ses racines, auxquelles de la terre adhérait encore. La brûlure du soleil l'avait desséchée, alors que les fois précédentes, elle était encore vivace lors du transport. Cette fois-ci c'était peut-être une autre sorte d'herbe, quelque chose comme de la mauve – je ne suis pas sûre.

Ce qui est certain, c'est qu'ils étaient en train de crier. Le petit avait l'air en colère. De la terre est tombée de la charrette au moment où un avion survolait la zone – j'ai entendu son grondement ; heureusement, il s'est rapidement éloigné… Les deux garçons scrutaient le ciel. Le plus jeune a trébuché et il est tombé. L'aîné s'est moqué de lui, ce qui n'a fait qu'accroître la colère de son petit frère. Leur maigreur était bizarre. Moi je commençais à perdre des forces, alors j'ai finalement décidé de les alerter sur ma présence…

J'ai secoué la fenêtre et j'ai commencé à bégayer.

Un son est sorti de moi.

Mon cri devait être strident car ils se sont figés sur place. J'ai tendu les deux mains vers eux : je leur faisais signe de l'une tout en essayant de lever l'autre qui était encordée. Ils s'étaient immobilisés, aux aguets, mais apparemment la lumière intense qui régnait à l'extérieur les empêchait de me voir.

Je continuais de crier tout en tapant sur le mur, et eux restaient interdits. J'ai entendu le hurlement perçant qui sortait de mon larynx, et j'ai ressenti encore plus de frayeur, car ce braillement issu de mes profondeurs m'a terrifiée. « Y a un fauve à l'intérieur ! » a crié le petit.

Le grand l'a rabroué : « Y a pas de fauves ici… Au pire c'est un de ces chiens, ma mère elle a dit qu'la faim les a transformés en bêtes sauvages. Ferme-la un peu et accompagne-moi ! »

Il a saisi la main de son frère, a pointé son bâton dans la direction d'où provenaient mes cris, puis l'a agité avant de s'écrier : « *Tac tac tac !* »

Il me visait de son bâton, la peur m'a fait chuter au sol…

« T'as vu, qu'est-ce que j'avais dit ? Y a rien. »

Les voir repartir m'a effrayée encore plus, alors je me suis remise debout. Aussitôt, j'ai ressenti une douleur dans la poitrine, et j'ai recommencé à crier, du coup le deux gamins se sont enfuis en courant. Dans la précipitation, le grand a lâché son bâton. « Mon fusil, mon fusil ! » s'est-il écrié. Il est revenu le ramasser, après quoi ils ont détalé avec la charrette et ont très vite disparu.

Les jours suivants, ils ne sont plus revenus. Malgré tout, j'avais eu le temps ce jour-là de bien voir leurs mains menues, elles étaient exactement comme les miennes, elles bougeaient d'une manière bizarre, comme si elles avaient pris leur autonomie. Nul doute qu'ils connaissaient le secret des mains, nul doute qu'ils partageaient avec moi ce secret de la précellence des mains, qui priment sur la langue et qui priment sur les lèvres. Quand leurs doigts remuaient, on aurait dit des pieds qui dansaient.

J'ai surveillé les miens après la disparition des garçons : mes deux mains parlaient. Mes pieds marchaient, se mettaient en colère, haïssaient, et mes mains leur étaient liées, elles dialoguaient avec la corde. Je m'en servais pour dessiner. J'allais découvrir que le secret des mains n'est pas seulement qu'elles bougent, mais aussi qu'elles sont capables de se créer une existence autonome. Oui, chacun des membres de mon corps était indépendant de tous les autres : de ma tête, accaparée par ma planète d'argile, de mes pieds, qui s'étaient eux-mêmes mués en tête, de mes doigts, qui s'étaient transformés en langue.

Dernièrement, mon cœur a changé de place, il a abandonné son emplacement d'origine ; cette lourdeur qui occupait le flanc gauche de ma poitrine a disparu, y laissant un vide. Quelle ironie du sort que je sois en train de te raconter l'histoire de ces deux garçons tirant leur charrette en bois sous le ciel, exposés aux passages successifs de l'avion, et les circonstances de leur disparition, puis que je passe sans transition à la disparition de mon cœur, et à Hassan qui est sorti photographier les bombardements et n'est jamais rentré.

Mais revenons à notre histoire… En entendant mon cri, donc, l'aîné des garçons avait jeté un coup d'œil effrayé au souterrain. Il a gardé les yeux bien ouverts et a réprimé ses pleurs, après quoi il s'est contenté de saisir la main de son petit frère et de courir, abandonnant la charrette dont les roues s'étaient emmêlées. Ensuite ils ont trébuché. Je t'ai déjà raconté ça en détail il y a peu, et tu vas penser que je radote, mais à présent tu connais bien ma théorie sur les récits qui se déroulent selon des cercles concentriques et ne se complètent que par la répétition et l'ajout de détails.

Donc, ils ont fini par repartir, et les couleurs se sont effacées avec eux ; depuis la disparition des garçons, je n'ai plus revu de nouvelles couleurs.

Mais là je réfléchis… où sont-ils ? Où habitent-ils ?

Ont-ils pensé que je n'étais qu'un fantôme ? Pourquoi les gens ne passent-ils que très rarement par cette ruelle ? Où les gens ont-ils disparu ? Peut-être les garçons vont-ils avertir quelqu'un de ma présence ici ? S'ils reviennent, devrai-je attendre Hassan ou bien les laisser m'emmener ? Si je pars avec eux, Hassan ne me retrouvera plus.

Ce qui m'importe, à présent, ce sont les deux garçons colorieurs. Quand ils reviendront, je leur apprendrai comment peindre leur charrette avec soin, et comment mélanger les couleurs. Hélas ils ont détalé à toute allure, et se sont enfuis. Ont-ils une famille ? Ont-ils une mère ? Mais peut-être que leur famille va disparaître tout comme j'ai vu le monde entier disparaître !

Oum Saïd ne s'est-elle pas transformée en une demi-statue de terre ou peut-être de papier, qui s'est dispersée sous l'effet des incendies et des bombardements ? Je sais que les garçons ont peur, et qu'ils courent parce qu'ils sont effrayés, il n'est pas concevable qu'ils se transforment en statues de terre comme c'est arrivé à Oum Saïd !

D'ailleurs, est-ce qu'elle est toujours là-bas, elle ? Une moitié de corps ? Cela signifierait que nous ne sommes pas faits seulement d'argile mais aussi de papier, ce même papier qu'on utilise pour les dessins. Il se peut que mon corps et mes mains se transforment à terme en coupures de papier. Pourquoi faut-il que les bombes réduisent les corps humains à l'état de confettis ?

Ce qu'il peut être agaçant, ce vrombissement des mouches au-dessus de ma tête ! Tiens, la mouche qui est juste devant moi est restée prisonnière d'une tache noire toute visqueuse. Comment est-ce possible, alors qu'il n'y a rien de visqueux autour de moi, que tout paraît desséché et cassant ?

La mouche est incapable de quitter le sol, mais au moins elle est toujours entière, pas comme Oum Saïd dont le corps a été tranché en deux parties ! Néanmoins, elle est immobile et ne cesse de vrombir : *zzzzzz… zzzzzz…* Ses ailes sont bleues. Ou non, attends… c'est son corps qui est bleu. Mais parle-t-on de « corps » pour une mouche ? A-t-elle seulement un corps ? Peut-être dit-on la « taille » pour désigner le milieu de son corps, mais je n'en suis pas certaine… Tu sais que je n'ai pas beaucoup de pratique question langage, même si j'adore la lecture autant que les couleurs. Quoi qu'il en soit, ce spécimen-là est d'un bleu tirant sur le vert.

Ici, il n'y a que les mouches et moi. Nous nous tenons compagnie et nous observons mutuellement. Il y a aussi un chien qui passe de temps à autre, que je vois sans être vue de lui. Mais les mouches, est-ce qu'elles me voient, elles ?

Nous : le chien, les trois mouches et moi… cinq êtres vivant en communion ici.

La première mouche s'est immobilisée sur cette drôle de tache, on dirait que c'est juste un point, mais c'est plutôt un amas de points qui forment un triangle. En réalité, il s'agit d'une goutte de sang qui est tombée entre les rames de papier et la plinthe du mur. La mouche est captive de cette goutte, je peux détacher l'une de ses ailes du reste de son corps. Je vois mieux maintenant tout ce qu'il y a moyen de faire aux objets et aux êtres qui nous entourent. Mes membres à moi sont bien fixés et inamovibles, tandis que ceux des autres êtres autour de moi sont fragiles…

Mais décrivons l'opération proprement dite : la première aile se détache facilement, puis la seconde sans beaucoup plus de difficulté. Voilà, je les ai arrachées l'une après l'autre et il n'y a pas même eu un râle de protestation. C'est vraiment une grosse mouche, assez répugnante… Mais comment peut-elle encore m'inspirer du dégoût alors que je lui ai arraché les ailes ? Celles-ci aussi sont colorées, enfin pas franchement, c'est plutôt une couleur intermédiaire : les ailes sont translucides mais traversées de délicates nervures noires, bien nettes comme si elles avaient été dessinées avec une plume fine.

Je peux voir mes doigts à travers la première aile translucide. La seconde, que j'ai arrachée encore plus lentement, est ornée de fines nervures et paraît encore plus délicate. J'ai écrasé sans hésiter les deux ailes entre le pouce et l'index, et elles se sont transformées en poudre blanche, et même en néant : la matière a entièrement disparu. Ce qui avait subsisté du corps de la mouche se mouvait avec lenteur. C'était une masse de matière d'un bleu-vert luminescent. Comment ses pattes fines et menues avaient-elles pu adhérer à la goutte de sang poisseuse ?

Peut-être n'était-ce pas une goutte de sang après tout… Peut-être était-ce une de ces éclaboussures de merde qu'on trouve le long des murs… La masse couleur bleu-vert qu'était devenue la mouche allait bientôt se transformer en néant. Disparaître, il n'y a rien de plus facile ! La moitié inférieure du corps d'Oum Saïd, qui quelques instants plus tôt remuait encore, s'était soudain retrouvée hors du monde, seul le haut était resté indemne. Comment de tels phénomènes pouvaient-ils bien se produire ?

La mouche amputée était en train de perdre progressivement sa vivacité, et moi je la surveillais. Elle était confinée dans ce coin placé exactement sous mon regard, entre les rames de papier empilées et le mur.

Les deux autres mouches, quant à elles, venaient de réapparaître près de la fenêtre, après avoir disparu pendant quelques minutes.

Elles aussi, je vais leur arracher les ailes, mais je ne les écraserai pas entre mes doigts. Elles ont une belle couleur, particulièrement ces veinules vert foncé réparties sur la membrane bleue translucide. Je ne comprends pas pourquoi la première mouche a délaissé ses compagnes pour venir se poser au-dessus de cette goutte de sang visqueux.

Du reste, ce sang… c'est le sang de qui ?

J'ai faim.

La paralysie gagne mes genoux.

J'ai faim.

Il n'y a pas d'eau ici, ni de nourriture. La dernière pomme a pourri et je l'ai dévorée avec ses pépins comme je te l'ai raconté.

Les deux mouches sont revenues. Elles s'approchent de moi, tournoient au-dessus de ma tête, et je ne peux même pas lever les mains pour les chasser.

Je voudrais retourner près de la fenêtre, à côté du mur, j'ai besoin de garder un œil sur la ruelle, peut-être les deux garçons vont-ils repasser…

J'essaie de te communiquer tous les détails possibles, mais j'ai du mal. Je suis en train de perdre le peu d'énergie qui me reste.

Je voudrais reprendre le récit là où je l'avais interrompu, mais je n'en ai pas la force.

Mes doigts me font mal depuis quelques jours… Que ferais-tu à ma place ?

Je dois être là depuis deux ou trois semaines, peut-être plus, peut-être moins ! Je ne me rappelle plus la dernière fois où j'ai avalé quelque chose. Ah oui ! La pomme rouge qu'avait rapportée Hassan… En fait, il y avait un sachet rempli de différents fruits, mais moi je n'ai mangé que la pomme. Je sens encore l'amertume des pépins dans ma gorge, mais malgré leur goût amer à l'intérieur, c'est la partie de la pomme que je préfère.

Combien de jours ont passé ?

Pourquoi ai-je cessé de détacher chaque jour un fil de mon hijab ? Avant je le faisais quotidiennement, mais je ne sais plus quand je me suis interrompue. Le hijab était tout fin et je pouvais détacher tous les fils que je voulais, mais j'ai arrêté. Comment est-ce que j'ai pu oublier ? Comment est-ce que j'ai pu laisser le temps m'échapper ainsi ? En vérité, un repère temporel est la chose dont j'aurais le plus besoin aujourd'hui.

Hélas je n'ai pas réussi à me lever. J'ai mangé mes dernières provisions : les pommes de terre pourries, et puis les deux oignons que j'avais trouvés derrière un monceau de feuilles de papier.

Je marche et marche encore entre les parois du souterrain. J'observe mes mains, les levant devant mes yeux : la rougeur qu'a laissée l'entrave autour de mon poignet ne cesse de s'aggraver, elle me brûle. Je me suis démenée à tirer sur la corde pour me libérer, au point que je me suis arraché la peau et que du sang a coulé sous le nœud – toutes mes tentatives pour le défaire sont restées vaines.

Hier, j'ai heurté le grillage de la fenêtre avec ma tête et j'ai essayé de défaire l'autre extrémité reliée à la poignée, mais Hassan l'avait bien serrée. Le canif rouillé dont je frotte la pointe contre la corde ne donne rien. Il est certes parvenu à l'entamer un peu, mais son matériau grossier résiste comme si elle était d'acier et aucun fil ne s'en détache. Elle a pris une coloration grisâtre et m'étrille cruellement la peau.

Hier soir, la lame du canif rouillé s'est fendue en deux morceaux, et aujourd'hui, l'un d'eux m'a entaillé le doigt. J'ai saigné. Je l'ai enroulé dans un morceau de tissu détaché de mon chemisier jaune, et ce pansement de fortune s'est teinté du rouge de mon sang, faisant virer le jaune à l'orange.

Je t'écris allongée sur le ventre. J'ai besoin de plus en plus de temps pour assembler les mots. Mes doigts ne bougent plus.

Les insectes tournoient dans la pièce.

Mon lit est tout humide, et je sens cette même odeur que je sentais autrefois quand j'accompagnais ma mère dans son travail de ménage à l'école, au moment où elle attaquait le nettoyage des W-C.

Ici l'odeur est encore plus âcre. J'ai conservé un petit morceau du canif avec lequel je continue de frotter l'épaisse corde, elle me fait l'effet d'une râpe qui me lamine le poignet.

Je regarde du coin de l'œil vers la fenêtre, un fragment de ciel s'y découpe, d'un bleu très pur. Pas de grondement d'avion à l'horizon ni de crépitement d'explosions… Un silence absolu en pleine mi-journée.

J'ai des vertiges et les parois du souterrain tournent autour de moi, pire, elles avancent dans ma direction, exactement comme le faisaient les murs de la bibliothèque chez Sett Souad.

À côté de moi est assis le Petit Prince, avec ses différentes planètes… Il place sa main au-dessus du nœud de mon inamovible corde. Ils sont tous là, se pressant autour de lui : Alice, les éléphants, le chat souriant, le lapin blanc, le renard roux et le serpent.

Je jette un regard à la dérobée en direction du pan de ciel visible, avant de revenir à eux. Ils sont toujours là. J'essaie de les saluer d'un geste, mais je ne parviens pas à lever la main – c'est avec l'autre que je t'écris, mais celle-là tremble…

Le sol du souterrain est jonché de feuilles blanches – je les ai éparpillées. Mes feuillets remplis flottent autour de ma tête. Ils sortent de mon coffre et volettent entre les planètes du Petit Prince. Je les aperçois qui se meuvent comme des images de télévision.

Je n'arrive pas à me concentrer. J'ai faim. Peut-être les deux garçons avec leur charrette en bois vont-ils revenir.

Mon histoire n'est pas achevée, et l'histoire de Hassan en est encore à ses débuts.

L'histoire de ma mère, qui a disparu.

L'histoire de la fille chauve, qui a disparu.

L'histoire de mon frère, qui a disparu.

L'histoire d'Oum Saïd, qui a disparu.

L'histoire de Hassan, qui a disparu.

L'histoire des deux garçons, qui ont disparu.

Du chien, qui a disparu.

De la mouche, qui a disparu.

Et moi-même qui suis une histoire et qui vais disparaître. Peut-être suis-je avec toi en ce moment, pendant que tu lis mes mots éparpillés. Comme il arrive au chat souriant dans l'histoire d'Alice.

Mes doigts se sont remis à trembler. Le stylo contient encore un peu d'encre, mais le bleu a déjà commencé à pâlir. Certaines lettres s'effacent et je suis obligée de les réécrire. Je risque désormais de m'arrêter à tout moment.

J'ai l'impression que mes yeux sont visités par de petites fourmis, des fourmis qui sortent de mes orbites et m'empêchent de voir ; mon champ de vision a pris une coloration brune semblable à celle des fourmis, qui s'égaillent à travers ma tête…

On se rendait chez cette femme dont ma mère devait nettoyer la maison. C'est elle qui m'a appris à lire et à écrire. C'est elle qui a fait de moi ce que je suis aujourd'hui…

On venait à peine de sortir.

On était montées dans un minibus blanc.

C'était un petit trajet de rien du tout, comme on en avait fait des dizaines !

J'ai la gorge sèche.

J'ai la tête qui tourne.

Je n'arrive plus à me concentrer sur les lettres.

Et j'ai envie de crier…

De la même autrice :

Feux croisés, journal de la révolution syrienne, Buchet-Chastel, 2012.
Un parfum de cannelle, Buchet-Chastel, 2013.
Les Portes du néant, Stock, 2016 ; Le Livre de Poche, 2017.
19 femmes, Stock, 2019 ; Pocket, 2021.

PAPIER À BASE DE FIBRES CERTIFIÉES

Le Livre de Poche s'engage pour l'environnement en réduisant l'empreinte carbone de ses livres. Celle de cet exemplaire est de :
300g éq. CO_2
Rendez-vous sur www.livredepoche-durable.fr

Composition réalisée par Belle Page

Achevé d'imprimer en janvier 2022 en Espagne par
LIBERDUPLEX
Dépôt légal 1re publication : février 2022
LIBRAIRIE GÉNÉRALE FRANÇAISE
21, rue du Montparnasse – 75298 Paris Cedex 06

77/1471/9